风起江南

陆春祥／主编

爱亦有心

杰 宁 著

文匯出版社

图书在版编目(CIP)数据

爱亦有心 / 杰宁著. —上海：文汇出版社，
2023.3

ISBN 978-7-5496-3981-6

Ⅰ.①爱… Ⅱ.①杰… Ⅲ.①散文集–中国–当代
Ⅳ.①I267

中国国家版本馆CIP 数据核字(2023)第 037823 号

爱亦有心

著　　者 / 杰　宁
责任编辑 / 熊　勇
装帧设计 / 书香力扬

出版发行 **文匯**出版社
　　　　　上海市威海路 755 号
　　　　　(邮政编码 200041)
经　　销 / 全国新华书店
印刷装订 / 成都兴怡包装装潢有限公司
版　　次 / 2023 年 3 月第 1 版
印　　次 / 2023 年 3 月第 1 次印刷
开　　本 / 710×1000　1/16
字　　数 / 300 千
印　　张 / 16.375

ISBN 978-7-5496-3981-6
定　　价 / 62.00 元

风起江南散文系列第二季（总序）

尽力猛扑而朗朗仓仓

陆春祥

1

西湖孤山南麓，有三忠祠，奉祀袁昶、许景澄、徐用仪三人。袁昶（1846—1900）为桐庐人，我的老乡，他殿试二甲，官至三品，庚子事变，力谏朝廷不可纵容义和团滥杀洋人与外国开衅而遇害。袁昶诗文、书法、藏书、刊印、西学等，诸业皆有突出成就。

辛丑春节，我一直在读袁昶的日记。袁的日记，持续时间长，从同治丁卯六年（1867）三月开始写，从无中辍，一直到被害前。他的日记还不是一般的记事，侧重在求知问学、克己慎思上，目的就是迁善改过。

看一则"癸酉正月"：

癸酉元日帖子。元日书红云，癸为揆度，酉象闭门。士君子必有闭关千日，研几极深之思，而后有揆度庶务，洞若观火之量。静存仁也，动察智也。

这一年是同治十二年（1873），鸡年春节，袁昶27岁。一个甲子后的鸡年，我父亲出生。袁昶逝后，一个甲子零一年，我也出生了。这样看来，袁昶其实离我很近。不过，年轻人袁昶，思想已经成熟，他虽30岁中进士，却早已饱读诗书，有着自己独立的见识。

他解释"癸酉"，别有见地。

"癸为揆度"，就是估计现实情况。为什么他关注现实，从他的经历可以看出，他时刻将读书人的目的与责任和现实紧密相连，虽是保皇派，但在处理义和团滥杀洋人的事件上，眼光却远大，做事不能只顾情绪不计后果，虽被杀，不数日遂昭雪，谥"忠节"。"酉象闭门"，这是从字形上说酉字。闭门干什么？你若要有对事情洞若观火的眼光，则必须闭关千日，将冷板凳坐穿，如此才会形成自己别样的眼光，处理好各种政务。袁昶曾任江宁布政使、光禄寺卿、太常寺卿等，在各个岗位都有建树，芜湖还建有"袁太常祠"纪念他。

静存仁，动察智。胸中有仁义，决事才有智慧。这不是一个死守书斋不知变通的读书人，他将所学与现实、读书与修身、思考与反省紧密结合。

写完那则"癸酉正月"，已经过去整整一年。

又一个年三十夜，袁昶吃过年夜饭，往桐庐城里闲逛。桐君山上祈福的钟声不时撞耳，富春江两岸的爆竹尖叫着频频蹿向空中，街上行人已经开始聚集，小儿成群追着叫着倏忽跑过。袁昶抬头望星空，但见北斗星的斗柄已经指向东方，他内心里不断感叹，还有几个时辰，旧的一年转瞬即过，混混与世相处，隼起鹃落，如弹指一刹那，而自己却学业未精，德行也没有进步，真让人惶恐啊。

严格自律的袁昶，每日三省己身，袁昶日记中，他悟出的人生格言，多得让我双眼停不下来，仅以甲戌年（1874）摘要举例：

人惟无欲，始能刚耳，有欲恶能刚。耐坚苦者，始能进德耳，耽安佚者，则丧德矣。（甲戌正月）

不作无益之事，不道无益之言，不损无益之神，不发无益之虑。

心无二用，自今后作一事竟，再作一事，则心体不疲。（甲戌二月）

抄录七十二岁的黄元同《求是斋记》句：天假我一日，即读一日之书，以求其是；《畏轩记》句：读经而不治心，犹将百万之兵而自乱之。（甲戌六月）

抄录《孙思邈方书》句：口中言少，心中事少，腹中食少，自然睡少，依此四少，神仙诀了。（甲戌七月）

境遇耐得一天是一天，学问长得一天是一天，精神养得一天是一天，嗜欲淡得一天是一天。（甲戌九月）

尽力猛扑，将七阁、四库、三藏、九流、二氏，朗朗仓仓，一齐装满布袋肚子内，此师南皮之法也。（同上）

不见己之善，惟见人之善。不见己之善，故所诣日进，惟见人之善，故无怨于世。（甲戌十二月）

特别喜欢"尽力猛扑"这一句，活画其读书信念与志气。

袁昶要扑向什么？四库、七阁，指清代收藏《四库全书》的七座藏书楼总称；九流，乃秦至汉初的九大学术流派；二氏，佛道两家。南皮，借代籍贯为南皮以张之洞为创始人的学派，该派以汉学、旧学为体，以西学、新学为用。袁昶的阅读，如牛饮，如鲸吸。如此写下阅读的贪念，他暗自笑起，耳边似乎突然响起《双射雁》中穆桂英的唱词："那绣绒宝刀仓仓朗朗朗朗仓仓放光明啊。"嗯，猛扑，唯有尽力猛扑，胸中才会有光明一片啊！

尽力猛扑而朗朗仓仓，越读越有趣，宛如袁昶就站在清丽丽的富春江边，沐着五月的微风，张开双臂，身子前倾，跟我摆那个猛扑的动作。

2

劲风又绿江南。

风起江南散文系列第二季即将面世。

通读书稿，满心欢喜，文丛的作家们也如袁昶先生一样"尽力猛扑"，他（她）们如饥似渴地扑向经典，努力汲取营养；他（她）们倾力扑向大地，扑向生长养育又骨肉相连的故土，尽情撷取自然的芬芳。他（她），身姿矫健，一路奔跑着穿过光阴，且行且歌。

陈曼冬的《我是陈桂花》，以笔名为书名，构思极其精巧而大显匠心。桂花既是芳香扑鼻的季节馈赠，也是一种温馨而甜蜜的隐喻，作者将细碎过往与缤纷现实灵敏打通，将自然抒写与独特体验无间结合，字里行间不时跃动着智慧、热情、温暖、善良、情趣。

陆建立的《在卫城》，以洪武二十年的卫城为观察中心，老街上的一屋一瓦，祠堂中的一碑一像，城墙上的一土一砖，河两岸的一草一木，古镇上的一人一事，作者都在尽力找寻，一座城的深度，不仅只是历史悠久的碑石与建筑，更是广阔而绵长的地理与文化。

吴燕萍的《一座山的秋色》，在山水间细细觅寻含情的草木，在古老的窄街上静观缓慢的流年，在清冽冽的江边相遇拂面的微风，在温暖的斜阳里感受人生的温馨，山的秋与水的春自然交融，人的心与字的魂贴切呈现，所有的所有，都汇成了疏淡的表达与浓郁的美好。

孟红娟的《家在富春江上》，以郁达夫的闲章作书名，诗意与文情并茂。富春江清丽的山水与两岸多彩的风物，富春江厚重而悠长的历史文脉，皆如烙铁般刻印在作者心上，细密而周到的叙述，阔大的富春山居场景灵动再现，这是陆游诗中的桐庐处处是新诗，这是叶浅予笔下的富春山居新画图。

沈伟富的《烟雨春江》，为我们刻画了心心念念的新安江烟雨图。这是一个赤子对故园的情感倾泻，山中落叶，平地羞花，从细微处欣赏一切。无论春夏秋冬，无论阴晴圆缺，新安江都是一幅看不厌的画卷，是一本一辈子都读不完的大书。朴素平实而饱含挚情的如数家珍，让人沉醉。

陈荣华的《爱亦有心》，游南游北，游东游西，作者以浓郁的兴趣、广阔的视野，尽情抒写眼中的大地风景与风物，并努力挖掘出另一层深刻的意义；钩沉往事，深情回忆，浸入骨髓的难忘经历，已经演绎成支撑自己工作与生活的精神支柱。我的卡丽娅妈妈。爱亦有心，有心就是爱。

羽人的《半墙明月》，用充满好奇的双眼，打探身边周围的一切，试着发现一粒粒尘土中光的质感，一株株芦苇在秋空扬起山茶花一样的洁白，叙述虽节制简约，却有一种横冲直撞的冲力。在庸常的万物中，用文字唤起人们对生活的挚爱，并找到能让自己生命为之沉静的安详。

柏兰的《山谷幽兰》，人生就是一场旅行，酸甜苦辣悲欢离合乃行旅途中扑面之风景，他乡风物，他乡人文，皆已经深植骨髓，他乡早已成故乡。今夜有雨敲窗，晨起院落梨花，将一地的心语写给自己，也等你踏香。乡愁与梦想与欢乐，茶与流年与岁月，一起慢煮。初阳升，幽兰盛，文字不老。

3

有人仔细统计了《诗经》中的草木虫鱼数量，计有：113 种草，75 种木，39 种鸟，67 种兽，29 种虫，20 种鱼。

我读过诸多关于《诗经》中草木虫鱼的书，不一一例举。一个简单事实是，这些鸟兽草木，只是赋比兴的喻体而已，我们的先人，想象力极其丰富，他们用这些喻体，隐晦曲折地表达自己丰沛的情感。

因此，对这样一部博大无比的百科全书，孔老师自然钟爱有加。

孔鲤从对面怯怯走过来，孔老师叫住了儿子：伯鱼呀，你仔细读过《周南》和《召南》没有？

孔鲤就怕老爸问，一脸茫然：爸爸，我没有读过呢。

孔老师感叹：唉！一个人如果不曾仔细读过《周南》与《召南》，就会像面朝墙壁站着的人一样啊！

面壁而立，不是面壁思过，而是说你什么也看不到，哪里都去不了。

《周南》《召南》都居十五国风之首，内容侧重夫妇相处之道，教育人修身齐家。孔鲤一定听懂了，他已长大成人，老爸这是要他系统学习《诗》呢，否则，怎么能适应这个社会呢？

孔鲤在父亲的课堂上，已经多次听到老爸这样教育他的学生：《诗》三百，一言以蔽之，思无邪（《为政》第二）。这里的关键是"思无邪"，"思"为发语词，"无邪"，没有虚伪造作，都是真情流露。诗三百，用一句话简单概括，就是真情两字。文学作品最需直抒胸臆，最怕无病呻吟。这也完全符合我们先人即兴的咏叹，面对残酷的生存现实，恶劣的自然条件，先人们劳力之余，依然手之舞之足之蹈之，自我找乐。

国风，大雅，小雅，周颂，鲁颂，商颂，三百一十一篇，皆为民众心底里喊出，在广漠大地上回响，宫商角徵羽，有时甚至响遏行云。

真诚希望我们的散文作家，对眼前的一切，猛扑吧，尽力猛扑！不虚假，不造作，用心用情善待所有，包括天地间的草木虫鱼鸟兽。朗朗仓仓，仓仓朗朗，听，美妙的旋律，从旷野上、烟波里、花朵中清晰传来。

壬寅桃月
富春庄

目录
CONTENTS

第一卷

游记·漫录

惊魂 90 秒

走起，去泰顺！来一次说走就走的穿越。11 月中旬，在景宁畲族自治县工作的一位朋友来电告诉我：文成至泰顺的高速可望在下月正式通车，而与之毗邻的景宁到泰顺间正在加快修建的景泰高速也有望很快建成通车；届时将极大地方便景泰两县之间的快捷出行和交往。相信到那时从景宁去往泰顺的唯一通道——235 国道，也将逐渐转换为一条穿越浙西南高海拔的盘山观景公路。

去泰顺探秘，是我多年来自驾出行计划的一个重要愿望。泰顺县位于浙西南洞宫山脉与南雁荡山脉交汇处，西北与括苍山脉相连接，泰顺县城平均海拔超过 500 米，为浙江省海拔最高的县城。泰顺也是浙江省最有魅力、最为静谧、最具人文景观和自然风光的内陆县域。

朋友的来电一下子点燃了我一直犹豫不定的泰顺之行计划，我很快联系了另一位车友，当即决定 11 月下旬携家人、朋友前往泰顺，来一次探秘穿越。

泰顺之县名为明景泰三年（1452）由明朝第七位皇帝朱祁钰所赐，意喻"国泰民安、人心归顺"。泰顺是中国独一无二的廊桥之乡，现尚存宋至明清以来各类桥梁 970 多座，其中近 50 座古廊桥被列为国家级文保单位，另有被列入国家和省市非遗名录 116 项。泰顺境内有海拔千米以上山峰 179 座，其中白云尖海拔 1611 米，为浙南第一高峰。

曾经有近八年时间我与泰顺相距近在咫尺，当时我所服役的部队就驻防在丽水市云和与景宁两地（那时景宁归属云和县，后来新设景宁畲族自治县），与泰顺隔山为邻，虽相距不到 60 公里，但仅有一条山高路险、事故频发的盘山公路连接两县之间的交通往来，故直到我离开景宁也未曾去过泰顺。

说走就走，就在这个层林尽染、万山红遍的深秋季节，赶在景泰高速开通前，在群山连绵的高山峡谷中来一次穿越景宁、泰顺两地的越野也许是

杰宁 摄

个不错的选择，也正好了却了我一直想探秘泰顺的心愿，当然采风廊桥人文景观和众多非遗项目也是我此行的目的之一，至于是否会有《廊桥遗梦》般的邂逅那就另当别论了。

11 月 24 日上午，我们一行八人自驾两台性能优越又非常适合山地越野的丰田普拉多，从宁波出发行驶约 400 公里后抵达景宁畲族自治县。

据景宁的朋友介绍，235 国道景宁至泰顺这 58 公里山道，是浙江省平均海拔最高的盘山公路，被称为浙江的天路。由于山高路陡、急弯无数，加上路况复杂，常年事故频发。尤其是令众多司机望而却步的龙井隧道，海拔高度近一千米，出隧道后的下坡路段长达 15 公里，有多达数十个打煞弯（急弯），路侧深渊落差最大 200 多米，是 235 国道最危险路段。古人曰：进蜀国走蜀道，蜀道难，难于上青天。多年前如要开车或乘车去一趟泰顺实在不亚于唐僧西天取经，这条险象环生的盘山公路确实也让很多司机感到心始终吊

在嗓子眼上，而对我们初次穿越者来说无疑是一条充满变数的危险之路。

自驾去泰顺，对我们自己的心理素质与驾驶技术是一次真正的挑战与考验。很多司机一提起第一次经景宁去泰顺翻越括苍山之巅、穿越龙井隧道时都有一种心有余悸的感觉。行前朋友特意叮嘱我们，说临近龙井隧道口时，你们就会看到一块告知事故死亡人数的警示标牌，一行人顿感紧张兮兮的。

我们于25日上午离开景宁县城，一路上我非常谨慎地驾驶着自己的普拉多越野车，沿着蜿蜒曲折的235国道匀速行驶，沿途还在几处难得一见的美景胜地下车游览，中途在公路边一家农家乐吃过午餐后继续前行。虽然山道崎岖狭窄，急弯无数，过往交会车辆也不少；但对我这个经验丰富的老司机来说，这段山路似乎并没有朋友所说的那么惊险玄乎，至少我还能驾轻就熟应对自如。此时已接近中午时分，前方不远处即将进入龙井隧道。车上一行人开始出现困倦睡意，我似乎也有些许倦意袭来，很快随着几辆货车隆隆的轰鸣声和对向打着大灯交会而过的车辆，我赫然看到右前方距龙井隧道不远处，有一锥形巨石前高高竖起的一面硕大电子显示屏上闪烁着三行红色字体：前方13.6公里长下坡已死亡37人！接着在临近隧道入口处右边，又看到一块醒目的警示标牌竖立在路基右侧，上面用黑红二色粗体字写着，"前方13公里下坡、坡陡、急弯，已死亡25人"。我心中顿时一凛，倦意全无，立马神经绷紧，瞪大眼睛、车灯全开进入隧道，小心翼翼地行驶着，心情略微有点忐忑和紧张，并时不时地观测前后车辆的行进速度和跟进距离。刚刚还昏昏欲睡的一众人顷刻间全都睁大眼睛，目不转睛地盯着前方幽暗又灰溜溜的隧道壁，个个显得有点慌张。这个全长约两公里的隧道中间是景宁与泰顺的分界处。就在车子进入隧道不一会儿，我正全神贯注地紧握方向盘以规定时速行驶时，忽闻隧道两壁传来一阵又一阵的哭泣声，还隐隐约约夹着声声哀号，似海啸般灌进车内。这鬼哭狼嚎声令车上人员有点毛骨悚然的感觉。正当大家感到惊讶和诧异时，这声音瞬间又变得像一股被狂风裹挟着的呼啸声，又或是掺和着重金属的魔鬼乐队发出的声音，低沉贴地，紧随着前行的车子传入众人耳膜，听起来似有一种万劫不复的恐惧感。很快我判定这是一种隧道声控设计的声音，于是宽慰大家别太慌张；但这种反复转换、略显恐怖的声音，始终似冲击波袭来一般前后左右挤压进车内，左边一辆辆呼啸而过的货车喷出的烟雾尾气缭绕在隧道狭窄的空间，似晨间团雾笼罩在视线不良、能见度不佳的前行方向，时不时地弥漫在前挡风玻璃上方；尤其是这恐怖之声与过往车辆所发出的阵阵轰响混杂在一起，惊得车上人员大气都不敢喘，也令我注意力高度集中，丝毫都不敢懈怠。"……淡定、淡定！前方有美景，曙光在前头，好着呢。"我和大家如此调侃道。直到前方出现一片耀眼的光芒，一口气开出隧道出口后，众人都长吁了一口气，大有逃出生天的感觉；我紧绷的神经也得以放松下来。一看时间，从车进隧道不久恐怖之声响起，到离开龙井隧道共耗时约 90 秒。作为一名驾龄颇长的老司机，我曾驾车穿越过风格各异、危险指数不等的隧道数不胜数，唯有龙井隧道这 90 秒惊悚穿越让我印象如此深刻。

车子开出龙井隧道后即进入连续长下坡路段，左边是突兀的山崖，右边是深不可测的谷底。一路都是下坡加急弯，再加无数个 U 型弯道以及狭窄路段步步惊心的来车交会避让、点刹、再点刹；车上人员也犹如坐过山车，都被连续不断的左转右弯而摇晃得东倒西歪，胆大的大呼过瘾刺激，胆小的也大呼小叫，听得我也忍俊不禁。由于刚才穿越龙井隧道前已有明确警示提醒，此刻我手握方向盘娴熟驾驶，显得既淡定又自信，始终保持着处惊不变的良好状态，途中好几次被电子眼实时监控测速显示，我的车子在个别急弯减速路段的时速都能保持在限定的车速。如此在长下坡路段行驶约十公里后，车子很快从海拔近一千米的龙井隧道驶入高度约 400 米的红岩隧道进口处。车子驶入隧道前，右边同样有块警示标牌映入眼帘，上面写着："前方 1.3 公里已死亡 13 人！"左边高耸入云的悬崖上，有两道白练从湛蓝如洗的天际倾泻下来，水雾在隧道左前方升腾弥漫，阳光下如彩虹般绽放闪烁，给人一边是美景、一边是死亡的有趣想象。这就是闻名遐迩的红岩双瀑，两条瀑布从崖顶分开飞流直下，至下方又融合在一起，犹如夫妻牵手连理，当地百姓又称之为夫妻瀑。想李白当年观庐山作诗"飞流直下三千尺"，倘若当年恰巧路过此地会不会改写三千丈呢？为放松一下刚才紧张压抑的心情，我们随即将车停在红岩双瀑景区，趁大家欣赏瀑布景观之际，我就和在此休憩的几位货车司机及初来乍到的自驾朋友饶有兴致地聊起了对龙井隧道的声控印象。"……第一次午间过龙井隧道心里怪紧张的，但瞌睡倒是一点不会来了。""泰顺交警这个设计很有创意，有了这种恐怖提示音后，龙井隧道两头很长时间都没出现过死人事故了！""……管他什么鬼哭狼嚎声，能减少车祸死人就是有用啊！"几位常年往返龙井隧道的货车司机如此调侃道。还有司机说每次出门前都反复检查车况，不敢有丝毫大意，绝对不让车子带"病"上路……是啊，甭管这声控音调好听难听，只要安全无事故就是好办法。我也思忖着，这声控设计初衷和邓公的猫论颇有异曲同工之妙。

红岩景区的几位保安告诉我，过龙井和红岩两个隧道对很多女司机的驾驶技术和胆量是个不小的考验。头顶是突兀的巨石，脚下是深不可测的幽深沟壑，连续不断的急拐弯加避让刹车，个别女司机平时习惯于颐指气使、河东狮吼，此刻大都原形毕露，战战兢兢，双脚打战。几年前曾有一位自驾到此的上海女司机，因胆怯弃车一边而哀号不已，最后还是当地老司机上演英雄救美帮其将车开出困境。你还别说，对看过、跟过、经历过无数次车毁人亡的老司机们来说，他们天天人在旅途，日日千里走单骑，除了生死事大，其他一切皆是浮云，可以忽略不计。所以他们喜欢调侃还未从惊恐状态中回过神来的初来乍到者及那些自称为老司机，却早已花容失色的美女自驾者，其实他们是一群憨厚耿直、脾气直爽的勤劳勇敢者，他们是架起泰顺经济畅通的现代"马帮"，他们撑起了景宁、文成、泰顺经济的半边天。在天堑变通途已成现实的今天，真心祝愿这些勤劳似工蜂的货车司机们，能在坦途似锦的现代大道上开得更顺畅、更舒心、更安全。

据温州文化系统的一位战友介绍，以前无论从温州经文成去泰顺，还是走省道经景宁去泰顺，车子一路都在坡陡路险、弯道不断的砂石路面不停地颠簸跳动着，直把人转得头昏脑胀、呕吐连连，车到泰顺人人灰头土脸像个白毛女。他说很多年前曾有温州文化部门的一位领导，在一次专程进泰顺采风途中意外遭遇车祸，此后二十年再不敢进泰顺。后来上面指令其出任泰顺七品芝麻官，他就作揖伯乐另点将——究其原因只因一次车祸成阴影。

午后我们进入泰顺县城，从入住酒店到会友聊天、游逛老街、街巷采风等，大家的话题似乎都会涉及龙井隧道与最美天路，当地群众和友人待人以诚、直率坦诚。"……您是伤残军人还穿越这么危险的龙井隧道来我们泰顺，真是勇敢呀。您付 178 元一晚就可以了（当天淡季价标间 356 元每晚），这是咱酒店应尽的拥军义务。"在泰顺四星级喜丹纳大酒店办理入住手续时，大堂经理的一番话让我宾至如归，心里顿时暖洋洋的。由此也足见泰顺县政府对拥军优属工作的重视和精细程度是多么的务实和普及。我们穿越大半个浙江到泰顺真是不枉此行。这里拥有宁静、惬意与舒适，恬淡、温馨与和谐，而且很祥和、很泰顺。

235 国道龙井隧道　　　　杰宁 摄

据说泰顺女性很旺夫，她们对不远千里穿越龙井隧道而来的爷们往往心生情愫，充满敬意。位于泰顺老城区邮电路上一家小吃店的老板娘告诉我：前几年有个刚拿到驾照的外地男生，独自一人开车来泰顺看望老板娘邻居家的女儿，不巧在龙井隧道下坡时刹不住翻车受了伤，身体养好后这个泰顺女孩二话没说义无反顾地嫁给了他，现在这小夫妻俩在深圳开门店，小生意做得风生水起，很红火。泰顺女孩当初这样告诉亲友："嫁给他，直觉告诉我，他能历尽艰难险阻，翻越高山穿过这么吓人的龙井隧道来泰顺找我，说明这个男人是个意志坚强、用情专一和值得信赖的爷们，以后肯定也是一个顾家爱妻、爱屋及乌、有责任心的男人。""他能胆大心细翻过山巅，穿过这么危险的龙井隧道来看她，以后必定也能充满睿智去应对未来生活中遇到的无数个龙井隧道。"边上一个眼镜先生如是说。哈哈！有主见！有个性！这女孩真够畅亮！祸兮福所倚，否极泰来，不错，这男生也由此因祸得福。看来令人惊悚的龙井隧道还是劫后余生、邂逅爱情和通向幸福的时光隧道。

晚上用餐时，陪同的一位泰顺朋友狡黠地问我："为什么泰顺女孩与龙井隧道那么有缘？爱泰泰就必顺啥意思？"……呃！我一脸愕然。"哈哈，因为隧道外面是廊桥，廊桥这边有泰妹，'爱泰泰就必顺'就是'爱太太就必顺'的意思！"我的朋友绕口令似的如是说。想想的确如此，只有在泰顺，你才能耳闻目睹一些与龙井隧道和最美天路相关联的轶事和趣事。在我看来龙井隧道是唯一的，泰顺女孩是唯一的，廊桥也是唯一的，泰顺更是唯一的，且是无法被复制的。随着进出通道的四通八达，已被上苍垂青很久很久的泰顺，也终于面向世人掀起了她那神秘的盖头，迎接远方的客人穿越龙井隧道，前去打卡一睹她那风姿绰约的清澈之美，淡雅悠长的幽香之韵味。

《巴黎圣母院》的作者维克多·雨果说过：死亡与美是两种深刻的东西，它们包含了如此多的黑暗与蔚蓝；以至于我们将之称为骇人与丰富的二姐妹，有着同样的谜题与秘密。其实，这样的感慨与比喻来形容入泰（顺）之路的险与美是恰如其分的。现在，235 国道景泰段已被列入浙江最美天路，沿线周边美景佳境让人流连忘返：封金畲寨、大漈雪花漈、东坑心田、司前亚洲第一长索道、红枫步道、红岩双瀑、乌岩岭国家自然保护区、廊桥古镇、交垟土楼、氡泉景区……犹如一串珍珠，散落在这美不胜收的人间仙境。这次自驾游泰顺，收获与惊悚并存，就深度游来说恐怕连走马观花都谈不上，只能算是蜻蜓点水而已。当地朋友说自驾天路游泰顺，至少三五天才能对泰顺的美作肤浅了解。当然意犹未尽，留些许遗憾也许是最美的收获。

　　确实，泰顺始终是令人憧憬向往的地方。一半是云海，一半是迷雾；一边是惊险，一边是欣喜。去还是不去？走高速抑或去穿越？萝卜白菜各人欢喜，这是个不难的选择。潜意识里，或许我还想跟车友们再约上一次：再去泰顺！再去天路，再去穿越，再去廊桥。为什么？只是因为在路途中多看了它一眼——龙井隧道，惊悚的美。

2020 年 12 月于宁波

那厂那楼

位于宁波三江口的和丰创意广场，现址以前分别属于和丰纱厂、宁波渔轮厂和七八一五军工船厂区域范围。随着城市规划建设的日新月异，上述原址早已物是人非，目光所及皆是现代化的文化创意产业园和时尚写字楼。然而令我惊叹不已的是，那两幢原封不动保留下来的老和丰纱厂的公事楼和西式厂房。沿江边老码头旁那一长溜二层西式厂房以及那幢中西合璧的正方形公事楼（俗称账房楼），在四周高楼林立的中间地带依然显得气度不凡，散发出与众不同的魅力与强大气场，置身其中，目光几乎不由自主地就会被吸引过去。

徜徉在这两座中西合璧的百年建筑周围，环顾四周详察内外上下结构，厂房和公事楼的建筑格局是西式的，"外衣"却是中式的，公事楼外观屋角飞檐翘起，类似于唐代寺院屋脊，具有典型的中国古建筑特点。四方攒顶的屋顶，形成了独特的屋面轮廓线；其独有的沧桑感和贵族气质是周边高楼新贵们无法比拟的。尤其是公事楼中西合璧的砖木结构，其砖雕极其精美，内部采用拱形，体现出古罗马建筑风格。细部装饰为中西纹样结合，一二层门窗呈罗马拱券式，窗户都是竖式方格玻璃，外部窗框上部有扁圆券，底层窗楣上有弧券装饰。虽然外墙面早已有了斑驳的痕迹，颜色深一块浅一块，但看上去更具独特的韵味。公事楼置有欧式拱券门和哥特式风格的柱式装饰，东、南两立面均为巴洛克式风格，每个柱子上部镌刻有西式花纹装饰；用宁波梅园石整合的中式门框非常别致，前庭回廊采用欧式拱券，廊柱典型地体现出古罗马风格，这种古典韵味十足的建筑至今一直保留着那种稳定、平展、简洁的特色。就连那一长溜的二层楼厂房也大量采用古罗马的高低拱券门窗和巴洛克式柱式，使得这座百年厂房遗世独立，一枝独秀。

原和丰纱厂公事楼　　　　杰宁 摄

一百多年弹指一挥间，和丰的主人换了一茬又一茬，然而和丰老厂的这些经典建筑自清末民初以来也已成为中国建筑史上一个凝固的建筑典范。它的基础依然稳固牢靠，红砖砌嵌、凹凸精致、立体感十足的外墙依然时尚，正方敦实的廊柱依然如此刚坚，罗马式的回廊和精美绝伦的砖雕，虽历经无数次的地震、台风和风雨侵蚀，但砖雕上的花卉与卷草纹饰依然堪称绝版，令人叹为观止。目测周遭的现代化建筑，再看这两幢巍然屹立于甬江之畔已达百年之久的老和丰厂楼，其线条明晰层次分明的布局依然充满大气磅礴的质感。仰角微妙的公事楼，犹如所有建筑中独领风骚的最高贵头颅，使周边几十层的摩天大厦相形见绌，黯然失色……

我的一位远房姥爷当年曾经全程参与了和丰厂楼的建造，当时他任材料管事。记得小时候，老人家曾如数家珍般地告诉过我们，厂楼建造时对设计、施工监理和工匠们用料的要求非常严苛。其用心之精致一点也不比女红逊色；设计时，对回廊、转角楼梯、青砖廊柱、雕花门窗、细纹等装饰用料更是用足心思，丝毫不亚于绣花女之细微。除此以外，设计师、建筑师、镶嵌师、雕刻师、泥瓦工等各类工匠及制图施工监理、质检、巡检等全都分工明确，各司其职，完成一个部位或是一个构件，验收规范合格后都要签字画押。用他们当时的行话讲就是鲁班如此，工匠亦如此；进度快慢可议，精度质量免谈。如此才会成就百年建筑之典范，千年不倒之大厦。如此严谨和具体的质量责任制，简直堪比故宫太和殿每块金砖刻上各地官窑名与制砖工匠名字一样，出现问题以便秋后算账，责任倒查，如此谁会糊弄乱来？

老人家当时负责进出料管事："从钢筋水泥，石材门窗，砖瓦木料，油漆浆灰；小到一砖一瓦，钉子铁丝，门把锁具及一切西式建筑材料，除进口以外，一律全从信誉颇佳、质量上乘的公司购置。入库时一一分门别类，登记造册。大小材料谁领谁用，用时督查。材料出入均有明确的流水账单记录无误。所有建材供应商都货比三家，优质为先，议价免谈。所需建材全由股东大会主办公开招标，委托建造，监事监理和施工方、质检方日夜动态监测检查，材料质检员、保管员以鸡蛋里挑骨头为己任，一丝不苟地严控进料入库关。所有工程技术人员都苛刻至极……贪婪和歪门邪道绝对行不通。"老人家还补充道，造房子是百年大计，不会抢时间或搞提前竣工那种不切实际的想法。因宁波属软土地，厂楼又选址在江边。开工后地基先用大石块实压夯筑，要搁置半年后再浇注基础桩基，铺设钢筋混凝土浇筑地梁，待沉降稳定后再建造地面建筑，如此层层精密设计，整座建筑一旦一侧出现沉降或倾斜迹象，整体基础仍然四平八稳，不会单面开裂或倾斜，始终纹丝不动……故和丰厂楼建造是铁板钉钉牢固稳定。和丰老厂楼能巍然屹立百年仍坚如磐石，不正是老一辈建筑师和工匠们呕心沥血、精益求精的缩影吗？

再回过头看看，在距和丰纱厂旧址东南角不远处，就是几年前被列入危房的徐戍新村，建成至今也才不过三十年左右而已。论建筑历史排行，它连和丰厂楼的孙子辈都勉强，但就这么寿终正寝死翘翘了……实在纳闷，为何在建筑材料早已鸟枪换炮的今天，咋还时不时出现楼歪歪、楼斜斜甚至楼塌塌呢？而历经一百一十五年之久的和丰老厂房与公事楼为何坚不可摧，稳如泰山，历经百年不斜不歪不下沉，成为名副其实的楼坚强？

现仅存的两幢和丰厂楼不仅仅是凝固的建筑经典，还是一位永不衰老的历史见证者，亦是一位见证宁波工业百年兴衰的权威解说员。清光绪三十一年（1905），以戴瑞卿、顾元琛、周熊甫、郑岳生等发起，并由463位股东筹集资金60万银圆，在原江东甬江边一大块空旷地带创办的和丰纺织有限公司（简称"和丰纱厂"）正式开业运作，初具雏形的宁波帮也在沪甬两地开枝散叶，更加发展壮大。

建筑是凝固的艺术，它融合和倾注了设计者与工匠们执着的情感与爱。我向来喜欢在经典建筑前驻足和思索，比如这和丰老厂楼，比如宁波老外滩附近那些中西合璧老式建筑，比如儿时在上海生活过的那些里弄石库门建筑等等。而眼前这两幢和丰老厂楼无疑是我最欣赏的精致老建筑之一。喜欢中西结合的古建筑也许与我的家族出身有关。从我曾祖父到我父亲这一辈，全都是与石为伍的石匠世家，在当时也算是当地的能工巧匠。看看现在横店影视城那些气势恢宏、规模宏大，并以1：1复制的一座座明清宫苑、皇家园林，还有将东阳木雕和石匠工艺融入其中的那一处处的仿古历史文化建筑和民国时期的街巷，现如今被誉为东方好莱坞的横店影视城正因为上述经典别致的建筑群，也早已成了国内外游人纷至沓来的网红打卡地和令人过目不忘的复制版皇家园林建筑群。

感慨之余总觉得中国与西方是能够互补互利互惠的，这中西合璧的和丰厂楼老建筑就是最有说服力的中西结合佐证。各民族互相借鉴融合也是天性使然，人类是能够和平共处的，不是吗？百年和丰显然有太多太多的东西让我们引以为傲，百年和丰筚路蓝缕之精神更是值得我们去感悟与深思的宝贵遗产。

2021年9月10日于宁波

山中来信

应好友夫妇的邀约，我们两家于 4 月 14 日下午从宁波自驾出发前往新昌游览，直接上甬金高速行驶约 160 公里后，抵达新昌县东茗乡下岩贝村的一家名为山中来信的乡悦云端民宿。下榻这家造型别致的民宿，是忠明兄前些日子在一家经营民宿的会员平台上抢到的免费入住体验房，平时淡季价格在 1500 元到 2800 元之间。这是一家建在山巅之上的民宿，这块土地原是专门种植花生的，几年前被用作旅游开发，旅舍的设计风格比较新颖独特，店名"山中来信"也富有遐想和诗意；室外还配有一个清澈见底的大游泳池。民宿周边风景独好，推开房间窗户或置身于泳池边的休闲观光平台，就能一览无余欣赏到周围和远处美轮美奂的景色，故在旅游旺季或节假日此处一房难求。

这里空气清新，虽然海拔不算太高，但前面山崖边紧挨着一个 300 多米深的悠长峡谷，对面是拔地而起的 18 个孤峰，奇特的地貌时常催生只有高海拔才有的壮观云海和鲜红日落。西南方向附近那一长溜翠绿的山峰就是著名的旅游景点穿岩十九峰（或称十八仙女峰），我们准备在此住两天再回宁波。第二天上午我在朋友圈里发了一则调侃的消息：收到山中来信邀约后，立马和新西兰友人一起八百里加急赶到十八仙女峰，参加三月三天上人间仙女品茶会，一早在晨雾缭绕的远处山谷中，我看到了若隐若现、婀娜多姿、形如仙女的一座座山峰，原来这就是美丽的十八仙女峰呢。我用无人机上下左右，前后侧翼仔细端详观察，数了好几遍还是没能看清到底有多少个仙女。

傍晚，趁夕阳西下，我们在房间外静静等待落日余晖罩照十八仙女峰时的最佳景观，值了！漫长的等待终于有了回报，看这浑圆通透、令人心悸的夕阳犹如一盏挂在苍穹之下的大红灯笼，让观景台上的人个个惊叹得目瞪口呆……唉，时不我待呢，拍得正在兴头上，这轮红日眨眼间已沉入山脊那边了。

第三天清晨，我早早就起来观看山崖峡谷中升起的迷雾，并在大泳池中坐进小船双桨划水，忠明兄则从斜对面抓拍，剪辑后感觉似真的在一个高山湖泊中练皮划艇似的，于是又兴致勃勃地在朋友圈发了一条图文并茂的消息：对面的女孩看过来……就这样被你俘虏！只是因为山中来信相约云端。清晨远眺晨曦微露，云雾缥缈红日喷薄而出；看云卷云舒，观夕阳西下……心，瞬间爱上你。清晨，我在雪线下的高山湖泊荡起双桨，在清澈见底的狭长湖中穿越迷雾，划向希望的彼岸……

在文字中我故意使用了雪线下这模糊语言，好多朋友看后都以为我们是在川藏线上哪个湖泊打卡呢。我说那是故意逗你们的，不过这地方很多人都不知道的，煞是好玩。去餐厅用餐，你得首先推开一扇写有"幸福之门"的风情木门才可享用丰盛早餐。与泳池相距不远处，还有几间造型各异、充满遐想的叶子状小木屋，更是俊男靓女到此一游的最爱。据说每有入住团队清晨观赏日出时，民宿楼上多有美眉穿着睡衣睡裤站在阳台观云海，楼下众多帅哥忙着转头想歪歪，那一刻，云里雾里，人景同框，颇为有趣。也有三三两两的美眉游客牵着狗狗、拎着美食在山崖边，在叶子小木屋，在泳池观景平台上来此抖音直播，展示晨雾、女人与狗、减肥与零食的各种萌萌样。当然，减肥与美食始终是美女们心中既充满矛盾和纠结、又永远心心念念的话题。

结束新昌之行回到宁波，发现此条山中来信之旅的微博点击浏览量已超一万，这也印证了这种神秘好奇的地方是颇受亲们青睐的打卡胜地。好吧，那就和大家一起分享吧。地理坐标：绍兴市新昌县东茗乡下岩贝村。亲们只

"山中来信"叶子小木屋　　　　　　杰宁摄

要预约山中来信民宿店，即可前往下岩贝村的乡约云端民宿享受与众不同的体验。四月的下岩贝没有喧闹的音调，没有霓虹灯的闪烁，只有漫山盛开的杜鹃。那里灿若云锦，绚烂夺目，流水潺潺。游人居高临下，东可远眺色彩斑斓的天姥山最高峰北斗尖，西可望见著名的穿岩十九峰（你可以找出十八仙女），北可看见石狗洞所在的山谷，南可目睹难得一见的倒脱靴美景。欣赏完傍晚的落日余晖后，到了夜晚，天空辽远，星斗满天，周边萤火虫鸣，蟋蟀吹笛，蝈蝈声声，一片蛙鸣悠扬……蘸着草味青香的晚风轻轻拂过面庞，清澈的夜晚，神秘浪漫的"星空小村"就这样跃然眼前。

白天，在下岩贝村游逛，你还可四望连绵的茶园青翠欲滴，秀丽的韩妃江从村庄山脚蜿蜒流过，峡谷风光云蒸霞蔚，十九峰峦、美丽乡村在云雾中若隐若现，俨然一幅江南水墨烟雨画！

2021 年 4 月于绍兴

开平碉楼

  世界非物质文化遗产开平碉楼群与古村落，大都建于 19 世纪至 20 世纪初叶，现已成立开平碉楼文化旅游区。碉楼群位于广东省珠江三角洲西南部，是全国著名的华侨之乡、建筑之乡、艺术之乡和碉楼之乡，主要包括：世界文化遗产碉楼群、马降龙古村落以及被称为中国华侨园林之一绝的立园。

  19 世纪初，第一批以闽粤两地为主的华人，为谋生下南洋、闯世界，背井离乡，把家国情怀植入记忆深处。他们远涉重洋，如一叶扁舟历经惊涛骇浪与劫难，在异国他乡生生不息，奋发图强；几代人百余年来以生命谱写了一部犹如史诗般的南洋华侨血色惊澜的创业史。他们中有人衣锦还乡，也有人再无归期。海上丝绸之路，既是一条华侨华人向外开拓之路，也是回乡寻根之路。在百年历程中，从光鲜到斑驳，见证着他们从出走到归来的奋斗史和回家路。

  立园是旅美华侨谢维立先生始建于 20 世纪初的花园别墅，整个建筑设计以《红楼梦》描绘的大观园为依托，巧妙地将古典园林韵味与欧美当代流行的别墅建筑特色融会贯通，呈现出一种独特的建筑艺术之美，在中国华侨私人建造的园林中堪称一绝。立园享有"小大观园"的美誉，它的意境是"小桥、流水、人家"，园内布局分为大花园、小花园和别墅区三个区域，自成一体，以人工河或围墙相隔，又用桥亭或通天回廊相连，可谓园中有园，景中有景，耐人寻味。名家书法楹联有浓郁的文化内涵；大量富有浪漫传奇色彩

杰宁 摄

的精美灰塑、壁画，使人恍觉时光倒流。

漫步徜徉在一幢幢早已繁华不再、物是人非、略显寂寞的碉楼内外，笔者似乎也有些许的落寞与孤寂。那几扇制作考究，向外半开半掩的正方形铁窗户，满是铁锈，但从其制作的铁艺技术仍依稀可见当年主人对碉楼建材与设计风格的考究程度。踮起脚尖从外向内观赏，见偌大的厅堂地面全由彩色的水磨石现浇而成，气派非凡。然室内空无一人，缺少人气与烟火味的屋子，似乎默默地向人们诉说着碉楼主人往日的荣耀和周遭的繁华……另一侧一幢年代久远的碉楼正在修旧如旧施工复原中。

值得庆幸的是，这种包含中、西、粤、闽及南洋建筑风格且互为兼容的碉楼文化，并未随着建筑历史的沿革而被抛弃，反而被很好地保护和传承下来，看那两幢林姓曾祖父与其曾孙分别建造于20世纪30年代与21世纪初的碉楼，恰恰说明南洋风情与马来风格的建筑与闽粤文化的和谐融合之源远流长。据当地老人介绍，开平其实从明代开始就有零零散散的下南洋经商华人出现，这些先辈华人也有先富者回乡建房，自那时起所建楼房样式已显现出早期碉楼的雏形，后来归来的老者叶落归根，其后人又络绎不绝继赴南洋谋生闯荡，由此开平碉楼也越来越与时俱进，建成了很多与当地实用功能相结合的碉楼建筑群落，且大都垫高基础地基，建成三层楼以上。个中缘由，一因开平市所处地理位置，地势相对周边邻县明显偏低，常年低洼洪涝频发，故建高楼可有效避免低洼水涝浸侵；二是马降龙古村落早期地处三县交界，治安情况甚差，盗贼和劫匪较多，百姓不堪其扰，那些回乡建楼或衣锦还乡的华侨往往也是这些盗贼和劫匪最先盯上的目标，故碉楼主人为防盗防匪，就在原有设计中加筑厚墙，并在顶楼开个小窗作枪眼用以自卫，还在碉楼四角建燕子窝用作瞭望和相互传递信息之用。当地一位长者告诉笔者，20 世纪 20 年代，曾有一伙强盗在一个月黑风高之夜来当地一所中学劫掠，正当这伙劫贼蠢蠢欲动开始攀爬围墙时，恰巧被附近一座大户人家安装在碉楼燕子窝上的探照灯发现。求助信号一经发出，附近各村邻里乡亲顷刻之间纷纷持械赶来，大家同仇敌忾击退盗贼，救出校长和好多师生，把那伙劫匪打得落荒而逃。由此也印证了开平碉楼在防水涝和防火防盗防劫匪等方面的诸多功效。

现在的碉楼群旅游区内既有村落、碉楼、洋庐、民居、花园、别墅等古建筑，又有河流、山丘、田野、荷塘、竹林、树木等自然景观；文物古迹和古树名木琳琅满目，田园、小桥、流水、热带植物美景如画，旅游资源非常丰富。传统碉楼与当地特有村居环境自然融合，形成了各自原生态特色。开平市历史文化悠久，文化底蕴深厚，被誉为"华侨文化的典范之作""令人震撼的建筑艺术长廊"。询问当地村民得知，马降龙周边的永安、南安、庆临、河东、龙江 5 个自然村，主要由黄氏、关氏两大姓氏家族居住。因村落东面有一处形象似马的马山，村落后又有一条形似蜈蚣的百足山，当地人以"百足为龙"，龙多兴风雨，村民希望以马来降住龙，保一方兴旺发达，故取村名为"马降龙"。马降龙古村落背靠百足山，面临潭江水，山水相映、如诗如画，村内共有 7 座碉楼、8 座庐，错落有致地分布在古林修竹间。漫步其中，翠竹扶疏、绿树成荫、鸟语花香、景色迷人，宛如世外桃源。2007 年被联合国教科文组织列入《世界遗产名录》。

2020 年 4 月于广东

这就是宁海人

在宁波，宁海人颇具地域特色的个性与品性明显区别于其他县市区，其彪悍刚烈的民风、宁折不弯的秉性及忠诚厚义的品格，亦为浙东乃至整个华东地区所罕见。历朝历代，宁海人文官不跪求，武官不屈膝，平民不乞伏……

无论面对昏君官府的甲胄弓矢，还是倭寇海盗的杀戮劫掠，宁海人的膝盖从不缺钙；这就是宁海人！其区划无论从属台州府还是明州府（宁波），其刚柔相济又偏重石骨铁硬的鲜明个性，早已世世代代深植于宁海人的基因与骨髓之中，纵观自唐宋至明清以来的宁海历史名人，便可管中窥豹。

情景画面之一，朱棣：……如不拟写，诛九族！方孝孺：……诛我十族又何妨！公元 1399 年 8 月，朱元璋四子朱棣（明永乐帝）以"清君侧，靖国难"为由，发动兵变，最终赶走侄儿建文帝篡位称帝，史称"靖难之变"。时任翰林院大学士的方孝孺，因拒拟朱棣即位诏书而被处死并株连十族。自古以来，唯有诛九族，第十族从何而来？于是再加一族，即同学和老师。其时，方孝孺在宁海缑城的宗亲面对奉旨前来灭族屠戮的官府兵丁，全族无所畏惧，慷慨赴死；老弱妇孺亦无下跪求饶者；有母亲抱幼牵子跳井投河的，有整户家人扑向门前池塘溺亡的，有耄耋老人双双倒卧沟渠而亡的，更有众多刚烈女性悬梁自尽的……有史料记载，除了死去的 800 多宗亲冤魂，更有数千人被流放、充军，其中不少被折磨致死。方孝孺忠臣不事二主的铮铮铁骨与愚忠个性，也由此成为中国历史上唯一一个被"诛十族"的人。这就是宁海人！

情景画面之二：柔石（1902.9.28—1931.2.7），男，浙江宁海人。笔名柔石、金桥、赵璜、刘志清等。中国作家，中国共产党党员，左联五烈士之一。柔石的生命虽然短暂如昙花一现，却是那样丰盛伟岸，他一生积极从事新文化运动，以唤醒民众忧国忧民的革命意识。柔石与著名的国画大师潘天寿（宁海人）亦是同乡至交，两人交情甚笃。柔石被捕后面对反动军警的严刑拷打和威逼利诱不屑一顾，这个身体羸弱、手无缚鸡之力的文弱书生，始终表现得大义凛然，宁死不屈，其身上宁海人的刚毅秉性体现得淋漓尽致。

曾经影响了几代人的电影《早春二月》，即由柔石所著的中篇小说《二月》改编而成。这就是宁海人！

情景画面之三，据宁海当地老人口耳相传：明朝年间，宁海长街、西店一带的沿海地区屡受倭寇和海盗侵扰劫掠，无数岛屿被占，长街的伍山石窟也一度被倭寇占据，大量优质石材被盗取，至今伍山石窟还保留着外寇持剑把守的雕像。除了日本人外，还有西班牙人、葡萄牙人、海盗等，其中使用武士刀的日本武士和浪人是"倭寇"的主要组成部分。明嘉靖四十年（公元1561年）4月22日，明将戚继光率领戚家军和强悍的宁海兵民打响了驱逐倭寇的宁海之战。战斗仅仅打了半个时辰，就以戚家军的完胜而告终。这是戚家军在历史上的第一次正式披甲出场，也是鸳鸯阵战术在历史上的第一次亮相。整场战斗，戚家军与宁海军民杀敌三百，无一阵亡，据说仅有一个狼筅手因为武器使用不当受了轻伤。战争结局：0∶300。此战戚家军和宁海兵民同仇敌忾，将倭寇打得丢盔卸甲，瑟瑟发抖。残兵败将纷纷抱头鼠窜溃逃到沿海几个荒岛上，犹如丧家之犬，惶惶不可终日，此后数年基本都龟缩岛上再不敢轻举妄动，偶有几次侵扰不是铩羽而归就是被打得满地找牙……倭寇终于记住了，宁海人是不好惹的，惹翻了是不好办的！这就是宁海人！

情景画面之四，我母亲的祖上是宁海深甽镇马岙村俞氏家族。母亲说她的祖母从小性格刚烈、倔强，且坚决不缠脚，生就一双大脚板，手掌奇大又不理女红，最后家人只得让其忙时干农活，闲时习武艺。她最擅长宁海长拳，

童葆昭将军戎装　图片由童葆昭儿子童雄生 供

终生习拳练武不止，好打抱不平。她82岁时还能运气发力，利用长拳提、拉、摔的技巧，将一名年约四十、蛮横无理、时常欺凌百姓的恶人抓起后摔在一个石碾子磨上，令众人面面相觑，瞠目结舌。母亲还听祖母说过，马岙俞氏族人祖上一直有习武传统，只是传男不传女，她祖母是个特例。据俞氏族谱记载，当年曾有为数众多的宗亲先祖追随戚家军抗击倭寇驱逐海盗，多有功勋建树。是的，宁海人哪怕强敌环伺，总是众志成城，同仇敌忾，并且毫不退缩，决不言和。对付敌寇，宁海人只用让来犯者唯一能长记性的以暴制暴的方式去对付。这就是宁海人！

　　情景画面之五，我的初中语文老师童雄生先生（生于台湾高雄市）是宁海前童人，其父童葆昭（1906—1951），黄埔六期。与童葆俊、童葆晖同被誉为前童黄埔三杰。系抗战功臣。日本投降后，曾随陈仪赴台湾接管日军受降及台湾防务事项，历任浙东军务处主任、福建厦门水警第一大队长、高雄市警察局长等职。国共合作时期，他在任内解救过很多宁海籍的中共地下党员，使之免遭日寇和国民党顽固派的追杀缉捕。在平息台湾"二二八"之乱后，随陈仪返回浙江任浙江省内河水上警察局（简称水警局）局长兼国民政府浙江省温岭县政府的末任县长。上任仅六天，即有中共温州地区地下党组织劝说其率部投降起义。为使国共双方士兵不再因内战而流血牺牲，温岭城内百姓不再生灵涂炭，他便不战不降，只身带领几名卫士弃城离去，温岭遂宣告解放，童葆昭也于日后被俘，1951 年在宁海被误杀（时年童老师才四岁）。后于 1980 年平反，当地政府和公安机关认为，童葆昭在抗战时期率部坚决抗日，又在抗战和国共内战期间救过很多中共地下党员，功大于过。其中，新中国成立后曾任宁海县县长的童衍孝先生，抗战期间因中共地下党员身份暴露遭敌人追缉前去投靠他，童将军明知对方是中共地下党，仍然将他安排为三级水警，月薪六块大洋。童衍孝后人每每聊起此事都非常痛惜难过……然人死不能复生，殊为可惜。

"身为黄埔军人，抗击外寇乃是军人天职，然吾之人生与军人字典中亦绝无投降二字！"这就是宁海人！

2020 年 9 月于宁海

长街是个好地方

　　宁海是个百游不厌的好地方。时年21岁、被后世誉为"千古奇人"的徐霞客在公元1613年5月19日，正式从宁海开始撰写他的传世之作《徐霞客游记》。在开篇首记中徐霞客心情颇佳地写道："癸丑之三月晦，自宁海出西门。云散日朗，人意山光，俱有喜态。"自2011年5月19日起，宁海年年成为"中国旅游日"的盛大宣发地。

　　智者乐水山开窍，聪明绝顶海无垠。笔者在宁海县长街镇也着实真正感受了一回面朝大海、春暖花开的季节味道，爬上山顶，和煦的海风与春的香味拂面而来。

　　伍山石窟是长街游必到的打卡地。与国内其他著名石窟不同的是，这里的五座石窟位于海边的山上而非地下，近千年来工匠切割取石的深度已深入地下近百米，令人啧啧称奇。这样的深度已足够一艘核潜艇的下潜深度了。在浙东黄金旅游线上绝对是一颗璀璨的明珠，堪称海湾洞天。伍山石窟即位于聪明绝顶山的峰巅之中，你感受最大的不仅仅是这里石窟之宏伟、切割之精细、雕琢之精妙……更有一股对古代匠人的敬畏之情，石窟经历千百年来的风吹雨打依然稳固如初，气势如虹。假如你到此一游，相信你必定感触良多，收获满满。

　　长街的旅游观光业近年来发展迅速，其"长"处显而易见。就连我们下榻的这家名为海岸线假日酒店的设计装饰也是以"长"补短，中西结合风格的长廊让人印象深刻。据陪同的朋友介绍，这样以长为设计特色、一眼望不到尽头的度假式星级酒店在长街还有很多家，由此也吸引了众多游客前来观赏入住。

趁夕阳西下，我兴致勃勃地登上伍山石窟的聪明绝顶山巅，在 5 点 02 分拍到日月同辉的天象，令人诧异的是拍下的图像居然是个蓝月亮，随行的几位警官好友和当地学者都说这是个好兆头，以前也有人在落日余晖时拍到过，但为什么是蓝月亮大家也说不出个所以然。难不成嫦娥也在这春季时日将月亮换上了靓丽的蓝装？后出于好奇请教一位对天文气象颇有研究的老师，也说未曾遇到过此情况……

长街有多"长"？宁海县长街镇宋代时曾称长亭，缘于盐场附近设有众多的盐铺、商铺和亭子，数十间相连甚长而得名。至清代因商贾云集、集市繁荣，南北一

伍山石窟　　　　　　　　　　　杰宁 摄

条街上商铺连绵不断，长达二里多地，故又名长街，地名沿用至今。

　　一方水土养一方人，亦能滋养一味饕餮美食。说起当地特产，非长街蛏子莫属。早在宋嘉定年间就有学者在《风俗篇》中记载："近则采螺蚌蛏哈之属，以自赡给或载往他郡为商贾。"长街蛏子是宁海县对外宣发的一张引以为傲的名片，因其颈美体白，触管纤秀，其形狭长如中指，吐舌如玉被誉为"西施舌"。长街蛏子又因个体大小均匀，形厚壳薄，肉质肥壮，色白味鲜，营养丰富而闻名遐迩。宁海也由此获得"中国蛏子之乡"的美称，并荣获"中国国际农业博览会优质农产品金奖"。

　　长街蛏子的烹饪方法有很多种，如时下风靡一时的铁板蛏子，也可煲汤、烧羹、红烧，或晒干做酱蛏、倒笃蛏子等，但最能保持原汁原味的吃法当属清蒸后蘸些酱油吃，嫩中微甜，鲜度十足，那味道可真叫一个鲜呢！而且此鲜味绝对会让食客满口爽嫩，味蕾驻忆久长。

2020 年 9 月于宁海

老师与老兵

今天自驾两百多公里，前往神仙居参与计划中的助学公益活动。趁此机会，正好陪同我的初中语文老师童雄生老师夫妇一起同行，年已 75 岁的童老师此行目的地是仙居县上张乡姚岸村，以圆他多年来心心念念的一个夙愿：见一见已交往六十多年的故交——一位现已 88 岁高龄的退役老兵姚叔叔。抵达姚老先生家中，这对精神矍铄的老夫妻对我们的到来喜出望外，特别开心。老师给老两口送上了一个大红包和我们随车带去的衣服、食品和水果等慰问品。其间，老师向我伸出大拇指并点赞我陪访有功，车技一流，让我感觉犹如当年因一篇作文被他在课堂上点赞一样，开心得屁颠屁颠儿的。

童老师是宁海前童人，1947 年生于台湾高雄市。其父童葆昭抗战后曾任台湾高雄市警察局长，系黄埔军校六期毕业，抗战时期是率众坚决保卫福建的抗日将领之一，任上为官清正廉洁，其生平介绍现陈列于宁海县廉政教育基地前童"正德堂"。

出于对老师与这位非亲非故的姚叔叔有如此深厚的感情的好奇，趁他们聊至兴头上，我也时不时地大声对着老师（他的双耳伴有中度失聪）询问一些感兴趣的话题。原来老人与老师一家的友情交往要追溯到 20 世纪 50 年代初期，当时姚老在解放军驻宁海的某部队服役，驻地恰好就在童老师家所在大院。那时童老师还是个五六岁的孩子，他从小就对军人充满好奇和崇拜，平时隔三岔五总喜欢往军营里跑。也就是在那时候，他受到了姚老兵的很多爱心关怀。

　　姚老入伍前是一名小学毕业生，这在当时的部队里也算是个有文化的小秀才，他常常会给年幼时的童老师讲一些古今中外的历史和人文故事；还曾多次送些文具什么的给童老师，让童老师一家颇为感动和暖心。

　　姚老兵后来退役到杭州一木材场工作，其间还曾邀请当时正在读初中的童老师去杭州玩，带童老师游览了西湖主要景点。为响应国家号召，减轻国家负担，姚老带头坚决要求回乡工作。回到仙居农村老家后，童老师与他逐渐失去了联系。但那段孩提时期与姚老和驻军部队亲密相处的几年经历，已深深地印刻在他的心里，由于幼年丧父，从某种程度上来说，年幼时的童老师可能在潜意识里，还把穿军服的姚叔叔当成了自己父亲的形象再现。姚老退役回乡后五年左右，也曾到宁波去看望过童老师一家，但"文革"期间双方又再度失去联系，直到改革开放后童老师再次联系上姚老。细细想来他们之间这段真挚感人的友情已悄然跨越了近七十年的漫长岁月，童老师也从一名懵懂小男孩变成了一个年过七旬的老人，唯一不变的是这段依然在继续着的、甘甜醇厚似老酒的友情，越久越浓厚绵长……

童雄生老师（右）与老兵夫妇　　　　杰宁 摄

　　姚岸村地处神仙居南部山区，是原红十三军和省级爱国主义教育基地及原中共仙居县委旧址所在地。这里民风淳朴，景色秀奇，平均海拔高度430米，姚岸村的地貌具有万山绵延、回合聚秀、峰峦奇险的特点，具有很好的旅游、休闲、养生度假的旅游产业发展前景。村庄周边拥有得天独厚的十二个自然景观：一、沧海桑田的吊船环，二、三羊献果的仙女洞，三、万山小村田园全景的远眺台，四、《功夫之王》拍摄基地，五、飞瀑挂川彩虹桥，六、村口古树群，七、鬼斧神工岩路堂，八、百鸟争鸣的百鸟坑，九、双狮戏月，十、降狮伏虎的仙人景观，十一、美丽的碏下小山村，十二、一座竖岩千幅画。

午饭后，年近九旬的姚老还兴致勃勃地陪同我们登上仙居与永嘉交界的山巅，参观原红十三军在此游击与战斗过的足迹，以及一座红军兵工厂旧址——红十三军姚岸兵工厂。据姚老介绍，20世纪20年代末，在中国共产党"武装反抗国民党"的总方针和毛泽东"枪杆子里面出政权"思想的指引下，仙居东乡的杨通海和西乡的金小奶弟、金永洪、朱福真、曹金库、陈家等，纷纷组织农民武装，开展打土豪、保护农民利益的斗争。1930年3月，祖籍永嘉五尺的胡公冕受中共中央军委周恩来的指派，在仙居金竹乡黄皮村（今属永嘉）成立了"浙南红军游击总指挥部"。5月，根据中共中央4月3日的第〇三号通知，正式成立了"中国工农红军第十三军"（简称红十三军），属中央军委正式编序的十四支红军队伍之一。

在杨通海（大洪上人）和其亲戚姚岸姚小英的努力下，姚岸兵工厂秘密而生。兵工厂组织了姚岸、上张等地的农民铁匠、木匠，大量生产大刀、长矛、鸟枪和土炮，保证了红十三军游击队的部分武器装备，沉重打击了国民党反动派。姚岸兵工厂，一直延续到抗日战争时期和解放战争时期，为浙南抗日游击总队（三五支队）和仙临黄边区委武工队开展武装斗争作出了不朽的贡献。

下山后，姚老从自己怀中掏出一张他凭记忆抄写的开国大典领导人名单让我们看。这一行行工整秀丽的笔迹，让众人敬佩之情油然而起。尤其难能可贵的是老人退役后六十多年如一日，始终保持人民军队的本色和服务村民的初心，其家人和村民们对他为人的评价是：这个老兵长辈是咱们村的好榜样……如同这张开国大典名单一样，令人肃然起敬！

有朋自远方来，不亦乐乎！当晚，神仙居的这位前辈老兵在女儿家用满满的一桌农家菜肴招待我们，老人吩咐女儿女婿轮番掌厨，高山土猪肉是自养的，溪鱼是自己捕捉的，番薯毛芋和蔬菜是自己种植的，鸭子是老人自己放养的……可谓绿色得不能再绿色了，是城里人想都不敢想的放心食材。这满满的一桌当地特色菜肴，形味色香俱全，还未动筷就已让人垂涎欲滴，口水频频下咽。

次日下午，当我们与姚老夫妇告别时，这位生性刚毅的老兵竟像小孩子似的，瞬间变得满脸通红、热泪盈眶……一切尽在不言中。我为老师夫妻俩和姚老先生夫妇摄下了这一幕的瞬间，心里也微微颤抖起来。敬礼，我们的前辈老兵！离开这个红色根据地前，我又一次抚摸了当年红十三军留下的军旗。

今天在返回途中还有一个意外的惊喜，在距神仙居南面约二十公里的一处山峰旁，不经意间竟发现一个面向东方的狮身人面像，真是逼真极了。

2021 年 2 月于仙居

称重二十年

　　某日闲来无事，拉开抽屉翻出数十张高速服务区的身高体重测定记录小票，迄今为止时间跨度已达二十多年。这算不算博人眼球的另类收藏？是不是还属稚气未脱的童趣喜好？其实最早缘于小时候每年过立夏节的那天人人都要称体重的习俗。

　　以前宁波乡下过立夏节，一般是在吃过糯米豆绒（蚕豆）饭以后，男孩和女孩分别从大人那里拿到立夏茶叶蛋和"痒夏绳"（一种用多彩丝线编织的、可套在手腕或用来扎在发辫上的头绳），然后男孩子就会以蛋作乐，欢快地跑去找小伙伴们去"柱蛋"，以比谁的蛋壳坚硬，并以此为荣，若两蛋抵顶，谁的蛋壳先破碎，谁就认输。而女孩子则会和母亲姐妹等人在一起做女红，穿耳洞、扎红头绳等。

　　称体重则是立夏节当天一幕比较热闹的重头戏，几乎家家户户不分男女老少，都会前往所在单位、学校或村里设置的称重点去称一下体重，特别是各村的称体重过程既热闹非凡又很有仪式感。那里专门有几个壮实的男人负责为大家义务称重，为主的一个负责把秤计重；这可是一个力气活，往往几个小时下来，要连续不停地给那么多人称体重，确实是个累并快乐着的差使。他们手持一杆木制大秤，秤砣形状似寺院里常见的铜钟；那秤杆长约一米五，两头用很薄的铜皮包裹起来，秤杆前端上方有一圆形粗绳套（用来称重物时两人抬杠之用），下方悬吊着一个形似"乙"字的大铁钩子。旁边还备有箩筐和四脚板凳等用于称重的辅助物件。

称重开始后，成年人和胆子大一点的男孩，通常是双手直接抓住大秤铁钩子，双脚收腿弯曲，离地悬挂一会儿，掌秤人则将吊坠着秤砣的度量线在微微上翘的秤杆上快速划拉几下，然后迅速固定被称者的重量刻度，报出计重结果即下地，换上另一个再称。而年纪稍大一点的老人或妇女儿童，因缺乏吊抓秤钩的力气，所以一般都会先坐进备好的箩筐里，再由秤钩吊起箩筐过秤后再报计重结果……对男孩子来说，立夏节确实是一个颇为有趣的传统节日，很多男孩往往称过一次后，趁过秤人不备之时，又会调皮地钻出人群一屁股坐进箩筐里再次体验过秤的乐趣。当然，这样调皮捣蛋法子笔者小时候也是屡屡上演的……

俗话说："十里不同风，百里不同俗。"对地处浙东的宁波来说，立夏节这天给小孩称体重，一说称了体重之后，就不怕夏季炎热和虫蚊叮咬；二是

历年积累的称重记录小票　　　　　杰宁摄

称过体重就能似"毛笋时"（长身体）一样长得更高更壮，由此也寄托着长辈美好的祝愿。在我儿时，立夏称体重也是我的最爱。

我父亲当年从部队转业后，被分配到地方粮食部门工作，他们单位门市部和粮油仓库都配有数量不等的地磅（宁波话俗称磅秤），平时一到放学回家时，我也常常喜欢去父亲单位玩称重和拉磅游戏，直到被大人发现呵斥住才罢手。

后来随着电子秤的逐年普及，儿时那幕年年期盼的立夏

节称体重风俗也慢慢地淡出了历史的长河，但每年的立夏节来临之际，那种儿时柱蛋和称重的一幕幕情景又会清晰地跃入眼帘，记忆中那种老少皆乐的纯正乡情乡音乐趣和欢乐场景始终令人无法忘怀……也许这也是我一直以来都对称重保有一份童趣的缘故吧！

随着年龄的增长，我对儿时称重的童趣依然保持着浓厚的兴趣。这一童真喜好非但没有减少，反而越来越喜欢，每每看到有秤的地方就会不由自主地站上去称一下，体量的轻重已经无所谓，为的是重温儿时称重的那种画面感。

自高速服务区内设有自动称重机后，我每次驾车进入服务区时，都会玩儿似的投一元硬币称一次体重，然后将测量到的记录条放入皮夹子，不曾想到这一习惯竟也持续了二十多年。由此也带来了两个令我欣喜的发现：一是从2000年到2021年间我的体重始终保持在67~70公斤之间。这可能得益于我爱有氧运动及从不饮酒，从不暴饮暴食，也很少吃宵夜的习惯。当然还有多年以来所保持的军人良好生活方式和自律。二是不经意间这些塞在抽屉里的称重记录条，现在也可算是收藏一宝了吧！虽然当时并未想到刻意保存，很多记录条称后即丢，故保留并不完整，有很多年代久远的也已经模糊得看不清楚了，但现在看看还是蛮有趣的。所以说，任何事物有用无用都不是绝对的，或许留给时间，才会有最好的答案。

令人遗憾的是，随着智能手机和无纸化系统的应用和推广，现在很多高速服务区已撤去了电子称重机，更多的服务区已更换成数字声控测量机，投币或微信支付后也不再吐出记录条单。如此一来，我这兴趣也只好转移到家里的那个小地秤上了。江山好易禀性难移，估计我这每到一地爱称体重的童趣肯定也是改不了了。

2021年初冬于宁波

千塘·天塘·天堂

　　都说苏杭是天堂，人间天堂还真有。广东省云浮市新兴县，有着一个令人心动的名字——天堂镇。那儿确是一个能让心静下来的地方，处处显得宁静恬淡。

　　这是一个远离城市繁华和喧嚣、有着典型慢生活节奏的小镇，拂面而来的空气依然带着初春淡淡的清香和些许的微冷，很多散客游人及那些背包客几乎都因这天堂之名而受好奇心驱使纷至沓来，一探究竟。人们忘却了旅途的疲惫，一双双充满好奇的眼睛左顾右盼，频频扫描周遭一切感兴趣的东西。笔者自驾抵达时正值早高峰时段，观察良久后发现此地明显有异于其他地方，街上稀有边吃卷饼边赶时间的上班打卡族，也没有一脸凝重、行色匆匆的路人，亦不见熙熙攘攘、摩肩接踵的马路市场。只见一些健谈的长者和年轻人在早茶店聊得起劲，他们边品味着传统的广式早点，边用粤语聊着相互感兴趣的话题。他们神态各异，神情看起来极为放松，个个显得怡然自乐。女人和孩子们时不时地在街边和巷子里出入，而且身边总有摇头摆尾的狗狗围绕着。这儿也没有留守妇女、留守儿童的概念，生活似乎就是如此这般的简与慢，这节奏与天堂镇的美称可谓绝配……

　　"久在樊笼里，复得返自然。"在天堂小镇，你会看到悠闲自在的生活已回归本真，人们已习惯于享受大自然赐予这里的这份珍贵与恬静。在此经营绿色农产品的战友告诉笔者：人到世上走一趟，短短三万天又不长，慢生活能让心不累，身不疲；人切不可因拼命挣钱、日夜颠倒去作践自己的身体……嗯，战友这番话还真是说到点子上了。

至于此地为什么叫天堂镇，这位战友颇为自豪地打开了话匣子，他介绍说相传很久很久以前，此地非常干旱，周边水源年年枯竭，河流长年干涸见底。有一天，七位美丽的仙女云游经过此地，看见此地百姓遭遇如此困苦，心地善良的七仙女便在天上摘下千颗星斗，撒向天堂三十六社（旧时一村有一社坛，三十六社即三十六个村落），这千颗星斗散落三十六社后即刻化为千个水塘，各个水塘之间都有溪流互相流通，给三十六社村民提供了丰富的水资源，从此当地村民就过上了丰衣足食的幸福生活。村民们为了纪念七仙女洒落千塘的恩德，就将这个地方取名为"千塘"；后来又有人认为"千塘"乃是上苍天赐之塘，就改称为"天塘"。很多年以后人们觉得"天塘"与"天堂"谐音，为了寄托人们对幸福生活的美好憧憬与向往，就干脆将"天塘"改为"天堂"。自此之后，"天堂"镇的地名一直沿用至今。

天堂镇高速出口　　　　　　　　杰宁 摄

2021 年 3 月 20 日于广东

工农兵 3 号

　　印象中，过去宁波人习惯把每天往返于宁波江北岸码头与上海十六铺码头之间的几条沪甬轮船统称为工农兵 3 号。当地小孩子则更喜欢将其称作"坐上海轮船"。但细细探究，"工农兵 3 号"的叫法从年代的跨度上来看，仅仅包括了"文革"开始后的时间，并不代表"文革"前的叫法。据资料考证，自鸦片战争之后宁波、上海被列入五口通商口岸，至民国以后，就有固定的客轮定期或不定期地往返于沪甬二地。发生于 1948 年 12 月 3 日的特大海难事故的江亚轮，就是常年往返于这条航线上的一艘大型客轮。江亚轮当时核载 2500 人，出事时居然载了 4000 人，足见当时沪甬两地沿海客运之繁荣。借着这条航线的开通，早期的宁波帮也成了上海开埠的最早开拓者之一。一百多年来，上海宁波一家亲也俨然成为沪甬两地本地人的共识。时至今日，在上海这座国际大都市，也唯有宁波人在工作生活时依然能与上海本地人无缝对接，和谐相处，亲密无间，彼此向来视对方为阿拉自家人，没有一丁点的陌生感。这也缘于大部分上海人的祖籍老家都在宁波，两地民众均以"阿拉"自称，且语言、饮食和生活习惯也密不可分。这也是早期沪甬海上轮船对连接两地经济交往和人员密切来往的重大贡献。

　　有资料显示，抗战胜利后日本用以物抵债的方式先向国民政府赔偿了十三条近海客轮。当时国民政府接收后即将这些轮船全部用于从上海至浙江、江苏、福建和广东的东南沿海客运航线上。其中吨位最大的一条有 3000 多吨，被用作客轮投入到经济交流最繁忙、人员往来最密集的沪甬航线上。20世纪50年代后，这条轮船和其他两条客运轮船分别被命名为民主3号轮和民主18号、19号轮。每天下午五点左右，分别在宁波江北岸码头和上海十六铺码头开船，海上航行约十一个小时后，第二天凌晨五点多就可到达靠港码头。"困一夜到上海娘舅屋里，一夜天到宁波看外婆"，成了当时沪甬两地民众最惬意向往的事情。

1966年"文革"开始后，这三条轮船又被更名为工农兵3号、18号、19号轮，以凸显当时工农兵学商的政治氛围。但宁波人对物件的称呼一向喜欢简单明了又叫得响，还能叫得朗朗上口。故从"文革"开始，几乎所有的宁波人都干脆用五个字"工农兵3号"来称呼所有往返于沪甬两地的客轮，哪怕你恰巧乘坐的轮船舷号上明明白白写着是工农兵18号轮，但人们依然会熟视无睹地称为"工农兵3号"，大有睁着眼睛说瞎话之趣意。这种不以为然的习惯性叫法，似乎与宁波人将高低不一的板凳一律称为矮凳，将黑白两种颜色的狗狗分别称为黑黄狗、白黄狗一样颇有异曲同工之妙，虽不合语言逻辑但明白就行。

20世纪70年代中后期，因工农兵3号严重老化，故障频发，上海海运局就把上海沪东造船厂新建的两条沿海客轮投入到沪甬航线，分别是"繁新"轮和"昌新"轮，以工农兵命名的几条客轮由此完全退出沪甬海运航线。但新字号客轮影响远不及工农兵3号，特别是对工农兵3号的亲切感在沪甬旅客中深入人心。以工农兵3号泛称沪甬客轮这一习惯，一直延续到20世纪90年代末沪甬海上客运航线停航为止。至此，从1855年由宁波北号商团购得国内第一艘商业客轮"宝顺号"轮，并开辟沪甬海上航线算起，直到1995年沪甬海上客运线停航，这条历经两个世纪、运行了整整140年的沪甬海上航线也终于彻底退出了历史的舞台。

综观从民主3号轮到工农兵3号轮这半个多世纪的历史特殊时期，这条承载着沪甬两地几代人记忆的海上航线和轮船情结，早已融入了老底子宁波人的生命基因中，每每聊起始终是人们心中最喜欢的话题。

2021年8月7日于宁波

秀才作画

　　"诗词曲赋让位诗书画印，今后一段时间我要开玩画画了。"那天碰到秀才应坚，他踌躇满志地这样和我调侃。

　　我有点纳闷，相熟多年从未见过秀才作画，这学富五车的才子现如今真要与自己的主业背道而驰，一骑绝尘去挥毫泼墨吗？从专业领导岗位上退居二线后，人称秀才的他一直在不遗余力传播宣讲古诗词，大小公益活动不下上百场。不料这次相见时发现，两个月前他突然开始迷上了画画，整天心无旁骛沉醉于丹青画境不能自拔。每每画兴一来，便像是打了鸡血似的，日日作画成瘾，画绩也犹如神助，佳作频现。作为初学者，他的习作色墨交融，水气酣畅，极尽润泽；画面布局疏密有度。更妙的是每画一幅必做原创七言绝句一首，诗中有画、画中有诗令人叫绝。之前近一个甲子他未曾一天握过画笔，这秀才难道是唐寅转世、白石再现不成？

　　过了些天再去秀才家看望兵妈，又见一幅他刚于前几天完成的近作《虎啸》图。都说画虎画皮难画骨，细细观之，这跃然纸上活灵活现的林中之王，虎虎生威呼之欲出。你还别说，初涉画坛短短两月，上苍赐藏于秀才脑海中原先暂被隐匿的那支马良之笔和天赐之赋，一夜间好像被突然唤醒释放了。我说：自从你喜新厌旧走火入画以来，这不务正业还真是歪打正着了。这成绩、这进步可圈可点呀……他笑称自己也没想到对作画挺有灵感，原因之一恐怕是当记者几十年，各类画展书展美术研讨会参加不下百场，书画家采访过数十位，光是奔波宁波杭州上海北京台湾等地，追踪采访中国的凡高——画家沙耆前后就有二十多年，主创纪录片《百年沙耆》凡六易其稿，作品荣获省纪录片大赛一等奖。所谓近墨者黑——中国传统艺术本质相通，无论哲学、文字、诗词曲还是书法绘画雕塑瓷器等，各种造型艺术均讲求写意注重神似，意境深远主旨迷离——所以在创作时，浸润传统文化数十年的秀才基本上无须依样画葫芦过于写实，也不循规蹈矩去死板临摹，只需随心着意，画心中之景传韵外之意，兴来则写，意到即止，兴尽不恋。

我眯着眼睛逐幅观赏秀才画作，不得不说，向来以诗词曲赋唱诵演讲享誉朋友圈的秀才，笔下竟也能形神兼备地弄出如此栩栩如生、神形兼备、立体感超强的画作来。至于工笔白描、山水写意、梅兰竹菊、虫鱼鸟兽，他也随手拈来开笔就画，晕染上色似无师自通把握得当，让我等看得惊讶不已。瞧！这两幅葡萄画风新颖独特，着色浓淡相宜，画中有诗，空间留白得当，其中一幅题为：不羡蟠桃不羡仙，惟盼子孙瓜裔绵。何当秋熟提子落，乐满心间福满园。另一首：八八光阴一霎时，松山不老自吟诗。沧桑历遍心犹盼，菩提结子挂新枝。这幅色泽鲜艳、晶莹剔透、令人垂涎欲滴的提子葡萄，是兵妈88岁寿辰那天，秀才闭门画了整整一天赠给母亲的特殊礼物。从创作布局到赋诗题写，连印章也是秀才捉刀自刻，诗书画印熔为一炉。一般人绝难猜到，这些竟然出自习画总共才不到两个月的秀才之手。

也正如此，秀才以初生牛犊之势，精选五幅作品参加了2021年11月中旬开始的"及象杯"全国网络书画大赛，在激烈角逐中迅速脱颖而出，至笔者发稿时止，在两千余名参赛者中，秀才排名第八位傲视群雄。

我在秀才的参赛简历中看到了他的学画自述，题目是《在年华里老去，在艺术里新生》：我是一名"不务正业"的纯色小白，纯到什么程度？小学初中图画课，我画的东西四不像，干脆连作业都让同学代劳。我这辈子从未想过有一天会拿起画笔。现在忽然有了大把的空闲时间，做什么消遣呢？我开始写毛笔字，经常在网上搜索书法信息，可能书画同源吧，有一些国画班的邀请开始推送到手机上，开始时很讨厌，总是一滑而过。9月23日这一天，

不尽蟠桃不羡仙 惟盼子孙瓜瓞绵

何当秋熟摘子尝 未满心间福满园

八九光阴一霎时 松山不老自吟诗

茱萸历遍心犹昔 菩提结子挂新枝

亲爱的妈妈（奶奶）八十八岁辰寿

孙女嵘辰写首清八老里次

诗并作此画 祝大人

生日快乐 健康长寿

杰宁 摄

又看到了这样的信息，什么一夜之间就可以学会画画云云，不知怎么鬼使神差我也报了个名，几天后，我进入了一生中最为奇葩的经历——连续十二天，每天晚上两三个小时，我拿起毛笔，开始跟老师一起学习作画。第一天就让我大吃一惊——画老虎头。看着范画上虎虎生威的虎头，我战战兢兢拿起了画笔，跟着老师亦步亦趋，开始在一张宣纸上构图打样画轮廓做记号，一直到刷毛调色上色……一个小时过去了，当我放下画笔，定睛细看自己的作业，虽然这个虎头下巴太短，耳朵太小，吻部偏窄，总体面貌还不够威武，但是实实在在真真切切，这是一个虎头，一个鬃毛披挂、獠牙外露、额头纹紧致、黑黄毛纹鲜亮的虎头。我真的像老师承诺的那样，一夜之间学会了画画成了画者。第二天，第三天，第四天，第五天，第六天……直至今日，我再也没有放下画笔，我如痴如醉地徜徉在国画天地，跟着老师画牡丹、荷花、金鱼、苍鹰、虾蟹、山水……记得国庆节这一天老师教画葡萄，两个小时之后，当我收起画笔，静心端详自己刚画好的两串葡萄——噢！连我自己也禁不住微微赞叹，这是多么可爱的葡萄啊，一串青色，一串紫色，白霜微露晶莹剔透，色泽鲜亮饱满欲滴。我真的不敢相信，这就是我——一个星期前的纯色小白画成的。我拍成照片，发给几位画家朋友，他们居然异口同声，都不相信这是我自己画的……噢，我难以形容此时此刻的心情，全身潜藏了一个甲子的某种细胞，仿佛突然被神奇的力量唤醒，我的眼前赫然呈现出一片广袤深远的艺术天地，我心花怒放难以自持，如痴如醉不能自已。此时此刻，我想一个人跑到一座高山上，对着空谷高声呐喊——嗨，你们好！我来了！我也要画画当画家！我一定可以！我会努力加油！瞧着吧，我也许会让你们大吃一惊的……

郑板桥曰："能尽天地万物之情状者，莫如画……"又曰："画者，形也。形依情则深；诗者，情也。情附形则显。故画与诗无二道也。"作为宁波古诗词公益传播的学术翘楚，秀才深知文人画的特点，所以立志要熔诗书画印于一体，先从"诗画结合"上下功夫。如今秀才已如痴如醉欲罢不能，一支笔，一滴墨，就在一张白纸上展示大千世界。的确，祖国传统国画博大精深风格独具，而其中的虚与实，疏与密，浓与淡，藏与露——常无欲以观其妙，常有欲以观其徼。众妙之门就在秀才眼前开启，人生之乐莫过于此……

　　临离开秀才家时，他告诉我说，这几天正在设法整理出一个房间用作画室，再添置一张大画桌。我笑称：秀才，你看齐白石先生不也是年近六旬才涉足画坛的吗？若干年后保不定会有一个"应白石"蜚声中国画坛呢。

　　当然，这是一句戏谑调侃。元芳，你怎么看？我看一切皆有可能！

2021 年初冬于宁波

丹阳季子庙游记

　　季子庙，位于江苏省丹阳市延陵镇九里村，村名是为纪念春秋时期吴国名贤季札而取。季子世袭爵位受封于延陵，故称"延陵季子"，祠庙距今已逾二千余年，殿宇巍峨壮观，群塑栩栩如生，据史料考证，季子庙是江南现今仅存的一座三教合一的独特庙宇，自古以来就有"上茅山回九里功德圆满"的传说。

　　相比于镇江市金山寺、西津渡、京口三山等闻名遐迩的旅游景点，丹阳季子庙的名气实在是逊色多了，它名不见经传，也几乎很少在媒体或广告上大声吆喝吸引外地游客。它如同深巷中一壶香溢弥久的老酒，让到访此处的外乡人频频嗅闻，笔者一行要不是特地到丹阳拜访老首长，并受老首长女儿的指点，恐也不会特意前往季子庙参观，更不会想到此番到此一游竟然大饱眼福，收获颇丰，似乎不经意间被什么撞了一下腰，扭头一回眸，竟是一部饱蘸厚重历史彩墨的古代画卷。想想真是不枉此行。

　　季子庙景区地处九里村西南角，整个景区占地面积约一万五千平方米，周围有河流围护，景区左侧宽阔的延陵河在村边静静流淌，景区的北边即是京杭大运河丹阳段。景区内有孔子十字碑、消水石、季河桥、季札挂剑等十几处历史悠久的名胜古迹，这里还有令人啧啧称奇的奇观异景——沸井涌泉，其历史文化底蕴之深厚让笔者颇感惊讶。到达景区时，看到附近有很多当地老人正三三两两地围坐在一起，有喝茶闲聊的，有观棋打牌的，全都显得悠哉游哉。笔者遂上前与他们打招呼开聊，想继续刨根究底从中打探一些与季子庙有关的趣味故事来。当然递烟讨教加态度恭敬，此招过往屡试不爽，也最能被老人们所接纳，村里几位古稀长者见笔者说话谦卑，便纷纷打开了话匣子，不亦乐乎又颇感自豪地向笔者介绍起和季子庙相关的很多历史典故和传说。而这些有待考证的传说和戏说，都源自他们的祖辈千百年来的口耳相传。一个多时辰下来，笔者对季子庙的历史与厚重的文化积淀也有了更加深刻的了解。

据村中稍有文化的邓、龚两位老人介绍，季子庙有八大景点：其一为中华文圣孔子所书的十字碑；其二为千年赑屃背上一帖敕封碑文；其三为天下奇观沸井；其四为古传阴阳碑；其五为奈河桥；其六为水上乐园；其七为古桑听泉；其八为慈航殿（观音殿）。庙中还立有历代皇家敕封、名臣贤士书写镌刻的碑石及众多祭器等诸多珍稀文物，是江苏省重点名胜古迹。

延陵镇九里村，春秋时期属吴国君王寿梦的四子季札的受爵封地。季札又名季子（公元前 576 年—前 484 年）属吴国圣贤之人，常州的开郡之祖暨人文始祖。他自幼天赋异禀，遍读圣贤经书，为父王最先册立的储君。季札生性和善又远离宫廷之争，三次主动禅让王位给兄长，自己以体恤民情为要，到九里隐居后造福一方，还将吴国先进的农具和水稻、棉花的种植耕种方式及优良的种子和织造技术、冶炼工艺等施教于民。他勤于授业解惑，铸剑为犁，化干戈为玉帛，义薄云天，使一片蛮荒之地变为人丁兴旺、粮草丰盛之郡。他博学多才，声誉显赫，学富五车。后人把他称为南方圣人，季札也由此载入千秋史册。

据史料记载，吴王寿梦共有 4 个儿子，分别为诸樊、馀祭、馀眜、季札。如按常理习惯，其王位继承人当为长子诸樊无疑，但吴王又觉得小儿子季札最贤明，就想传位于季札。但"吴人固立季札，季札不受，而耕于野"。这是季札第一次推让王位。而他的父亲和三个哥哥仍希望将吴国的王位传给季札，可是季札宁肯去受封地躲起来当他的田舍翁也不愿接受王位，以此表明自己不愿当吴国国王的志向，希望哥哥们来当这个国王。最后季札的父亲只得将王位传给了季札的大哥诸樊。后来诸樊又希望能将王位再传给季札，于是按兄终弟及的祖规，先传给了二弟，二弟又传给了三弟，三弟想传给季札，季札还是不肯接受，最后三弟之子自立为王，是为吴王僚。由此也招来一场兄弟阋于墙的宫廷谋反，导致吴王僚被刺身亡，堂兄公子光篡位成功。

话说当初季札三哥之子吴王僚登基为王后，其堂兄公子光就一直心怀不满，颇感憋屈。当初诸樊即位后在率军与楚国的战争中战死沙场，后传位于二弟馀祭，馀祭在巡视吴越战

丹阳季子庙外景　　　　　　　　杰宁 摄

场时不慎被越国战俘砍死，王位又传位给馀眜，馀眜又想自己死后再传给季札。但季札还是推脱不受，继而又躲到自己的封地延陵，这就给大家出了一个难题。馀眜是吴王，他看弟弟不愿意继位，自然就把王位传给了儿子吴王僚。这样一来诸樊的儿子公子光就不高兴了，他不满意的缘由是叔叔季札为何不接替他父亲的王位，为何对自立为王的吴王僚不闻不问？当然更重要的一点是，公子光也是一位叱咤风云的强人，他心里一直有个念头：我父亲是最早把王位让给季札叔叔的，因季札不接受，这才兄弟相继往下传。但馀眜叔叔去世以后，季札还是不接受王位，那按理也应该是我这个嫡长孙做这个王才对呀，凭什么让三叔馀眜的儿子当王啊！所以他就暗地里不停地游说王室权贵，想找个合适的时机，拿回本该属于自己的东西。此时恰好遇到落魄的伍子胥从楚国逃到吴国来避难，身怀父亲被杀、兄长被斩之仇，老谋深算

的伍子胥就想借助吴国之力来达到自己的报仇夙愿。到达吴国后，伍子胥很快就看出了吴国朝堂上下的一些端倪，认定握有兵权的公子光是个城府较浅之辈，但却是能帮自己完成复仇计划的不二人选。为了帮助公子光除掉吴王僚并登上王位宝座，伍子胥遂将自己暗中培植的一个刺客——专诸推荐给了公子光。在一番面授机宜后，一场弑君大戏就此拉开帷幕。就这样，不明就里又缺乏戒备的吴王僚在赴堂兄公子光的一场家宴上被刺身亡。宴席间，杀手专诸将"鱼肠剑"藏于鱼肚中，在以御厨身份向吴王献鱼时乘其不备抽剑杀死了吴王僚。专诸也随即被吴王僚的左右侍卫乱刀砍死，这就是历史上著名的"专诸刺王僚"的故事。相比于近三百年以后发生的荆轲刺秦王，伍子胥帮公子光制定的这一缜密周详的刺杀计划实在是棋高一着，堪称一绝。

吴王僚死后，公子光就自然成了新的吴王，就是后来称霸春秋末期的二十四世吴王阖闾。由于刺杀计划实施之际，季札刚巧出使晋国讲学，等他从晋国归来，吴国已经改朝换代，大局已定，吴王阖闾已经稳坐王位。季札除了仰天一声长叹外，也只能接受了这个事实，奉侄子为新君王。后世史学家对季子三次禅让王位的做法屡有微词或褒贬不一，但不管季札的初衷是对王位没有兴趣，还是出于礼制不想乱了王位传承的规矩，他三次禅让王位，坚辞不做吴王肯定是发自内心的。当然季札可能连自己也没有料到，因自己反复推让王位，会对后期吴国政局造成如此不可估量的严重后果。

"假如当初季札欣然接受王位，又或是后来外来者伍子胥不掺和进来，或许吴国后来就不会被灭亡！"临离开季子庙时，一直陪同介绍的邓姓老先生颇为遗憾地这样说道。笔者也随口发表自己的看法：……逝者如斯夫，历史没有假如，如果真有假如的话，那史上就不会出现三千越甲可吞吴的霸气场景；也不会有吴三桂冲冠一怒为红颜的怒不可遏的冲动，吴三桂倒很有可能成为抗清名将呢！"是的，是的，还是后生可畏，你说得也很有道理……"老先生乐呵呵地回答我。

2020 年 5 月于江苏丹阳

孔子墨宝与丹阳之渊源

"呜呼有吴延陵季子之墓"。孔子老先生恐怕做梦也不会想到，当年他心怀尊崇与哀伤，泣祭季札去世时亲笔题写的十字碑文在历经二千四百多年的悠悠岁月后，竟成了他留存于世的唯一墨宝。丹阳季子庙也因孔子的这一镇庙墨宝而引得众多文人墨客纷至沓来，以一睹孔子墨宝为幸事；亦有不少游客驻足观赏这一真迹，不少人更是伸长脖子低头嗅闻墨宝，期盼汲取到仲尼老先生人神合体的些许气场。尽管这只是自欺欺人的想法罢了，但至少也说明人们对古代圣贤的顶礼膜拜之心态。在那些接踵而来的参观人群中，还是有不少头上顶着大师、学者之类头衔的人，纷纷探出身子窥探着这神秘的孔子真迹……

据史料记载，年长孔子二十五岁的季札，是孔子最为仰慕的师长与圣贤，被孔子称赞为贤德圣人。他与孔子也被合称为"南季北孔"。作为先秦最伟大的音乐评论家、政治预言家和诚信奠基人，除了预言国家兴亡、出使讲学外，季札还是一位艺术评论家。他品《秦风》言兴衰，时常感叹世界那么大，他想去看看，他淡泊名利，视金钱如粪土，亦对继承王位不屑一顾，遂三让王位，周游春秋诸国，叩拜诸多名贤……

季札与孔子第一次相遇，是他周游至鲁国观周乐期间，此时季札 33 岁，孔子才八岁。但他的贤明与治国安邦之理念让童年的孔子受益匪浅。作为中国古代思想家、教育家，儒家学派创始人，孔子后来开创的私人讲学的风气，倡导仁、义、礼、智、信等治国安邦和教书育人的理念，也师承了季札的理念，纵观孔子成年后的一系列学说，即可窥一斑而知全貌，可以说季札算得上是孔子极为敬重的师长，而孔子所撰编的《春秋》以及后世弟子纂辑《论语》《大学》等诸多论述，也都受到了季子的影响。出生在曲阜的孔子，其成年后的一系列学术和治国理念无不刻有季札安邦治国的烙印，从借鉴季札的周游列国，寻求治国安邦之道，到儒家学说最终成为传承两千多年的中华传统文化和主流思想，都与季札留给孔子早期的印象有极大的关联。他俩的共鸣点就是修身齐家、治国平天下。故季札去世后相传孔子悲痛万分，亲自题写碑文"呜呼有吴延陵季子之墓"，以敬其德，尊其贤；同时也足以证明在孔子眼里，季札就是给予他早期思想启迪，并将政治主张、伦理思想、道德观念及教育原则和治国理念传导于他的启蒙老师。

现保存于丹阳季子庙的十字碑高 2.45 米，宽 1.07 米，侧厚 0.22 米。据陪同笔者的两位长者介绍，此十字碑文出自孔子亲笔所书最有力的证据，当属北宋理学之开山祖周敦颐的考证定论，周敦颐确认此碑文实系孔子所书无疑。其理由为"盖季札之子死葬于赢博之间，孔子以为知礼，而亲自勒碑曰呜呼有吴延陵季子之墓"（见《濂溪先生居庐山说》）。有史料记载季札死后，举国哀悼，消息传到鲁国，孔子闻讯哀叹不已，后特派得意门生子游持自己所书十字祭挽前往凭吊。故季札的墓碑文相传即为孔子亲书的两排十字书简，曰"呜呼有吴延陵季子之墓"。此碑文也是迄今为止唯一被保存下来的孔子亲笔所书的墨宝真迹，其历史价值弥足珍贵，堪称盖世无双之国宝。

然自宋以来历代古文史权威人士和各路史料学者，对丹阳季子庙中的孔子手迹一直众说纷纭，且莫衷一是。如北宋大文学家欧阳修对此持完全相反的意见，他否定孔子写碑文的可能性。他在《金石录》中说"孔子未尝至吴"，但也拿不出令人信服的理由。后世的史学家们也只能是商榷和各抒己见而已，关键还是缺乏权威的确凿证据加以佐证，最多也只能是推测和推理而已，因为至今谁也没有真正见过孔子的真迹手书，故也就无人能出周敦颐之右拿出令人信服之定论。虽然各持己见的专家学者一直争论不休，但这十字碑仍被当地文保单位列为镇馆之宝，尽管这十字碑是否为孔子手迹的真假之辩还会持续下去，盖棺定论还有待时日，但笔者歪打正着地到此一游收获倒颇为丰富。

2020 年 5 月于宁波

我被丹阳"撞"了一下腰

　　丹阳市延陵镇九里村季子庙不仅拥有深厚的文化底蕴、悠久的人文历史、独特的建筑景观和孔子十字碑、消水石、聘鲁闻乐、徐墓挂剑、脱难齐婴等众多名胜古迹，更因这里拥有一处国内罕见的奇观异景"沸井涌泉"而闻名遐迩，其玄妙无比的景象更是令人不可思议。历代以来当地民众一直将此处称为龙地。笔者一行到此一游后，也深感此沸井涌泉群实在奇幻得令人咋舌。经查阅资料和询问村中长者得知，季子庙东侧的九里沸井涌泉始建于南朝初期，迄今已有 1600 余年历史，井内奇象为世上独有，井井毗邻，众泉环把，常年沸腾不息，历来被誉为"天下奇观"。古往今来拜谒季子庙，观沸井涌泉也是历代达官贵人、文人墨客非常向往之事。南朝张正见曾著有《行经季子庙》一诗："野藤侵沸井，山雨湿苔碑。"这是迄今所见最早提到的九里沸井的诗句。

　　九里沸井主要分布在季子庙前的湖塘边，据陪同的村中长者介绍，古时这里曾经有井百十余口，其中数十口是沸井。圣人季子曰：水乃万物之源，有润万物的特性，水蕴含着神奇的生殖力。人从水出，女人临水或与水接触，便能获取生殖繁衍能力，会多子多孙。季子庙何时有沸井很难考证，但从南朝刘敬淑的《异苑》一书可知，早在 1600 多年前的东晋时期，沸井就已名声远播。多年前，央视一套《科技博览》曾以"沸井之谜"为题作过专题报道。

上世纪末，当地村民在季子庙东侧九里河边疏通淤泥，将湮没于地下的六口古沸井重新挖出，经专家考证，这些沸井已有上千年历史。这些古井现呈 S 形，排列在离河畔不到几米远的古桑树下，占地面积约 20 平方米。周围立有"天下奇观"石碑，以及古今历代文人墨客游沸井时所题写的诗词碑文石刻数处。井与井之间的间距只有 30 厘米到 50 厘米左右，修复后的古井栏既具历史的沧桑又显得神韵别具。尤其引人注目的是高出井台的圆形井口的内环口沿，那一道道提拉井水时被绳索深深刻印的数道沟壑般的深痕，仿佛在向游人们诉说着亘古幽深的历史与古人的生活印迹，用手触摸口沿给人以一种穿越时空的遐想，眼前似乎闪现出一群身着古装的男女在井台河边挑水、浣纱浆洗的画面。走近井口低头观察，只见井内水声翻腾鼎沸，咕咕作响，连观几口沸井都是这种奇异景象，实在令人惊叹不已。六口沸井深浅不一，浅的四五米，深的约有七八米。但让人惊诧又迷惑不解的是，这六口沸井之水不光千年不枯，且井水涌泉呈三清三浊。三口清井水清澈透明，三口浊井水分呈淡黄色、黑色、淡褐色，清浊之像似乎寓意着道家太极阴阳之说。游人如试饮一口其幽香之韵味，淡雅悠长，弥久不散。为让笔者一行加深沸井印象，一位村民大叔热情地邀请大家亲口品味一下这沸井之水。他手持一根长竹竿，竿头是一个自制的竹筒杯，然后从每口井内舀起一杯让各人微饮一口。笔者饶有兴致一一品尝之，还真别说，三口清井水尝之犹如雪碧、啤酒、苏打水之滋味；另

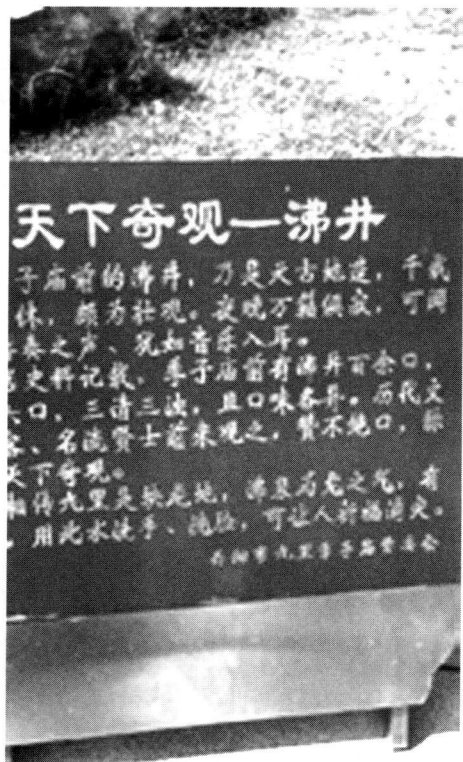

杰宁 摄

三口浊井水饮后似有苦涩、铁锈、麻辣之味觉。陪同的村干部说，曾有专家提取井水样本分析后认为，这六口沸井水虽味道不一，但全都富含对人体有益的二氧化硫与多种矿物质混合元素，而且用井水洗眼还有明目的功效，洗手可光洁润滑。那位村民大叔还从那口有啤酒味的沸井中舀起一勺井水，倒入纸杯中请大家洗眼，说是洗过后会明目亮眼。据村中一位长者介绍，这六口沸井年代也是非常久远，清末民初从几口已被埋没的古沸井中曾挖掘出过三十八根金钗银钗和一些珍贵瓷片，当时轰动一时。

与六口古沸井近在咫尺的九里河边，有肉眼可见的几处涌泉仍在不断地从河底往上冒着一串串密集的水泡。那么千百年来这河水涌泉与沸井涌泉是否同属一处，抑或属地下同一泉源呢？陪同的村干部给予了否定。他说前些年有科技专家提取河水泉与井水泉的样本进行分析，最终结论是二者元素成分各异，且井水与河水互不关联。"井河之水不同流，井井之泉不同源！咱祖上向来都是这么说的。"边上一位长者补充道。哈哈，真是名副其实的天下奇观呢！这不就是最奇特的井水不犯河水的典型景观吗？而且堪称天下无双！

村干部还补充道：当年村民马某某在自家承包的蔬菜种植基地旁边打一口水井时，就遇到过奇怪的现象，当井钻打到地下三四十米深处时，从井眼里喷涌而出的井水不仅浑浊、气味呛鼻，而且井面竟然气泡翻涌、滚浪有声，并且水味闻之有些类似啤酒的味道。这也间接印证了季子庙内外井水与河水互不关联的说法。另据当地文保干部介绍，九里沸井至今已有 1600 多年的历史。南朝宋刘敬叔在《异苑》一书中写道："（延陵季子庙）庙前井及渎恒自涌沸，故曰沸井，于今犹然。"此后，各朝各代的高官显贵、文人骚客都热衷于来此地观沸井、谒季子庙。在这里凭吊古今、舞文弄墨的包括李白、陆龟蒙、梅尧臣等众多文豪。李白在五言长诗《陈情赠友人》中更是写道："卜居乃此地，共井为比邻。清琴弄云月，美酒娱冬春。"诗中表达了卜居季子庙，和沸井为伴的愿望。

以前曾听驴友们说起井水不犯河水的典故，出处是在安徽皖南旌德县朱旺古村景区。而笔者在季子庙景区看到的九里河畔这千年沸井不啻是一处更加令人啧啧称奇的井水不犯河水之奇观，这六口沸井与近在咫尺的九里河俨然就是泾渭分明的楚汉之界。河井之间相距不过几尺，然井水与河水竟如此互不关联，水质亦大相径庭，井内之水汩汩冒泡，井外河水静静流淌。沸井之水历经千年不断涌，井畔河水亦流淌千年而不干涸，个中原因及无数个为什么千百年来始终成为不解之谜，其间虽有众多的地质学家和科技专家纷纷前来考察调研、抽样检验并进行各种元素分析，但至今还是没有令人信服的解释和一个权威的结论。

　　延陵一带湛溪流，

　　九里灵泉沸不休。

　　天为嘉贤表清节，

　　长教活水出源头。

　　九里沸井妙哉，奇哉！它一如哥德巴赫猜想，至今依然在汩汩地冒泡涌喷中让世人去猜测它那神奇玄妙的成因之谜。

2020 年 5 月于宁波

壮胆吃河豚

丹阳为江苏省镇江市下辖的一个县级市。地处长江的下游，毗邻太湖流域，东临长江，京杭大运河在此穿城而过。得天独厚的地理位置和水质条件，使丹阳河豚成为舌尖上的中国不可或缺的一方美食亮点。丹阳河豚虽说没有江阴河豚那么名闻遐迩，但河豚的捕捞养殖和烹饪制作技术一点也不比江阴逊色，特别是河豚美食文化恐比江阴还要技高一筹。丹阳引以为傲的非遗传承项目——界牌河豚文化，在江南及苏浙沪地区美食界可谓声名远播。游丹阳、品河豚，几乎成为外地食客打卡丹阳后约定俗成的不二选择。

改革开放以来，江阴、镇江两地一直是我国最负盛名的河豚养殖基地，我在丹阳拜访分别多年的原部队老首长期间，曾颇有兴致地向他请教有关丹阳河豚美食文化的成因渊源。年逾八旬的老首长退休前长期在丹阳市卫健委负责卫生防疫工作，故对饮食安全、河豚的加工制作和烹饪要求及预防食河豚中毒方面均有相当丰富的经验。他告诉我：在苏浙沪地区河豚向来被誉为鱼中珍品和江鲜之最。民间一直流传着"不吃河豚焉知鱼味""食得河豚百鱼无味"等美谈。在丹阳，河豚不仅是男女老少喜爱的美食，同时也是非遗文化的一张美食名片。虽说河豚身上有令人畏惧、毒性极强的神经毒素，但几乎所有食客都难挡"吃得一口河豚肉，从此不闻天下鱼"的诱惑。

竹外桃花三两枝，

春江水暖鸭先知。

蒌蒿满地芦芽短，

正是河豚欲上时。

五月是品尝河豚鱼的最佳时节，到达丹阳的第一天，老首长得知我们还从未品尝过新鲜烹饪的河豚，遂安排晚餐请我们品尝河豚和河豚面。客随主便，恭敬不如从命。虽然心存微怯，过去也时有耳闻屡有食客因拼死吃河豚而中毒的事例，但今晚我还是想干脆来个壮胆食河豚吧。"以前没吃过，今晚敢吃吗？"老首长亲切地问我。"报告指导员，今晚一定生吞活剥河豚！"我俏皮地回答道。

当晚，老首长夫妇吩咐在医院工作的大女儿预订了一家特色餐厅设宴款待我们，同时还邀请了他的亲家夫妇俩和女婿同来聚聊（亲家也是原部队的老指导员，两家真是妥妥的门当户对）。席间他特意让大女儿莉君为我们点了一道丹阳名菜——红烧河豚，再另配一大盘河豚面。都说河豚毒素强劲，烹饪不当会中毒；面对桌前这道让人垂涎欲滴、烹饪考究的红烧河豚，我似乎欲食还怯，不禁左看右看，发现大家全都吃得津津有味，连呼味道鲜美，我也禁不住诱惑当即以身试食，也算是体验了一下拼死吃河豚的惊悚感觉。

席间老首长告诉我，河豚的烹制一般以红烧和白汁两种。以白汁河豚为例，所用的配料极其简单，烹饪时只需配以少许的葱姜、盐和开水即可，以保持河豚的本鲜味道。因为吃河豚本就是品味它的鲜美之味，故任何外加的食材和调料都显多余。烹饪时，要先将河豚的肝脏在油锅里煎熬一定的时间，以确保肝脏经过高温烹制后再无毒素；烧制过程中，厨师须一直守在灶台边，还要时不时用勺子搅动汤勺，待到乳白色鱼汤开始翻腾，鱼香扑鼻而来，一份汤汁稠密、肉质鲜美的白汁河豚就可出锅了。这样烹饪的河豚肥而不腻，吃来唇齿留香，味觉弥久。据店员介绍，丹阳烹饪河豚的特级厨师当属丹阳界牌的非遗河豚文化传承人黄亚平和特级厨师王坤泉。后者还是淮扬菜特级厨师，也是丹阳餐饮界资深的老前辈，曾先后被派往我国驻外大使馆担任驻外使馆的厨师长，并多次为出访的党和国家领导人掌勺。

晚餐后我与老首长聊起，对于初次品尝河豚鱼的食客来说，味道是否鲜美嫩滑倒不是很重要，关键在于初食者心理上在品尝过程中那种犹豫和忐忑，想吃又不敢吃的纠结感。他说是的，但不去亲口品味哪知河豚之美味？任何事物都有风险，所谓拼死吃河豚也不过是以讹传讹罢了，哪有这么玄乎！他说江阴和镇江是河豚鱼的主要产地，质量也最上乘，现在从河豚的养殖到加工烹饪，再到最后端上餐桌，都由经卫健委核准的持证上岗厨师操刀烹制，这一整套操作安全要求极高，中间少一道工序都不行，非常严谨。加工时先除去鱼鳍和鱼尾巴，再除去鱼皮，然后把鱼分成几部分按顺序处理，每一块鱼肉和骨头都要分离。鱼肉部分洗净后用毛巾将水吸干，再沿着鱼肉的纹理把鱼切片后放在盘子里。鱼肉可以蘸料生吃，鱼骨可以熬汤，鱼肉还可以涮着吃。烹饪前只要剔除河豚鱼的腮、筋和内脏等滋生毒素部位，就尽可大快朵颐，放心食用。

丹阳之行还真是长了见识，以前在部队时，老首长是我的政治指导员，多年以后他又成了我的美食指导员，教我如何品味河豚，如何在爽爽的味觉享受中获取当地丰厚的美食文化。一日为师终身为父，想想老首长说过的话还真是这么回事。此文搁笔之时，我细细回味在丹阳品味河豚的情景，那味觉似乎又被唤醒，看来丹阳的这道名菜——红烧河豚，还真的能让人留下永不消散的味蕾记忆。

2020 年 6 月于宁波

向南是瓯江

八一前夕，宁波普拉多车友会的九位退役老兵相约几位爱心公益人士，组成了一个庆八一自驾游车队。于 7 月 27 日从宁波出发，驾驶 12 辆普拉多越野车，各自携家人前往浙南丽水市驻军某部，慰问官兵，畅游瓯江。这是一群志趣相投、热心公益又坦诚相待的你我他，车友们常常自发组织做一些充满正能量的公益爱心活动。九位退役老兵曾分别在陆海空、武警和战略火箭军多年，但一直保持着退役不褪色的光荣传统。

一

车队从浙东横穿浙中，一路向南翻山越岭，跨高山，穿云海，越瓯江；沿途需经过 30 多个隧道。在蓝天白云的映衬下，长长的白色车队与沿途迷人的生态美景浑然天成。上午十点多，车队首站抵达驻丽水武警某部营区慰问全体官兵，受到王云峰指导员和全体官兵的热烈欢迎，笔者将自己新出版的签名新书和其他书籍赠予部队阅览室，老兵车友们慰问给军营官兵的宁波特产是被誉为琼浆玉液的中国优质水果——奉化水蜜桃。车友们还兴致勃勃地参观了营区阅览室、荣誉室、文体活动室、伙房和士兵宿舍。看到士兵宿舍窗明几净，内务卫生整齐划一，一床床被子叠得如同一块块豆腐干，如此令行禁止的习惯养成，令从未进入过军营的几位车友和随行家属惊叹不已，

青田老城区夜景   杰宁 摄

纷纷点赞。随着部队后勤保障工作的不断发展，自动化厨电设备早已取代已被淘汰的木柴加煤炉。回到魂牵梦萦的军营，同为车友的退役老兵们犹如回家一样的感觉。一位车友的小不点儿子，长得虎头虎脑惹人爱，在一位年轻士兵的怀抱里那副悠闲自得又坐怀不乱的可爱劲，真是萌萌哒。还真别说这小家伙和战士们这么投缘，说不定长大后还是个未来的将帅之星呢！

在营区慰问时间虽然不长，但这些退役老兵与现役士兵之间总有深厚密切的感情纽带，越聊话越多，越聊越投缘，越聊越亲切！是的，军人与军营，军官与士兵之间是没有任何隔阂的。车队一位退役老兵感慨道：看看战士寝室内叠得整齐划一、直线加方块的内务，其最真实的内涵就是能打仗，打胜仗！亦能直接反映出军人令行禁止的战斗作风和战无不胜的战斗意志！看看这些模拟实战训练时红肿的背部和磨破的肘部……母亲看到会心疼，母亲心中必自豪！咱当兵的人，就是不一样，平时多流汗，战时少流血。新兵信多，老兵病多！这条军中谚语代代相传。看到一名老兵的腰伤虽已终身难愈，但只要能换来人民的和平与安宁，铸就共和国的钢铁脊梁，这就值！值！值！

二

　　和官兵们一起共进午餐后，车队离开军营，继续沿瓯江南下，下一站就是中国最知名的侨乡——青田。车队从丽水行至青田，一路阳光明媚，临近青田又遇风雨相伴。打卡参观的第一站是位于瓯江畔的青田侨乡进口商品城，这里交通十分便利，离温州市区相距仅 60 公里。商城内分设红酒区、日用百货区、食品区、服装区，经营进口红酒等万余种商品。有入驻商户近百家，分别是来自欧洲、南北美洲、非洲、亚洲等 43 个国家和地区的侨商企业。商城内品种数达万余种。

　　离开商品城后，车队又马不停蹄前往位于县城的石缘村，参观青田石雕艺术陈列中心。闻名遐迩的青田石与福建寿山石、浙江昌化鸡血石、内蒙古巴林石同被誉为四大国石。很早以前，青田就有女娲补天遗石下凡变成石雕石的传说。有人考证曹雪芹的《红楼梦》中青埂峰下的顽石就是取材于这一传说。在历经数百年的开采挖掘后，青田石资源已极为稀缺。当地朋友说，在青田，如果你有一块上好的青田石，拿来换套房子是没有问题的。

　　青田石主要产自青田县山口乡一带。相传古时，山口村住着一位青年农民，靠卖柴度日。一天，他在山上砍柴时不小心劈落一块石头，捡起一看，那石头晶莹透亮，色彩斑斓，他将石头带回家，琢磨成石珠，乡亲们争相观看，后来人们纷纷仿效，寻找奇妙的石头，做成各式各样的装饰品。

青田有奇石，

寿山足比肩。

匪独青如玉，

五彩竞相宣。

这是郭沫若 1964 年参观青田石雕厂时留下的感慨诗句。青田石作为江南珍稀名石，在历史记载中，曾屡被选为贡品。乾隆皇帝八旬万寿节时，有大臣将青田石镌刻的"宝典福书"印章一套献作寿礼。印章共 60 枚，石色明净，精致美观，这套印章现珍藏于北京故宫博物院。从 20 世纪 70 年代直到现在，青田石雕一直是党和国家领导人出访时馈赠对方国家领导人礼品的首选。

叶建芬，浙江青田人，浙江省玉雕大师，系石缘村石雕陈列展览中心的创始人，2003 年 6 月荣获中国工艺美术委员会授予的"民间工艺美术大师"称号。石缘村石雕作品展览陈列中心亦是青田石雕与印章石及各类封门青、灯光冻、封门蓝钉、红花石、龙蛋石等封门系列集大成之处。石缘村亦是青田石雕行业中的佼佼者。叶建芬于 2002 年创作的作品"四季瓶"造型美观独特，构思巧妙，在中国国石"天工奖"评奖中获最佳创意奖。

青田的雕刻大师亦是大胆创新、"石中起舞"的巧匠，那一块块原石经过他们的天工妙手和精雕细琢，顿时变得活灵活现，栩栩如生，件件都是独具匠心，灵气涌动。如让大家一睹为快的作品《迎春》取材青田封门红花石，规格 47cm×30cm。作者系年逾古稀的中国工艺美术大师倪东方老先生。

青田石雕最奇异和最神奇之处，就在于雕刻大师对原石从不事先构思图案，事实上也无法构思。这就激发了雕刻者在琢剥毛坯原石的过程时，去探索未知色彩的好奇心；这个过程远比赌石令人激动。很多初涉青田石雕的友人也往往错以为那些作品的不同色泽是拼接粘贴上去的，其实这恰恰是青田石雕艺术的独特魅力。

三

位于华侨广场附近的侨乡国际大酒店，对前来青田的国内外游客服务颇为周全，让入住客人有宾至如归的感觉。用餐时菜肴拼盘更是融入了青田石雕特色创意，看着雕刻如此精美的拼盘，一众人实在舍不得大快朵颐。舍不得吃咋办？酒店餐饮主管蛮懂孩子家长们的心思，欣然同意有小孩车友可带拼盘花回房间。哈哈，精美的石头会唱歌，青田的厨师超级棒。且慢动筷，先拍后尝，我的乖乖！青田的美食拼盘也如同青田石雕一般，精美绝伦。

晚餐后在侨乡青田慰问侨乡卫士庆祝八一建军节的晚会上，车友们也应邀观看了一台职场女性的旗袍秀。这些仪态不凡、气质高雅的女性演出者，虽非专业却尽显优雅气质，令人目不暇接。在展现巾帼风范节目中，又颇具英姿飒爽的风采，看这形似铿锵玫瑰的阵容，这充满正能量的传递，这杠杠的精气神，不啻是一群巾帼不让须眉的军中花木兰，也引来众多前来观看的青田归国侨胞的拍手称快。

青田县城的变化确是日新月异，令人惊叹不已。笔者20世纪80年代末曾在这儿驻军服役多年，可谓对县城概貌了如指掌，这次故地重游，笔者取出随身携带的一张当年和战友们在瓯江沙滩上冒雨进行单兵战术训练的照片按图索骥，发现当年这片被称为水南的瓯江南岸荒凉地带，早已被火车站和华侨广场及商铺林立的高楼街道所取代。

位于浙江东南部、瓯江中下游的青田，现在已是丽水市对外开放的"东大门"，发源于浙闽之巅凤阳山的八百里瓯江穿城而过，经此注入大海。青田县人口约60万，却有近33万华侨华人分布于世界120多个国家和地区，世界青田的叫法就是由此而来，青田华侨的历史已经有300余年，最初青田人是靠着著名的青田石雕在世界各国闯荡，将青田"中国石都、世界青田"的名号发扬光大。

当晚，车队一行人下榻在青田侨乡国际大酒店。晚餐后，笔者和车友们在这条充满欧陆风格和异国情调、被称为东方夜巴黎的青田侨乡酒吧一条街上欣赏瓯江夜景，青田山城有着美酒般的甜蜜幸福，也有咖啡似的醇厚韵味。中西文化在此碰撞，让"美丽青田、幸福侨乡"愈发彰显魅力。据介绍，青田籍华侨回国投资人数已达 10 万人，投资与贸易资金总规模达 2000 多亿人民币。青田人出国闯荡的人数爆炸性增长是在改革开放以后，主要从事餐饮、商贸等，其中 80% 集中在欧洲，有近 20 万人。去过欧洲的人，都知道在那里的唐人街见的最多的华侨就是青田人，而且那里的唐人街大都是青田人建的。正因为青田县有那么多华侨在国外做生意，赚的是外汇，所以青田成为外汇存款第一县就一点儿也不奇怪，青田县有我国第一家村级外币兑换点——方山乡龙现村。

每当夜幕降临，以老城区临江大道为中心的青田县城，俨然成了不夜城，色彩斑斓的灯光，霓虹闪烁的酒吧，灯光璀璨的广告门店，人头攒动的小商品夜市，还有众多徜徉在故乡街道的归国华侨和时不时遇见的异国老外……漫步在石缘村西侧华侨广场万国旗下，江对面灯火辉煌的老城区，笔者突然感悟到，唯有青田人诠释了"精美的石头会唱歌"这一神奇之妙韵。19 世纪初，第一代青田工匠背负名石漂洋过海，走出国门，融入世界，青田石就优于其他国石成为认识中国的一张不朽名片。青田人也自豪地拥有了"世界青田"的美称，难怪笔者的一些国外亲友调侃说，在西班牙的马德里和意大利的米兰，一些当地居民都以会讲一二句"亲甜宁"（青田人）而引以为豪。如同华侨广场东侧的石缘村那样，正是由于倪东方、叶建芬等青田雕刻大师孜孜不倦地将一件件"闺中待识"的青田原石，雕琢为灵气涌动的艺术作品呈现给世界，才能成就青田石走向世界，成为四大国石中唯一的"华侨石"。

在石缘村，笔者看见一张母女仨的合影如同姐妹花，一身打扮尽显异国风情，母亲陈女士已在意大利米兰生活三十四年，一双女儿都在意大利出生，虽然身处异国他乡，但她们的中国心、家乡情早已植根于自己的生命基因中，永不改变！

四

　　第二天早餐过后，与笔者曾经共事过四年的青田县公安局的两位美女警官，冒着炎热的天气全程陪同车友们游览青田著名的石门洞景区，并主动为宁波车友们担任义务导游，令车友们也是感动不已。乖乖！在前往石门洞景区的途中，车队居然遇见"官"与"才"。"哈哈"，车友们调侃"今天红白喜事都碰上，额角头锃亮！"刚刚还有一位车友的前挡玻璃被前车溅起的一粒小石子崩裂了数条裂缝。"这可是意外拾到的好运唉，碎岁平安！"随行的宁波书虫风趣地调侃道。借这吉祥好兆头，但愿亲们今后都能凭本事做好官、发好财。

石门瀑布　　　　　　　　　　　　　　　　　　　　　　　　　　　杰宁 摄

似洞非洞适成仙洞，

无门有门是为佛门。

石门洞景区位于青田县城西北 35 公里的高市乡。依山傍水，景色瑰丽，素来与雁荡、天台、仙都齐名为"括苍四胜"，为浙江省级风景名胜区之一。横过石门渡，那龙、虎两峰恰似两道石屏。"石门洞"由此而得名。踏上洞口外小道，只见前方两峰相崎如门，峰上树木参天，悬崖峭壁似乎要挡住人们的去路。走过深远幽邃的石门洞口，眼前豁然开朗，洞内天宇碧蓝，犹如明镜，环山里许，俨然如城郭，那连绵起伏如飞虎腾龙的群峰，围出了一个天然洞府，刚刚走过的峡口就是它唯一的出入门户了。这里林木葱郁、满目青翠，空气非常清新。相传明朝开国元勋刘伯温幼年在石门洞内刻苦读书，感动了白猿仙姑，从巨石的柜内拿出 18 册兵书赠给刘伯温。从此，刘伯温辅佐朱元璋夺得天下。

进入"石门"，四周群峰环拱，树木葱茏。有"谢客堂""灵佑寺""刘基读书处""刘文成公祠""观音阁""国师床""观瀑亭"等 20 余处胜迹，并有 100 余处摩崖碑刻，现已被列为省级重点文物保护单位。

从瓯江对面的高市乡渡口遥望江对岸的石门洞，瓯江两岸山清水秀，水域辽阔，波光、云影、舟船水鸟、木排、竹筏是这里的常客。每年清明过后或进入雨季时节，上游水量丰沛，瀑布吼声震天，场景蔚为壮观。更加叹为观止的是数级特色各异的飞瀑，汇集至最下一级后齐刷刷地从约 150 米的悬崖顶倾泻而下，形若银白垂练，溅如跳珠，散似银雾。

虽然今天的瀑布宽度有所缩减，但背朝摩崖仙池拍照是必须的，瀑布下方仙池边的亭子是游人欣赏瀑布景观和拍照留影及休憩聊天、喝茶的好地方，此处不仅自然风光优美，而且顺应天道，融山水风情与道教圣地于一体。好一个人杰地灵的福地！

游兴正浓时，一行人抬头仰望，洞天上空一片洁净的蓝天和变化莫测的朵朵白云让人欣喜，一只可爱的白云鸭子恰巧从瀑布上空游过，太有趣了！越往景区内部，树木更加葱郁茂密，林荫遮天蔽日，溪流蜿蜒曲折，溪水伴随着水车慢慢转动，此时石门洞外酷暑难耐，骄阳似火，石门洞内凉爽宜人，气温二八。据陪同的陈警官介绍，这里现在也成了新郎新娘最为青睐的夏季婚纱打卡摄影地，游客几乎天天都能撞见一对对相依相偎、笑逐颜开前来取景拍摄的新婚夫妇。喏，看见了吗？又有几位天使般的伴娘在帮助美若天仙的新娘摆造型呢。

正在拍摄婚纱照的石门仙女　　　　　　　　　　　　　　　　　　杰宁 摄

石门洞确实是名副其实的别有洞天，难怪历代道家高人，总会在人迹罕至、不显山露水之处，觅得人间仙境，遂修身养性，设坛传教，建观立庙。绵延千年之久的石门洞道教文化积淀丰富厚重，也由此成为道教三十六洞天之一。

登上石门洞南侧高约 200 米的天桥栈道，大家正好看到一列绿皮火车正沿着瓯江边的金温铁路穿越隧洞哐当哐当远去，这久违了的绿皮火车似乎瞬间就将大家的记忆拉回眼前，似有一种如梦幻般的感觉，一位曾经远赴俄罗斯的帅哥说，当年他就是为了一路享受这哐当哐当的慢节奏感觉，干脆放弃北京飞莫斯科的航班，愣是改坐北京经乌兰巴托到莫斯科的绿皮火车，历经八千里路云和月，整整六天六夜才到莫斯科。那种人静、心静，时间也沉静的感受让人终生难忘……离开景区时笔者也即兴赋诗两首：

游石门洞二首
其一
旗鼓剑门互呈祥，
三十六洞石门香。
七月流火汗如注，
酷暑难阻采药郎。

其二
古刹钟声彩虹桥，
石破天惊伯温骄。
内外冰火两重天，
子夜酣睡一梦遥。

注：石门洞系道教三十六洞天之一。

五

何年霹震惊，

云散苍崖裂。

直上泻银河，

万古流不竭。

这是唐朝诗人李白留题青田石门洞的大气磅礴的诗句。青田石门洞以浙东十四山水奇观而著称，相传是东晋永嘉太守谢灵运蹑履来游，始开此洞。"一派从天下，曾经李白看"，此天然洞府令人神驰。古来墨客诗家每一临游，常以诗文咏颂，赞美不止。

石门洞的西南侧有一古村叫洞背村，又名伯温古村，因为身处石门洞飞瀑景区的背部而得名。相传，这里曾是刘伯温在石门书院求学时探古访幽的地方，因而重建的洞背村除了山水美景外，还融入了许多刘基文化的元素。

离石门洞景区不远处的高市乡外村是原国民政府参谋总长陈诚故居。故居大门右侧，中为陈诚手书"何时归棹瓯江畔，同向清波理钓纶"。两边分别为青田家乡的"石门飞瀑"与台湾的"石门水库"照片。陈诚就出生在这里，并在此度过童年、少年，也在此初婚。陈诚早年受父母之命娶吴舜莲为妻，后娶国民政府主席谭延闿之女谭祥为妻。陈诚故居的四合院属二层木结构建筑。陈诚，字辞修，民国著名人物。据青田文史办介绍：陈诚的一生也算是不断学习、努力奋进的一生，也许由于机缘巧合，得以让他从民国如流的人才里面脱颖而出，成为少数被广泛了解的民国时期著名人物。

当年西安事变爆发，陈诚被捕，他对张学良说："如果蒋公遇害，请早一点送我上路。"表现出了对蒋的忠诚。事变和平解决后，陈诚升任第四集团军总司令。陈诚戎马一生，晚年退居台湾，却是无法归乡，也算是一种遗憾吧！据说在他的遗嘱上，不再主张"反攻"大陆，而是期盼着祖国统一。而他的保险盒里面，是用红绸布层层包裹着的一包家乡泥土，或许这就是他思乡之情的寄托。

石门洞还是国家一级保护动物——鼋的主要栖息地。瓯江石门洞流域是鼋的故乡。鼋属国家一级保护动物，又被称为水中大熊猫，已濒临灭绝，目前全国仅瓯江尚存百余只，鼋外形像甲鱼，重量较甲鱼大二三十倍，瓯江鼋属淡水龟鳖类中体形最大的一种；体长 80 厘米至 120 厘米，体重通常在 50 公斤至 100 公斤，最大可达数百公斤。陈警官的大哥几十年来一直在瓯江上捕捞作业，他介绍说，瓯江鼋蛮力惊人，能掀小船、驮人过河、拉人入水。鼋昼伏水底，夜出觅食。繁殖力不强，产卵在江边沙地里，产后为了不留下踪迹，雌鼋便从离江四五米远的沙滩上如箭一般跳入江中，那情景煞是壮观；但百年难得一见。

瓯江鼋也有很多传说，《西游记》中也有唐僧师徒路过通天河，被八百里河水阻隔，正在犯难时，一只大鼋浮出水面，驮着师徒四人和白马过河的故事。据说鼋背壳上略凹的花纹，便是唐僧师徒的足迹所至。相传元末，朱元璋与陈友谅血战鄱阳湖，朱元璋兵败被追至湖边，陷入绝境，幸得大鼋背驮渡湖脱险。朱元璋称帝后，就封鼋为"大将军"。

位于石门洞景区西侧练岙村的老渔夫农家乐，右邻景区，背靠大山，面朝瓯江，农家乐拥有餐饮和民宿及一个能容纳二三十辆车子的室外临江停车场。主人是一对憨厚耿直、勤奋质朴的夫妻，手下有几位略显腼腆又勤快热情的渔村姑娘。车友们游览石门景区正好在此停车用餐，当一盘盘充满当地农家风味和瓯江鱼鲜的菜肴端上桌子时，众人皆馋涎欲滴，胃口大开。午餐后享受着江面吹来的阵阵微风，欣赏着瓯江两岸连绵起伏的青山群峰和江面上的点点白帆，感觉特棒！练岙村具有浓郁的人文色彩，是一处人杰地灵的宝地。住宿的游客在此可以看绿皮火车，观渔夫撒网，拍瓯江帆影，尝农家土菜，登山顶远眺，候瓯江大鼋……你在那样休闲又惬意放松的状态下，心会变得恬淡宁静，乐不思蜀。

六

瓯江之行即将圆满结束，开始踏上返程之路。所有车友及其随行家人脸上全都洋溢着快乐的神态，大家齐声喊道：回家喽！再见青田！再见瓯江！我们还会再游秀山丽水……

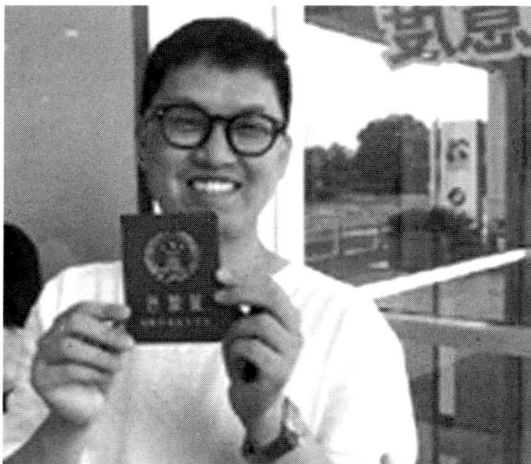

被褒奖的"色狼哥"　　　　杰宁 摄

返程前车队在丽水服务区作短暂停留，车友们特意为这次爱心公益活动评选出几位最佳选手，拥有一双儿女的小李老师喜获最佳妈妈证书。李老师来自辽宁，人长得温婉大方，气质优雅。她积极参与支持老公的八一拥军慰问活动，手牵八岁女儿、怀抱两岁儿子跟随丈夫随车出行；进军营、走侨乡，夫妻俩甚至还将婴儿车推上了石门洞天，令众多车友和游客纷纷点赞。车厘子孙姐喜获最佳雷锋精神好人证书，这确是实至名归、当之无愧，她集军嫂警嫂于一身，也是本次拥军慰问和丽水、青田之行的后勤协调人，更是那些携家出行的车友们最可信赖的好管家、好嫂子、好大姐。而这本设计别出心裁的证书，一看就会让人忍俊不禁；表面看似千夫所指，寓意实则只褒不贬。经车友们一致推荐，证书被这位颇受侨乡混血美女青睐的帅哥收入囊中，一时惹来众多车友帅哥的羡慕嫉妒恨。

2020 年元月于丽水

偶陷海南斗牛群

对牛弹琴不如遇牛绕行。早就听说海南黄牛虽个头不大，但素以群聚及性情犟爆而闻名。在它们活动的领地或食草溜达的地域内，一旦遇有车辆或游客途经其活动范围，这群牛们就俨然摆出一副山大王的凶悍态势，且牛眼识车分亲疏，但凡琼牌车子皆可从容通过；一遇外地牌照车辆，领头公牛立马牛气冲天地率领牛群冲上公路逼停来车，牛们头朝车辆不停地打着响鼻，声似滚雷。接下来，逐渐兴奋起来的公牛们很快就会在车子周围追逐奔跑，牛角抵触互扣，上演一出全武行的斗牛大战。母牛们则高亢地喷打着响鼻，不停地仰起脖子叫唤着，各自为如意牛郎频频鼓劲加油；如此一来，那一对对群牛战犹酣的牛哥们更是挑角扬蹄，牛气冲天，牛劲十足，荷尔蒙狂飙。牛们视被围的车辆如空气，一会儿从路边斗到马路中央；一会儿又因牛蹄在柏油路面打滑、互相缠顶中在公路上滑来滑去，眼看着随时随地都有撞车之险。但那些被挡在马路中央、置身于牛群中间的车主们，尤其是初来乍到的自驾游司机个个胆战心惊，只能小心翼翼如蜗牛般缓缓前行，真是步步惊心，如履薄冰……当然，此时此刻你最好少安毋躁，乖乖地待在车内，切不可打开车窗伸头探脑往外观望或下车驻足欣赏，抑或挑逗招惹牛们，又或一时兴起以身试牛；尤其是自驾红色跑车又身着红裙的靓女美眉们，千万千万可要收敛一下自己的奇思妙想哦，万万不可手持红丝巾，在众目睽睽之下貌似西班牙女郎，既嘚瑟又显摆地下车迈着轻盈的猫步与牛共舞；那可真的会好奇心害死猫，说不定下一秒就会被兴奋不已的牛哥们围点打援，群起而攻之，分分钟让你怀疑人生。可不是吗，你看看俺如此小心，这两头越战越勇、胜败未分的牛郎哥还是把那令人望而生畏的牛角顶近了俺的丰田霸道左侧，一阵牛劲十足的猛拱、猛顶后又转而向前狂奔而去。母牛亦紧跟得胜的牛郎随后离去，那场面实在是既惊险又滑稽有趣。哈哈，俺在想这被牛角顶到的车辆该属何种保险种类，能理赔？不管怎么说，偶遇这样的野外原生态斗牛过程真是难得，也实在让人忍俊不禁……同时也弱弱地问一下，如是美女靓

胜负难解的斗牛　　　　　　　　**杰宁 摄**

车遭遇这阵势会不会花容失色，方寸大乱？估计那时候肯定是英雄救美女的最佳时刻。随着群牛们的离去，刚才那些被围堵在马路上的自驾游帅哥美女们终于从惊魂未定、瑟瑟发抖的恐慌中长吁一口气，继而又恢复刚才的潇洒好奇，摆出各种萌萌样继续前行，寻找网红打卡点。

据当地养牛农户介绍，海南黄牛性情颇犟，主要特征是肩峰隆起，外表略似印度瘤牛，个矮头长，额短耳大，角短小、十字部高；体幅较广、四肢

坚细，皮肤柔软而富有弹性，皮毛短密、尾长，体型中等偏小。当地群众称为"盘型"峰；海南当地人把"小黄牛"称作"鹿肉""琼中小黄牛""五指山小黄牛""澄迈小黄牛"等，海南中部山区、五指山地带，原始森林茂密，空气湿润，牧草丰富茂盛，当地黎苗族农民习惯于把小黄牛放养在海拔700米以上荒坡上，常年不予圈养，任其自由自在游弋溜达，以吃树叶草类为生，故野性十足。海南牛，确实牛！

2019年4月于海南文昌

话说文昌鸡

有朋自海南文昌捎来两箱当地正宗的文昌鸡，这快递时速也蛮似文昌航天发射的马赫速度。昨天才从鸡场捕宰分类包装后空运，今天下午就抵达宁波，当晚正好上餐桌。

文昌鸡和文昌航天发射中心，无疑是文昌对外交流的"代名词"和响当当的旅游名片。作为新海南人，文昌鸡于我犹如宁波汤圆给我味蕾的印记，也是心心念念的。故非常感谢远在几千公里之外的文昌好友，给我捎来这份珍馐美馔，让我一享味蕾之爽。

文昌鸡可谓是海南人待客的至上选择，海南有无鸡不成宴之说。至于烹饪方法当属文昌鸡饭，也称海南鸡饭。

文昌鸡和鸡饭是文昌人对家乡情感的一种天性使然的链接。一碗鸡饭，一份乡愁。早年凡是外出闯荡讨生活的文昌人回到文昌的第一餐，那便是肥美的文昌鸡和一碗诱人的鸡饭。侨乡"翻客"（华侨）回文昌寻根问祖，也是先要品尝记忆中的文昌鸡饭。从与他们的交流中就能感受到人们对文昌美食及文昌文化的仰慕。记得好友曾请笔者到文昌近郊的荣发欢饭店品尝过正宗的文昌鸡，那食之味蕾颇爽、香鲜驻忆绵长的感觉让人念想久留。另外还有一家是位于庆龄路上、名为琼菜人家的鸡饭馆，其烹饪的文昌鸡饭味道也是口碑颇佳，广受食客好评，其味道也最传统正宗。

烹制鸡饭时，先由煮好鸡的汤加入上等大米煲煮，以吸附鸡之香气，使之香浓四溢；然后再经大厨的秘制烹煮，在金黄的鸡汤中，依次加入精选的芋头、椰子丝、香兰叶等原料调料。刚出锅的鸡饭油润软滑，色泽剔透，老远就能闻到鸡油的清香。

海南文昌鸡这道名菜，已经有几千年的历史了。相传明代有一位文昌人，在朝为官，回京时带了几只文昌鸡，请皇帝品尝，皇帝品尝后称赞道：鸡出文化之乡，人杰地灵，文化昌盛，鸡亦香甜，真乃文昌鸡也。文昌鸡由此得名，誉满天下。而出产文昌鸡的小村子，也因为天子的赞赏，而改名为天赐村。

现如今，文昌鸡的养殖和烹饪技艺仍在一代一代地往下传承，子子孙孙都能品尝到这份美味。文昌鸡的养殖与烹调技艺现已被列入海南省非物质文化遗产名录。品味文昌鸡和参观航天发射中心，已成为国内外游客前往海南文昌打卡游览的最佳选择。

2021 年 11 月于宁波

卖煮烤花生的"洋"老板

与天台山后岸景区相毗连的后岸村，现已被列入浙江省传统古村落保护目录。为便于游客在景区与后岸村之间参观游览，去年，后岸村委会专为外地游客开设了一个提供餐饮购物的摊位展销市场，当地琳琅满目的特色小商品和各类风味独特的小吃令人目不暇接，其中一个专做煮烤花生的摊位更为众多外地游客所青睐，那个看上去约五十出头的老板似乎也成了名声大噪的网红。据光顾过此摊位的朋友介绍，除了这个摊位的煮烤花生味道确实不错外，主要还是摊位老板长得非常"洋"气，初次接触还以为他是个老外呢。耳听是虚，眼见为实。出于好奇，午餐后笔者和几位一起到此采风的朋友按图索骥，特地找到了那个煮烤摊位，也想见识一下这位老板的庐山真面目。

见有游客光顾摊位，正低头在一口大铁锅前翻烤花生的老板连忙抬头，笑容满面地招呼："买烤花生伐……上午卖得多，中午游客少，现在有刚烤好的!"还真别说，在他刚抬头与我说话时，还真是被他的长相给弄蒙了。再仔细一瞅，这老板除了中国人的肤色和长相，似乎还混搭着一张明显迥异于当地人的面孔：瘦削的脸上看上去轮廓分明，富有立体感；微微前突的眉骨与一对略显凹陷、深邃的眼睛，高挺的鼻梁，稍显褐黑色的微卷头发……整个五官确实不太像当地人。尤其是他的深眼窝、高颧骨，让人不由自主地想到宁波姚江大剧院广场上的那座大卫雕塑。

"我怎么看都觉得您长着一张中西混血的面孔，您有没有问过您父母和上辈人，您确定自己没有外国血统吗？"我非常认真地询问眼前这位看起来蛮憨厚可爱的摊位老板。"之前已有很多人问过我同样的话题了，只不过您问得深奥一些罢了。哦，还有人说好多女生爱光顾我的摊位只是想多瞅我一眼。"老板见怪不怪又迷惑不解地说道。

这位庞姓摊位老板是这儿的原住民，自天台山 4A 级后岸景区去年正式对外开放后，他就在离自家不远的这个展销区开设了这个摊位，专门售卖自煮自烤的花生和一些季节性的时令地作货，生意颇为兴隆。尤其是他用先煮后烤的方法，再配上自己调制的味汁，煮烤出来的花生很受游客的青睐，摊位生意一直人气爆满。

我说，您这煮烤花生就像罂粟一样会让人吃上瘾的！他说是啊，我这里的回头客很多呢。"听说女游客都喜欢来您这个摊位购买，有的是故意过来只为好奇而瞅上你一眼，因为你的长相确实不太像本地人，您这棱角分明的脸型和极富立体感的轮廓倒是有点像欧洲那边的法国或者意大利人……"我又一次对他分析道。他憨笑着告诉我，他上辈人一直居住在此地，也没听说以前有外国亲戚的，他开了这个摊位后倒也确实常有一些游客在买他花生时常会多看上他几眼……我又饶有兴趣地鼓励他：您可以多向还健在的长辈去问问，也可以从族谱上去查一下您家族明朝时期参加抗倭的记载，台州是戚继光率军抗倭时的大本营，据说当时戚继光曾聘请过一些在浙江沿海的欧洲传教士和贸易商人，以了解西洋航海知识和火炮技术。这些老外当中有的人或许和当地女性有过相好接触，并由此留下了一些混血后代。当然也不排除您的上辈、上上辈太婆也许刚巧也交往过一位外国男友……

"这不太可能吧？不过戚继光抗倭我是从小就听大人说过的。"庞老板显得很疑惑地说道。"一切皆有可能！以后如有消息我帮您一起追根溯源吧！"我拍拍他的背部说。

　　查询资料获悉，庞姓是东北满族一支。沙俄很早就觊觎东北，从蚕食到鲸吞，远东扎屯的俄人时常交集满清边民，不乏男女之事。满清入关后庞氏亦大举南迁。不过在东北还能偶见老庞生相的人。

　　赋诗一首：

　　　　胡服骑射夸赵雍，
　　　　汉化归元拓跋宏。
　　　　莫道老庞异族脸，
　　　　师夷长技自古同。

　　　　　　2021 年 8 月于台州

笑容满面的"洋"老板　　　　杰宁 摄

女人的坐标

前些日子应邀和部分同学前往天台县后岸景区游览采风，同行的有一大群女同胞，一心二用的能力超强，尤其是在景区特产展销中心或途经村落、田间地头及村街农贸市场时，她们几乎都会左顾右盼，双眼视线的热搜范围似相控阵雷达，目测视野精准度极佳。细细想来，原来女人无论何时何地，离家出门在外，心里总还是装着家里的一日三餐。看看，你看看！这不有戏了？早餐后一发现村口的肉摊正在出售新鲜的猪肉，老板还说是凌晨三四点钟才宰杀的热气肉；与宁波市区菜市场相比，既新鲜又便宜；仔排才 22 元，条肉 18 元，大排和猪蹄价格也较适中。这帮美女大姐们全都像拣了大漏似的，纷纷让摊主砍切个三五斤带回宁波。

砍价的乐趣　　　　　　　　杰宁 摄

上午坐大巴车前往景区游

览，途经一村道的田间地头，有眼尖的几位女同胞发现前方几个菜农正将刚刚割收来的茭白堆放在道路边分拣装袋。"哇噻，这茭白好新鲜哦！"一女同胞兴奋地大声说道。全车美女们遂央求大巴司机将车停在路边，纷纷下车与菜农开始砍价交易，一问价格才3元钱一斤（宁波市场每斤八元）这些刚割收上来的茭白都没浸泡过水，看上去又嫩又白又干净，多买还能继续砍价。有人遂以量多价廉为由，要求菜农将价降至每斤2元5角。还有一些女同胞则边挑边剥，直将茭白剥了个雪白裸露才过秤。而男同胞们大多在车上饶有兴致地观看着，有嘴快的一位男同胞则推开车窗打着口哨调侃女同胞们太精明，说这都已经是白菜价了，别再砍了！话一出口就被众多女同胞回怼得乖乖地把头缩进车窗，不敢再发声，那模样令人捧腹。

　　女同胞们满载而归，大巴继续前行，我想，这些本地菜农确实也是憨厚朴实，童叟无欺，买卖以诚信为本。倘若他们将每天割收来的茭白当晚放水里浸泡上一夜，第二天上午再放到村道边上售卖你又能咋滴？但人家没你想得有那么多坏心眼儿。反而是我们这些自称为城里人的人，却把茭白皮剥得满地都是，菜农们也是憨态可掬地看之任之。故所有那些大大咧咧的爷们都该明白和感恩天下为人妻为人母的女性，随时随地把你兜里的真金白银交给她们去打理，丈夫一丈之外爱瞎逛，妻子偶尔外出总爱惦记着家里的一日三餐。正因为她们持家有方，脑袋里天生就装着柴米油盐酱醋茶，你才能去嘚瑟你的琴棋书画诗酒茶。嘿嘿，我这观点可能不被大老爷们认同，但估摸着会受很多家庭主妇们的首肯和点赞！

　　常常听人说女人来自金星，男人来自火星，女人用右脑思考，男人用左脑思维。这话颇有一定的道理，仔细想想，女人们的想法男人永远都搞不懂。她们逛商场时，对自己看准喜欢的高档时尚服饰可以一掷千金，眼都不眨一下就下单，对还价更是不屑一顾。买回家试穿后对着镜子前后左右、上看下看好一阵子，新鲜感过后又会生出些许遗憾，购买时的愉悦心情到此也就戛然而止。然后，然后就是那件时装或许就会长时间地被挂在了衣橱内……如此，女人的衣橱里永远都会缺少一件她想要的衣服。

　　然而一旦涉及日常生活的柴米油盐酱醋茶，女人在超市菜市场的斤斤计较和其深谙砍价技巧的本领，分分钟让男人叹为观止，自愧不如。她们购物时知道如何和卖主讨价还价，如何驾轻就熟地运用对折拦腰斩，再砍一半还能议的心理战，且往往屡试不爽。尽管有时通过还价得到的利好差价只有区区几元甚至几角几分钱，但她们依然会像得胜而归的女皇一样笑逐颜开，心情颇好，回家后还会向周围邻居和亲朋好友广而告之，甚至一整天心情都会充满喜悦和快乐……所以说，你买回的商品，其价格的昂贵与便宜并不与钱多钱少成正比，也并不与心情的愉悦、沮丧有必然的联系。对此，至少女性朋友们是深有体会，也是最有发言权的。

2021 年 8 月 26 日于宁波

沾花记

那天下午去秀才办公室拜访，顺便带去一束康乃馨，让秀才回家送给他老婆，并提醒他，你家刘老师很辛苦的，还常给我家那口子送去美容养颜保健品，这花你就说是自己买来送她的。

秀才说我这种事已经干过不止一回了。去年那天，他们两口子请我和几位好友去他家吃饭消遣，结果我去时带了一束百合送给他老婆，还画蛇添足、添油加醋地寒碜、调侃他不懂讨老婆开心，又惹来他老婆对秀才的一通数落：你看看你！亏你还是个学文搞媒体的，一点也不会浪漫，还不如人家杰宁懂礼数。结婚二十多年了，你倒说说，什么时候给我买过花？

记得那天吃完饭送客下楼，秀才拉着我好一顿埋怨。我却神秘一笑：这就是你的不对了！这是哄老婆的秘诀。我好心教你，你却不领情，你这个人哪！榆木疙瘩死脑筋。

秀才一直说我是他的死党兄弟，长相不俗却像个武夫。但是有一条，对自己老婆非常巴结，逢年过节总不忘记给老婆买这送那，至于买花献殷勤更是家常便饭了。说他不像我，干巴巴的一点也不浪漫，事实上，老婆一点也没冤枉他。秀才如此自我反省道。

不过，要说从来没给老婆买过花，这也不完全是事实。秀才说他记得曾给老婆买过一次花的，只不过那次买花经历至今想起来还像让人扎了刺，浑身上下别扭。

"怎么别扭了，说来听听，我帮你捋捋。"我感觉又有让人忍俊不禁的趣事会从秀才嘴里吐出来。听我这一说，他就开始娓娓道来：那是十几年前的一个早晨，妻先起床吃完早点，临上班前进了卧室对我交代了些什么。我睡眼蒙眬中，前边的话根本没听清，从被窝里钻出头来追问了一句：你说什么？只听一声大吼：别忘了买花！"嘭"的一声，老婆一甩门上班去了。

这一天上班浑浑噩噩百事不搭，到了下班锁门下楼，出了单位大门猛然一惊，忽然想起早上老婆的话来。幸亏没忘，不然回家女人那不饶人的碎嘴子能让你一个晚上不得安宁。

买花？为什么买花？老婆为人实在，平日里不太绕这些花花肠子呀？匆忙在大脑里搜索了一遍，今天是什么日子？生日？不对。结婚纪念日？也不对。女人节？情人节？母亲节？好像什么日子都不是，内心纠结，百思不得其解。不管三七二十一，反正老婆交代要买花，问为什么根本没必要，让买就买呗。老婆的话永远是真理，当圣旨听没错。

离单位不远就有家花店，进去一看百花齐艳楚楚动人。店主问明是给夫人买花，立马上前殷勤介绍，白的是百合，红的是玫瑰，金黄色的名贵是郁金香。买一支代表一心一意，买三支代表三生有幸，买九支意为天长地久。想想女人应该都喜欢玫瑰花，买了九支玫瑰，搭了些满天星，玻璃纸一包，扎上一条红丝带，那束花看上去红唇微张格外娇艳。心中立马妥帖，好歹完成了老婆交代的任务。

"后来呢？"我示意秀才接着说。

"兴冲冲刚出花店门，兜头遇见了一位熟人，是单位的同事 W 女士。她瞟了一眼我手中的花，咯咯一笑：哟！玫瑰花嘛！是给女朋友买的吧？

"说来也奇怪，明明襟怀坦白，被她语含暧昧地一问，我不知怎么突然感觉自己像做贼一般脸红心虚起来。嘴里赶紧分辩：哪里哪里，别开玩笑啊！我哪有女朋友啊？这是给我——

"话说了半截，脚步不停，我们已擦肩而过。可 W 女士临去秋波那一转，眼神里却分明含着两个大大的问号，让我百般惆怅起来。

"得！为人不做亏心事，半夜不怕鬼敲门。我大义凛然往前走，没走两步又遇上一位单位的女同事 B，妈的今天真是遇见鬼了。

"有了前车之鉴，这回我选择主动出击，赶紧迎上去，一边打招呼一边主动解释：你好，下班啦？这花是给我老婆买的。

"呵呵！不用解释不用解释，一定是的一定是的！呵呵！B 也朝我诡异地一笑，擦肩而去。

"这下好，弄巧成拙，此地无银三百两了，可我的确是隔壁阿二不曾偷啊！"

"这下知道心慌意乱、忐忑不安的滋味了吧？"我幸灾乐祸地调侃道。他又说，记得大学英语《新概念》第二册里学过一篇课文，大意是有些心理素质不过硬的人，过机场安检总是心里忐忑、神经过敏。明明清清白白，却总觉得不踏实，怀疑自己会不会一时不慎在行李包里夹带了什么违禁私货。此时的我大概就是这种状态吧。

"我继续低着头心事重重地往前走。都说事不过三，可今天怎么这么倒霉？远远地一个女人一边指着我，一边坏笑着迎面走来——不是同事却是熟人 Y。这回我想把花藏在背后也来不及了。

"某坚啊！好的噢！买花噢！哇！还是玫瑰花嘛，送给谁咱就不问了喔。哈哈！我不战自败彻底崩溃。这一回我是跳进黄河也洗不清了。气急败坏回到家，妻已下班正在厨房准备晚餐。我闯进去没好声气劈头就问：

"喂！你今天为什么无缘无故叫我买花啊？我嗓门很大，吓了老婆一跳。

"要说自家的老婆就是亲切实在，说话百无禁忌：咦？你倒好笑，反问起我来？早上临走前我不是说得清清楚楚的吗？你耳朵里塞驴毛啦？

"可我没听清啊！只听到个'别忘了买花'，但为什么买花没听明白啊！

"你这人好奇怪？这得问你自己呀？昨天下班不是你拿回来两只破花瓶吗？让你买花不就是为了插在花瓶里，好歹也给这个破家当个摆设啊！"

"……嗯，上尉，人呢？你没在听啊？"当秀才郁闷又感叹、低着头一五一十向我诉说完他的买花遭遇时，我早已双手捂着肚子，笑得瘫坐在角落边的沙发上……

2016 年 9 月 9 日于杭州大华饭店

神仙居紫桃胶

紫晶桃胶是神仙居的名贵特产，传说七仙女在神仙居七星岩上瑶池中沐浴后，即兴向人间散花时误将蟠桃种子和具有美容养颜功效的紫晶桃胶也一起撒落在神仙居周围的山坳里，此后蟠桃树就在神仙住过的地方得仙气而旺盛生长，一旦遭遇病虫侵蚀桃树，树身会分泌出大量功效奇异的浆液注粘在树枝病虫害侵害处，桃树枝干溃烂处立马痊愈复嫩……所以此地蟠桃树上凝聚的桃胶采撷晒干后，显得格外紫红艳丽，晶莹透亮，是女性美容和滋润肠胃的最佳食谱。

《本草纲目》记载，桃胶是一种浅黄色透明固体天然树脂，由桃树树皮中分泌而来，一般在夏秋采收，其成分与阿拉伯树胶大致相同。性味甘苦，无毒，无副作用。桃胶又名桃油、桃脂、桃树胶、桃花泪；日常生活中并不多见，但它是一种颇为珍稀、具有良好养生保健功效的天然食材。

桃胶系果树凝胶，具有和血益气、补脑益智和止痛的功效。对治疗胃痛、胃炎及肠道疼痛方面功效明显。现代医学研究表明，桃胶中含有较多的植物胶原蛋白，能提高女性面容皮肤的紧致和弹性，具有独特的美容养颜和保健作用。它对于胃肠道的疼痛能起到一个缓解的作用，还可对人类的肠道膀胱起到很好的保健功效。

经常食用桃胶还能够改变修复人体中的某些炎症，比如尿道炎、尿结石、尿出血等等；对青少年常见的青春痘、痤疮等同样具有祛火、修复的功能。

故是一味适合所有群体食用的天然绿色食品。蛋白质是人体的生命之源，长期食用桃胶亦能有效补充人体营养蛋白质，缓解人体皮肤的衰老。

据传，桃胶也曾是当年慈禧太后钦点御用的养颜补品。

生活在深山幽谷里的老农确实憨厚朴实又诚信，一大早骑车十公里左右赶到我们入住的酒店，只为将昨晚我们一行人预定的桃胶准时送达。老农报个良心价，我也一分不还价全买下了。哈哈，那咱们以后就认准被神仙垂青过的桃胶——神仙居蟠桃紫桃胶。

杰宁摄

返回宁波后，我给亲朋好友送去一些桃胶，大家食用后都夸赞这是迄今尝到过的最好桃胶，还问我煮炖的秘笈。后来，我和几位好友还聊了桃胶的质量和烹饪方法……食用提示：将桃胶泡发 24 小时后，加入比泡发后的桃胶多二倍的水在电饭煲煮炖半小时以上即可。要求：请尽可能用冰糖加少许枸杞、莲心或几朵白木耳和数粒红枣一起煮炖。如此食用后，美女们肯定今年二十，明年十八。

自从尝过神仙居弄来的紫桃胶之后，兵妈兵爸对这颗粒饱满、晶莹剔透、色泽红亮的桃胶也是赞不绝口。每次桃胶煮炖好一送到，二位老人就会开心地各自先分上一碗，然后拿着一个小汤勺趁热一口接一口、悠哉游哉地吃得津津有味。当然也免不了对兵儿子的烹饪技艺来一番溢美之词的点评。记得兵爸在世时，非常高兴我常去和他唠嗑闲聊，脑子里一直对我怀有"三喜一爱"的依赖性期待：一是喜欢吃我时常送去的大肉馅包子；二是喜欢品尝我煮做的又香又稠的桃胶；三是喜欢吃着宁海米糕和我下棋对弈。他还爱偷偷摸摸地避开兵妈的火力侦察，让我陪他到阳台抽支烟过过瘾。在他去世前那天下午，已经胃口不佳的兵爸，仍然一手端着一小碗我刚炖好送到的桃胶，一手拿着汤勺坐在健身椅上，就着一块宁海米糕，非常惬意地边吃边和我咿呀咿呀地聊着，整个一副开心的样子。这大概也是兵爸去世前吃得最开心也是最后的一次美味食谱。

桃胶就数神仙居的紫桃胶最适合女士食用，吃了后可以把美女的婴儿肥脸庞逆生长冻起来，每周品食二次，三个月后待面容与冻龄显现之时，这仙女桃胶准会让美女们爱得不要不要滴。一位食用过神仙居紫桃胶的作家朋友告诉我：你前几天送我的这桃胶质量好棒！我也太有口福了，准备用莲子和红枣一起炖，谢谢哦，晚上炖好当夜宵。昨天一碗已下肚，哈哈，我刚又喝了一碗，这样吃下去，我肯定会长胖。我说，我食用时最美的感受，就是当浓稠的桃胶滑进喉咙时的舒爽感觉，那就一个爽，美女们要的是冻龄的功效。假如你还是一位上得厅堂下得厨房的美女厨师的话，能做出一碗这色泽红亮、让人垂涎欲滴的紫晶桃胶，这就太棒了。当然吃桃胶长胖是不会的，神仙居老农夫妇告诉我说，紫桃胶多喝几碗一点也不会长肉，反之还会增加肠胃蠕动的功效。但我很佩服一些家庭主妇按提示操作就能心领神会，就能炖出让人垂涎欲滴的美味桃胶来。

从这上乘的桃胶让我想到好食材是多么的重要。以前总有人诟病吃不到小时候味道的汤圆，殊不知现在的汤圆馅原料都是机制的，猪都是养了三四个月就出栏的，哪里会有儿时的味道呢？据说山区那边的村民到菜市场购买好多的饲养鸡蛋回去后分箱装好，价格翻几倍后再卖给进山游览的城里人，还大言不惭地说是自家山上放养的土鸡蛋。所以说，现在要弄到好的食材真的太难得了。记忆中的猪肉，水煮白切，蘸点酱油，就是美味。现在哪有肉味啊，还这么贵，而且一点都不好吃。现在很多无良商贩没有诚信，为了赚钱，啥事都能干，毫无底线可言。

2020 年 7 月于神仙居南舍北舍

弋阳的红·古·绿

　　江西弋阳县确实是个神奇的地方，让我心生如此感慨的不仅仅是因为那里有我情如兄弟的众多战友，以及"鸡栖于埘，日之夕矣，牛羊下来"的乡村日常生活图景，更主要的还是在于弋阳与众不同和独一无二的红、古、绿这三方面的旅游资源，故近几年我路过到过游过弋阳已不下三五次，但每次临走之前仍然感觉游兴正浓，意犹未尽……

　　说弋阳的红，必说方志敏。牺牲前他写下了《清贫》《可爱的中国》等闻名于世的不朽之作，是几代人教科书中耳熟能详的经典名著。他宁死不屈，用生命演绎了他的誓言：敌人只能砍下我们的头颅，绝不能动摇我们的信仰，因为我们信仰的主义，乃是宇宙的真理！

　　80多年前，方志敏在家乡弋阳"两条半枪闹革命"，创建了中国工农红军第十军。在弋阳，像方志敏一样为国捐躯的有名有姓的革命烈士就达9288名，占当时全县总人口的十分之一。

　　"到处是活跃跃的创造，到处是日新月异的进步"，方志敏烈士当年的期望，如今正在弋阳这片蓬勃的热土上开花结果，红色基因在这里生生不息，代代传承。

　　说起弋阳的古，必说弋阳腔。弋阳腔属中国戏曲四大声腔之一，是中国高腔鼻祖的诞生地，至今已有600多年历史，在明代就以强大的辐射力，扩散至全国十几个省份，影响着全国数一个声腔剧种，弋阳腔曾被毛泽东主席

龟峰美景　　　　　　　　　　　　　　　　　　　　　冯春忠 供

赞誉为"美秀娇甜"。2006 年 6 月，弋阳腔被列入"第一批国家非物质文化遗产名录"。县内至今保存完好的弋阳腔古戏台仍有 50 余座。"秀美娇甜"的弋阳腔，位居中国四大声腔之首，对京剧、川剧、湘剧等四十多个剧种的形成具有巨大影响，被誉为"中国戏曲活化石"。

笔者在弋江战友的陪同下曾去欣赏过一次弋阳高腔的表演，印象颇为深刻。在一个不太华丽的舞台上，一名演员在台上唱，幕后数人接腔相伴，声音穿透如回声般美妙。伴腔人数根据剧情需要分众帮或单帮，也有整句帮或半句帮，还有无字的声腔帮，整个演唱过程气氛活跃，充满当地生活气息，在人物的塑造展现上倾注了极大的感染力，高亢狂放的唱腔中包含着婉转的曲调，那揪人心肺的锣鼓声和抑扬顿挫的唢呐，极其摄人心魄。

说到弋阳的绿，必定说龟峰。石巧峰奇、象形独秀的龟峰，是世界自然遗产、世界地质公园、国家 5A 级旅游景区。龟峰有"无山不龟、无石不龟"的妙趣，步移景异无处不在。进入龟峰景区，满目皆是丹霞地貌，大自然的鬼斧神工雕琢出令人惊叹的奇山异石和数不胜数的大小神鬼，处处山峦峻峭，峰岩秀逸，怪石嶙峋，岩洞幽奇；享有"江上龟峰天下稀"和"东方天然迪斯尼乐园"的美誉，是一处不可多得的集疗养、度假和旅游于一体的观光打卡胜地。横看成岭侧成峰，远近高低各不同。在景区观光时，游客时不时地会发出阵阵惊叹，欣喜地描述出自己意外发现的一只只神龟，甚至还可以向景区管理局建议命名新发现的龟名。整个龟峰97平方公里的景区，就像一只巨大的昂首神龟，在丹霞碧野里游弋。特别令人期待的是，神奇的龟峰会在某一个奇妙的时刻突然发出一种奇妙的钟响。龟峰不仅是一处"雁荡所无"的美丽景点，还是一方别有灵气的圣地和福地，明代旅行家徐霞客在龟峰游览三天后，写下了三千字的游记《江右游日记》，发出了"盖龟峰峦嶂之奇，雁荡所无"的赞叹！王安石、陆游、朱熹等文人墨客，也都曾在这里流连忘返，写下了许多脍炙人口的诗文篇章。

与龟峰景区毗邻的夏家村山冈，既是观赏鬼峰日出日落的最佳位置，也是一个拥有厚重人文底蕴的村庄。据当地村民介绍，该村百姓基本都姓夏，相传他们是大禹的后裔……大禹死后安葬在浙江绍兴城南的会稽山上，其后人因战乱等原因迁徙到了贵溪九夏，成为夏家先祖，后来，其族人途经龟峰山，见此山神似会稽山，就有回归本土之意，遂迁徙至此繁衍生息，现已是第29代了。说到大禹，倒让我想起其治水的故事，大禹的坐骑为旋龟，是上古四大神龟之一，长着鸟的头和蛇的尾巴。大禹治水的时候，旋龟背着息壤跟在他的后面，大禹随手将一小块息壤取来投向大地，息壤落到地面后迅速生长，很快就把恣意的洪水填平了。可见旋龟也是大禹治水的重要角色。这龟与大禹的渊源，可能也是大禹后人看中此处的原因之一吧，一个风景旖旎、有故事的村落，依旧保持着它的质朴、纯净，漫步其间，让人遐想。这"望得见山、看得见水、记得住乡愁"的村落也会深留在我的记忆中。

那天，战友和几名摄影爱好者陪我们一行去龟峰看日出，在晨曦中一行人匆匆赶到龟峰镇的中屋水库，那里是最佳的日出观测点。早晨不到六点，天边已经露出了粉红色的曙光，接着一缕阳光从云雾中透射出来，光晕下周边云彩颜色在渐渐加深，由橘黄色变成了浅红色，所有的云朵像是镶上了一条条金边，在五彩朝霞的簇拥下变化成一个心形，呈现在这水天一色的湖面上，远处那只沐浴霞光中的巨龟似乎已苏醒，昂首仰望着苍穹。皇天不负有心人，此前来龟峰游览观光已不下三次，但遗憾的是都未能起个大早去欣赏日出龟峰这一令人难忘的美景，现在，就在这刹那间，终于看到了这万簇金箭似的霞光，看着这金色的阳光从云层中迸射出来，看着倒影在湖面上的那只神龟昂首向阳，随波荡漾……

在弋阳交通部门工作的一位战友颇感自豪地告诉我：2020 年 12 月，弋阳县委书记谢柏清在节目中向全球推荐弋阳，他用充满自豪而又声情并茂的声音朗诵道："朋友！中国是生育我们的母亲。你们觉得这位母亲可爱吗？"此视频先后在 Twitter（国际）、YouTube（美国国际）、FACEBOOK（美国）和华人频道、新华网、今日头条等 26 家媒体上线播出。

这就是弋阳的红·古·绿之魅力，"革命一故乡，江西弋阳，山城如画世无双"……一个会让人游后上瘾的地方。

2021 年 3 月于江西

某人的躺平之旅

　　看看这厮快活似神仙的躺平姿态，也算是我见过的最惬意的打盹睡态，没有之一。实在令人既羡慕又嫉妒，真是好命啊。看窗外天高云淡，酷暑难耐；车外热浪滚滚，车内秀才早已酣然入梦。五欲已销诸念息，世间无境可勾牵。你看那嬉皮涎脸的惬意样，看他昏鸡搭头、急与周公相约谈的窘态，车行至宁都，众人皆因疲倦昏昏欲睡，而秀才早已鼾声如雷……我却手握方向盘，全神贯注，一刻也不敢松懈。

　　红色之旅第三天上午不见秀才，去到他房间后，一瞅这秀才竟似一脸婴儿梦呓般的感觉，正口水涟涟，枕边满是涎玉沫珠。红色之旅行程三千里，秀才与俺的普拉多俨然融为一体。返程途中秀才更加肆无忌惮，翘脚搁腿，彻底躺平身子，大呼舒服爽哉，让手握方向盘的俺直恨得龇牙咧嘴。某日一行人前往赣南革命老区宁都县旸霁村原红一方面军司令部旧址参观，末了，听到村里处处都是此起彼伏、不绝于耳的知了鸣叫声，秀才突发奇想、央求俺帮他捉个知了，他好回去送给心仪之人。俺就一溜爬上树，很快就捉了两只知了遂了秀才心愿。后来秀才又一脸狡黠地说要和俺比试俯卧撑，看谁一口气先撑完八十个。谁知俺快要撑完时，秀才说俺已经输掉此次比赛，晚餐必须由俺买单，还说他讲的是撑八、十个，而非八十个，是俺没听清楚……俺只能乖乖认栽！更加可恶的是，在前往老区参观一家现代化养猪场时，当俺正在观察群猪进食场面时，秀才已事先取好了题目，早已悄悄发到群里称：

杰宁 摄

《和猪在一起的作家杰宁同志》，后来他转念一想，又换了个马甲题目：《看！从左往右数，第三个是作家杰宁同志》，正在和猪作亲密交流如何搞好栏床卫生、叠好被子……当俺准备对他拳脚相加时，发现秀才早已溜至一网红打卡处，正与一群宛如仙女下凡的美眉互动呢，还冲俺一脸坏笑。下山时秀才又躺平在车上，俺也正在想着如何收拾这可憎可恶的秀才，不巧途经最美98道弯时，一棵松树突然横倒在路中央，拦住车子去路。一位老表手持砍刀挡住我们的车前，众人惊诧之间，这老表冲众人大喝一声：你们躺平逛美景，我连一席平躺之地都没有，下来！这一吼把秀才着实吓得不轻，赶紧探头出窗怯生生向目光如炬的老表大叔打躬作揖……演绎出一幕收藏版的秀才遇到兵有理说不清的经典之作。待我下车为老表点上一支烟递上一瓶水后，老表大叔即挥手放行让我们通过，普拉多立马一骑绝尘离去。秀才一颗惊恐狂跳的心才从140跳每分钟下降到70跳每分钟，连呼阿弥陀佛……"你要再敢对我背后使坏，我肯定将你交给老表说道说道……"俺也终于赢了一个回合。

要问秀才何许人也：应坚，华东师大中文系毕业，系20世纪七九届永康高考状元；曾长期在大学教授古诗词，宁波财经学院客座教授，资深媒体人与新闻节目首席主持人，新闻高级职称，浙江省作家协会会员。他出版散文集诗集三部，是宁波《诗词in谈》联合创办人，是经典古诗词的教授与传播专家。

2021年7月于江西宁都

与雪共舞·又见红豆

雪压枝头低，虽低不着泥。一朝红日出，依旧与天齐。

今天一大早，宁波下了 2021 年冬季的第一场雪。瑞雪落纷华，随风一向斜。地平铺作月，天迥撒成花。瑞雪兆丰年，必将瘟神驱。

上午与车友们一起自驾前往海拔 915 米的四明山商量岗上观赏雪景。临近主峰，周围白茫茫一片，到处银蛇飞舞，银装素裹。雾凇与纷纷扬扬的漫天雪花织造出一幅晶莹剔透、美得令人窒息又让人醉舞的人间仙境。沿着厚薄不一的冰面盘山公路，车队小心翼翼地前行着。然惊喜与惊悚同在，前方有两车友看雪景看得兴高采烈却又忘乎所以，他们的白娘子普拉多一生气，小性子一来车子愣是和山崖吻上了。好！谁让他们心猿意马，一心二用，一众车友幸灾乐祸地调侃道。哈哈，刚一吻上，那个卖白斩的老司机马上探头朝俺大喊："上尉！

杰宁 摄

杰宁摄

快帮我把车牵引一下拖出去……"我说，行啊！但你俩得先找出驾车分神导致滑入山崖边沟的原因，然后还得�奖我一个辛苦红包，俺才会出手相救。他俩马上把头磕得像鸡啄米一样连连点头称好。结果当俺刚把车子给牵拉出边沟，他俩家伙马上就翻悔不认账，这翻脸比翻书还快，居然还讹我给他俩发个安慰奖红包，不然就报警！告我乘人之危趁雪打劫，属于敲诈勒索。你看看，这就是做好事的结果。真是活生生的现实版《农夫和蛇》。俺似乎也低估了这两个在生意场上混的流氓商人的狡诈。最后午餐算我请客，后来又给这二厮每人发了 25 元的红包才将这两个"新怪病毒"摆平。

自己吃饱喝足不说，还有红包可入账，这二厮高兴得屁颠屁颠儿的。下山时，其中一个哥们问我："上尉，你咋这么小气，只给我们发 25 元的红包？这也太抠门了吧？""因为你们都是不知好歹的二百五，还很二！"我直截了当地回怼他。"哦，对了，看在你俩刚才回赠我二张洗车券的分上，等会儿我各送你们一个特制小雪人如何？但前提是你们得先到我车后蹲下来，待我车子发动后，帮我仔细观察一下车子排气管是否有微微抖动的现象。"我想再弄点苦头让他俩长点记性。他俩一听又有礼物可拿，顿时喜出望外连说好、好！并立马跑到我的普拉多车后蹲下身子说 OK。看这二厮已中计，我马上点火发动车子探头问道："怎么样？""……好着呢，没啥抖动呀。上尉，你再加一下油门试试。"看火候已到，我马上松开手刹，猛踩油门，车子向前急驶而去。车轮瞬间扬起的阵阵冰雪泥浆顷刻间把他俩溅得满脸都是，活脱脱像两个圣诞雪人。"礼物给你们了，咱们现在互不相欠了！"我将头探出车窗对这二厮嬉笑道，然后一骑绝尘，留下这二厮恨得龇牙咧嘴又捶胸顿足，在后面冲我直嚷嚷："又被上尉耍了……喂！你这也是恶作剧呢……"这一幕简直让我笑得捧腹捂嘴。

乡风野鸟入云涯，红豆枝繁影自斜。三四百年村尾立，幽偏无语护山家。

冰雪四明山，最让人怦然心动的惊艳一抹，莫过于那冰清玉洁、相思无季的四明山麓南国红豆。她通透洁净，晶莹怡情……红豆生南国，春来发几枝。愿君多采撷，此物最相思。就历代文人墨客藉红豆吟诵相思之情的诸多诗篇来看，王维的这首诗堪称经典之作。然四明红豆情亦浓，冰雪里这娇美的红色果实，满枝点点隐于片片雪花之中，三五仙女相拥，在洁白的原野与雪共舞，又俨然一群娇羞的相思少女在表达火热的内心……看呀！几位相思少女忽又回眸远眺前方几幢若隐若现的建筑。哦，那儿有一处名为中洋房的别墅，那是蒋公与宋美龄特别喜欢的四明山度假别墅，也是他俩耳鬓厮磨、窃窃私语、互诉衷肠的爱巢……历史也确实见证了这个奉化男人与一位文昌女性结成伉俪半个多世纪以来，相濡以沫、夫唱妇随、互敬互爱的感人故事。

商量岗是一个有历史底蕴、有故事、有美景的地方。据当地一位年逾九旬的老人告诉我们，中洋房（俗称蒋宋别墅）建于1936年，当时宋美龄特意在门口两侧亲手植下金钱松和银杏树各一棵，意为金银富贵，吉祥如意。在别墅的后面还有一口被誉为"美龄泉"的水井，无论大旱或是久雨，井内泉水从不枯竭也不外溢，水位线始终保持在一个恒定的位置，实在令人啧啧称奇。有一年冬天，商量岗上连续几天下了几场很大很厚的雪，当时蒋先生和宋美龄正好回奉化老家过春节，那几天就住在商量岗上这栋别墅里。老人依稀记得那天上午十点左右，蒋先生手牵着宋美龄从别墅里面走出来，他看到这么厚的雪显得非常开心，一高兴就和宋美龄邀请几个随行的侍卫官一

杰宁 摄

起在雪地上堆雪人。后来，蒋先生又很亲切地招呼外面围着看热闹的一些小孩子和他一起煨烤番薯吃……"蒋先生小时候在溪口是出了名的调皮捣蛋鬼

和孩子王，老辈人绰号都叫他'瑞元无赖'。这堆雪人放炮仗，拦轿门抢红包，掏鸟窝煨烤番薯之类的事情，蒋先生小时候老早老早就熟门熟路嘞……"老人又接着补充道。嗯，这些故事倒是蛮有趣的，也很难得听到，说明无论是名人还是显贵，总归也有很多充满烟火气息的凡人凡事。

这趟冰雪四明山之行收获还真的不错，原本只是想来个冰雪越野，到商量岗看雪景观雾凇，堆雪人打雪仗。不曾想歪打正着，竟然在上山途中意外撞见了四明山上难得一见的冰雪红豆，真是让人欣喜若狂。还有更像捡了大漏似的，不经意间又从一位偶遇的当地老人口中，淘到了不少蒋宋与中洋房和商量岗雪景的趣闻轶事。而对向来喜欢东闻西嗅的我来说，这不啻是我又一篇散文随笔的来料加工。因为，我就喜欢淘老古，就喜欢原汁原味这一口。

2021 年冬月于奉化溪口

第二卷

纪实 · 杂记

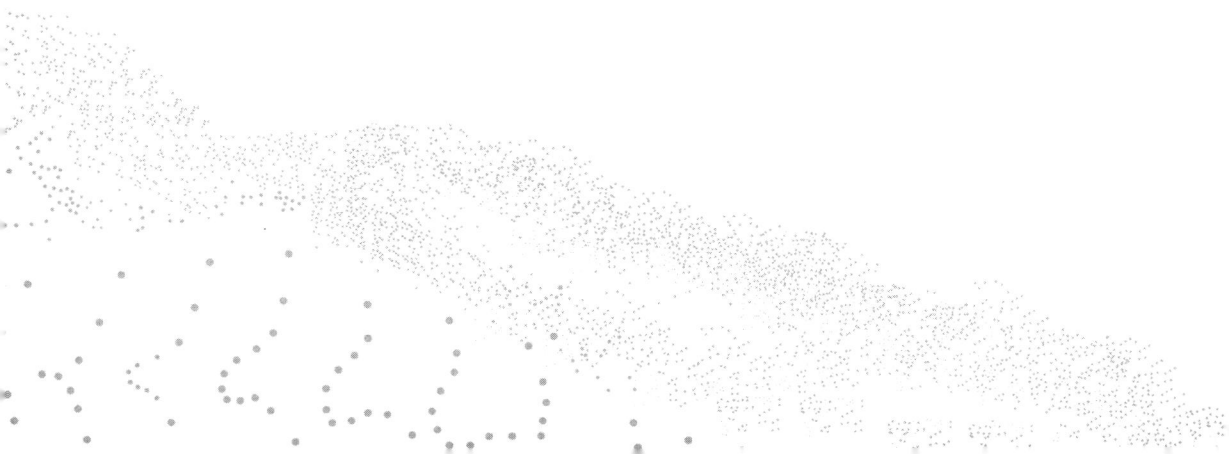

南疆的山茶花

王明敏烈士的母亲
杰宁 摄

10年、20年、30年、40年……对越自卫反击战恍若昨日。

今年是我的发小战友王明敏烈士血洒南疆、为国捐躯41周年。八一节前夕，我没约上其他战友和儿时伙伴，事先也没告诉烈士的母亲和哥姐，就独自一人驾车顺着那熟悉的沿湖盘山公路，径直来到位于金峨山下的宁波市横溪镇敬老院，看望在对越自卫反击战中光荣牺牲的王明敏烈士的母亲。

冥冥中似乎自有感应，当我开车进入敬老院，刚下车走到距烈士母亲所住的那幢楼约50米时，就看到烈士母亲正撑着扶椅步履蹒跚，缓缓地移步至楼梯出口向外张望着，嘴里喃喃着："……这走过来的人像是大华，是大华吗？"我顿时呆了一下，赶紧快步奔向老人身边，眼眶也随之一热："姆妈，是，是的，我是大华。姆妈，我来看看您……"此时我的双眼已被泪水模糊。搀扶着老人进入房间坐下后，她就热切地问起我负过伤的腰背部是否还好，以后可不要搬重物、拎大包呢。老人又说："大华啊，我夜里睡不着时就会想到敏儿，当年入伍去当兵，他才三个月就牺牲了，不到二十岁呀！我真是心痛呀，这几十年来眼泪总是流不完啊，我现在90岁了还无病无灾，是敏儿他把性命给了国家，把岁数孝敬给我了……"英雄母亲这痛彻心扉的话令我热泪盈眶。

在与老人相处闲聊的近一个小时里，我很少提及烈士的小名和牺牲经过，我怕老人听到爱子名字时再度失控，怕自己会在老人面前泪如泉涌。

告别烈士母亲，驾车即将驶离敬老院大门时，我从后视镜看到老人满脸的慈祥博爱，依依不舍地一手撑着扶椅，一手缓缓举起朝我挥动着……驾车前行一段后，我将车停在公路边一处僻静的竹林下，静坐车上任由思绪缓缓流淌。想起曾与烈士同一连队的应禾光等几位宁波籍战友，多年前接受采访时讲述王明敏烈士牺牲前后的全过程，那一幕幕情景在我的脑海中又渐渐明晰，犹如昨天，烈士牺牲时那悲壮又惨烈的场面时隐时现。

烈士王明敏是大我几岁的发小邻居，我早于他一年入伍。1979年3月16日下午，他在与越军的一次激战中壮烈牺牲，距他入伍还不到100天。他的牺牲过程与当今某些粗制滥造的影视剧所铺垫的自卫反击战场景断无一丁点雷同。当时，王明敏他们所属的部队 61 分队按照上级下达的撤军命令，已撤回距国境线不到两公里处，远远已能望见友谊关上飘扬的五星红旗，还有隐隐约约、时轻时重传来的鼓声和鞭炮声，那是祖国亲人正在迎接他们凯旋的声音。硝烟散去的国境线两侧显得格外祥和美好，附近的山坡上到处山花烂漫；目光所及都是一簇一簇争妍斗艳的杜鹃花，放眼望去，国境线内外绵延不断，逶迤起伏的山峦层层叠叠，花海似锦。三月的南疆正是木棉花和山茶花竞相绽放的季节，伴随着北方吹来的和煦春风和祖国亲人们渐渐临近的欢迎鼓乐声，让征战已近一月、满身披挂硝烟尘土的战友们，个个情不自禁地陶醉在这激动的场景中。"我们排和其他几个分队都是为所属部队撤军担任后卫警戒任务的，现在终于看到了友谊关上空飘扬的五星红旗，听到了那边传来的阵阵鼓乐声，耳边再也没有了震耳欲聋的枪炮声和争夺阵地时你死我活的厮杀。当时战友们的快乐、激动、兴奋和放松的喜悦心情实在是无法比喻，你怎么描述都行！"战友应禾光当时这样告诉我。

王明敏烈士生前几位战友后来与我相聚时，也都很感慨地聊到当时的心情，没有了炮火呼啸，不再看到断臂残肢尸满山野。他们这几个分队踏进国门前，除布置部分班、排继续在回撤线路附近的丛林地带清剿残敌和防敌反扑骚扰外，其他部队脱离硝烟弥漫的战场也有一整天了，伤员也都由战地医院转运回了国内的野战医院。当时上级命令部队在距国境线不远处临时休息一下，检查装备和军容，准备精神饱满地列队进入友谊关。眼看可以返回一步之遥的祖国了，战士们紧绷了多日的神经确实放松了许多，趁这难得的休憩时刻，大家边整理聊天、边喝水解渴。"……骄阳红似火，我们爬山又越坡……连长把水壶递过来，一股暖流涌心窝……"，爱唱歌的二排长即兴唱起了充满战友之情的抒情军歌《一壶水》。很多战友就在这其乐融融的氛围中摘下钢盔，解开衣扣，抽烟调侃。有的说渴望回国后先洗个热水澡，有的说要先写封信，照个相寄到家里报平安，有的说要把中央慰问团赠送的纪念品用包裹寄回家；已有女友的几位战友说必须先去邮局和女朋友通个电话……明敏是个生性腼腆、不善言辞、喜爱思考的人。他就抽着烟静静地看着这放松的场景。他当时对身边的应禾光等战友说，身上这套军装，经一路打仗穿插攀爬，战斗时常常匍匐卧滚又翻山越岭和出入猫耳洞，早已破烂不堪；抢救伤员时还沾染着这么多的血迹，得先去领套新军装拍张照片寄封信给阿爸姆妈……谁能想到这竟成了他牺牲前留下的未了心愿。"哎，明敏啊，反击战打响前你说你以前看到班里的那个女同学总会脸红，你肯定是对她有那个意思了吧？说不定你在课堂上还给她塞过小纸条是不是？"应禾光和明敏调侃

杰宁 摄

道。"你乱猜什么呢，我和她手都没拉过，怎么会给她塞小纸条呢？后来也没塞过小纸条，要真塞了小纸条，那她要是交给老师的话，我面子不就没了。"明敏争辩道。"哦！对了，等一会儿进入友谊关后有时间的话，你还得给我讲讲那天离开宁波时来送你的那两个女同学是怎么回事，其中一个肯定对你有意思吧？"应禾光又刨根究底地问道。"话毕，我看见明敏的脸颊有些不好意思地泛红。明敏最后的这一刻表情深深地烙印在我的记忆里。可谁能想到这竟然是明敏牺牲前和我的最后对白！"应禾光悲伤地说。

当时，呈品字形战斗队形回撤的侧翼观察哨和游动警戒哨似乎也被大家即将归国的情绪所感染，对尾随骚扰我军回撤的小股越军的瞭望监视有所放松。此时，在这寂静的背后，几股被打散的越军又重新聚集起来，对王明敏所属 61 分队的一场偷袭正在悄悄地酝酿着。就在战友们都往友谊关方向热切又激动地目视和张望的时候，浑然不知危险正在悄然逼近。

"……后来的一切发生得实在太突然了……哒哒哒，哒哒哒！随着急促响起的阵阵枪声，刹那间一直跟踪袭扰我撤军后卫部队的几小股越军，从各自隐藏埋伏的山坡高地突然用五六式班用轻机枪和单兵火箭筒组成的密集火力，

向王明敏所在分队的战士们疯狂扫射、发射……我们所在的后卫排有三四个战士来不及隐蔽还击，当场牺牲；明敏也被机枪子弹击中头部和胸部，我看见他倒下时如同一头中箭后的雄鹿，上身在顽强又极其痛苦地扭动着，血淋淋的头部向前抬了几下就垂下不动了。近在咫尺的战友们确定偷袭越军的位置后，很快就呼叫炮火将这股越军全部覆盖消灭。待我和战友们冲过去时，我看见王明敏中弹倒地后头上的血不停地向外喷涌，他还在不断抽搐，当时他还有微微呼吸，我和战友们发疯似的把他背下山抬上军车向友谊关方向急驶，我不时俯下身子大哭着让他别死，别死！明敏你一定不能死！'……明敏，我俩都从宁波来的，我们一定要回去看阿爸阿姆；我还要听你告诉我那个女同学的名字，我帮你去塞小纸条……'我不管他能不能听到我的话，抱着血流如注的他，不停地和他说话，让他挺住，不能死！可回答我的是他头上和前胸伤口喷涌外冒的鲜血和渐渐发白的脸庞，他的身体也慢慢变软……进入友谊关后，他马上被抬上军用直升机送昆明抢救，但在途中即告不治。我清楚地记得把明敏抬上直升机的时候，一名随军战地记者挤过来想抢拍几张照片，我们分队一位浑身沾满泥土与血迹、眼中充满血丝的首长一顿咆哮坚决不让拍：'……你给我滚远点，妈的拍什么拍？这头上血肉模糊的照片和报道让他家里人看到，你让他爸妈怎么活？''是，是！不拍照，我只写这几位壮烈牺牲战友的文字报道。'战地记者如是回答。大家一言不发，都在悄悄抹泪。所有战友一起呆呆地看着运载几位重伤战友的直升机升空远去。此时此刻谁也不说话，都在悄悄抹泪，都在扼腕痛惜和内疚自责。从2月17日对越自卫反击战打响到撤军回国，战友中弹牺牲的悲痛场面虽然天天在发生，惟有明敏和这几位战友的倒下，让谁都在痛恨自己离国境线仅一步之遥因松懈而放松警戒。胜似兄长的首长因没能在最后时刻保护好生死之交的战友而痛心疾首，不能自已。"

"明敏牺牲的消息传来后我号啕大哭，明敏就这样壮烈牺牲在我的面前，我以后回宁波如何去见你爸妈呀！呜呜，呜呜……当我痛苦地用拳头不停捶打自己身体时，才感到我的右手掌血流不止，刚才那场战斗，我的二根手指已被炸飞。"烈士生前另一位宁波籍吕姓战友这样告诉我。他们还告诉我，几乎每场战斗结束、打扫战场时，都有让战友们恨得咬牙切齿的场景呈现在眼前，狗娘养的越军射杀我军战士和边民的武器几乎都是用当年我国政府援助他们抗美的武器装备，更加令人义愤填膺的是每当我军占领阵地后总会发现越军的很多掩体都用无数标有"中粮"字样、每包 90 公斤装的优质大米构筑起来的，以此作为抗击和对抗我军进攻的防御地堡和射击工事。

"你知道吗？我们连队很多战友牺牲时还不满 20 岁，很多像明敏这样牺牲的战友生前连自己暗恋的女同学的手都没拉过一次……"战友李成国又含着泪水补充道。

2019 年清明节前，在王明敏烈士光荣牺牲 40 周年之际，烈士的哥哥和两位姐姐、姐夫在烈士生前几位战友的陪同下，首次从宁波出发前往遥远的广西龙州烈士陵园奠拜烈士。巍峨耸立的龙州烈士陵园依山而建，坐北朝南；在苍翠松柏和山茶花、木棉花的掩映下显得格外庄严肃穆。王明敏烈士和两千多名牺牲烈士就长眠于此。亲友和战友一行难掩心中长久积聚的悲痛，人人热泪长流，呜咽不止。烈士陵园缓缓上升的一百多个台阶，烈士的两位姐姐几乎是边哭泣边跪爬着上去的，在镌刻着弟弟名字和牺牲日期的墓碑前，悲痛欲绝的二姐号啕大哭：阿敏啊！我们看你来了，姐没有一天不想你呢，阿敏啊，你在这里四十年了我们才来看你，我们对不起你啊，阿敏啊阿敏，姆妈已走不动了，姆妈不能前来看你了……

很多战友都曾说过，他们很喜欢被称作英雄花的南疆山茶花，喜欢她的鲜艳无比、殷红如血，喜欢她绽放时的昂扬灿烂；也喜欢《再见吧妈妈》这首出征军歌对山茶花品质的赞颂，可是明敏牺牲前还未抬头望一下遥远的家乡、默念一下妈妈再见就倒下了，那里有天天为他夜不能寐，期盼他早日凯旋的亲人们。为了保疆卫国，他和无数英烈最终无怨无悔地血洒疆场，将一腔热血抛洒在祖国的南疆大地，将年轻的生命化作朵朵殷红如血的山茶花，守护在祖国的南疆，为人民换来国泰民安的美好生活。

致敬！我的发小战友王明敏，致敬！为国捐躯的英烈们！致敬！烈士的亲人们！

赋诗一首：

看望英雄母亲

犹记邻里情意浓，
严父棒下出顽童。
男儿长成翻江龙，
发小立志共从戎。
讵料新兵成英烈，
友谊关前尽国忠。
今朝白发英雄母，
战友誓言尽儿孝。

2020 年 8 月于宁波

这一刻泪水模糊了我的双眼

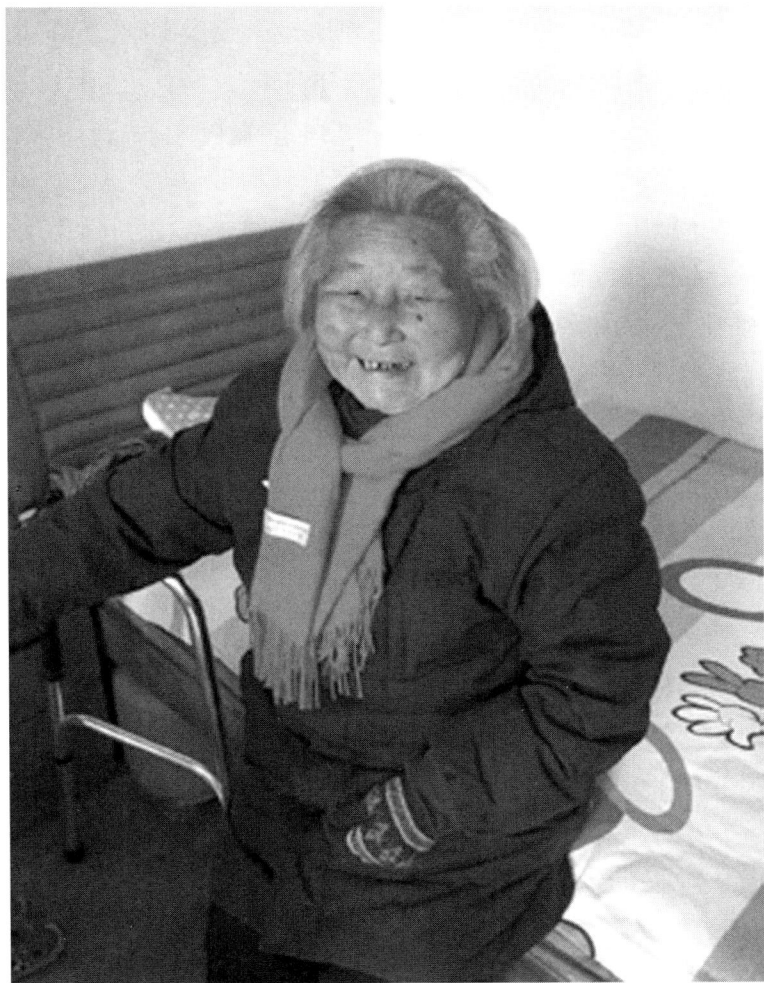

杰宁 摄

　　前天是入冬以来最冷的一天，这个冬季也是宁波近十来年最冷的季节，这波来自西伯利亚的强大寒潮，给刚刚还沐浴在和煦阳光下的人们一个猝不及防。据浙江省气象台发布的消息称：设于浙西天目山仙人顶上一个气象观测站，测到的今天凌晨最低气温是零下 20.6 摄氏度，为浙江 50 年所未遇。想到年逾九旬的烈士王明敏的母亲独自一人待在远离市区的敬老院，不知在如此极度寒冷的冬天里保暖措施是否安好，心中不免有些惦念。

　　上午特意驾车专程前去大山深处的敬老院探望她老人家。一进入敬老院大门就远远看见烈士母亲正推着扶椅步履蹒跚地往外缓缓移动，可能室内太冷了，老人想挪到太阳可以照到的地方暖和一下身子。"哦！阿华啊，介冷的天气你怎么又来看我了呢？没关系的，别总是这样想着我，我挺好的……"老人几句话让我几乎哽咽无语，多么淡定而又坚强的母亲！挽扶着老人进入一楼略显阴冷的房间后，我才发现在如此寒冷的冬季，老人房间空调已经故障很多天，一直没有及时修复。自入冬以来这空调从未正常运转吹出过些许暖风，老人晚间起夜该有多么的寒冷和不便。前些天老人女儿送来的取暖器她生怕睡着后有危险也时开时不开。"阿华啊，你可千万别去批评敬老院的领导呵，这空调坏了他们知道的，估计过几天就会来修好的；姆妈不怕冷的，这里的领导也是蛮关心我的，还是少麻烦人家好！""嗯，姆妈您放心，我不会去批评他们的，但我会去督促他们……"这就是一位九旬母亲、一位为国捐躯的烈士母亲的平淡话语，字字透彻着无私而又平凡、伟大的胸襟。

　　当我将一条红色的羊绒围巾给老人围上后，她竟显得如此欣慰，如此满足！我告诉老人，这条红色的围巾是前些日子我去看望另一位英雄的母亲，视我如子的兵妈让我转赠您的。那位兵妈也是一位在抗美援朝期间加入中国空军的第一代医护女兵，曾多次受到过朱德总司令和刘亚楼司令员的表扬和褒奖呢。母亲赠母亲，她们都是共和国最可爱、最光荣、最伟大的母亲。

　　与烈士母亲告别时，老人家还是把我当小孩子一样，愣是塞给我一些水果和糕饼……还非要送我到楼梯门口，目送我驾车远去。当我即将驶离她的视线时，我回头望去，寒风中，老人正一手扶着推椅，一手朝我缓缓挥动着……我不忍再看，双眸此刻已被泪水模糊。

离开敬老院后，我先去烈士家中接上烈士的姐姐，又陪她赶到横溪镇政府，径直找到分管民政优抚安置工作的镇党委夏副书记，我与夏副书记曾经同在基层公安同事过几年，他是一位熟悉社情民意、工作踏实、办事干练、口碑颇佳的基层干部。我直言不讳地把烈士母亲目前亟须解决的空调故障问题和希望尽快落实上级最新文件所规定的烈士遗属抚恤金可补齐差额的事项一并向他作了介绍。夏副书记当即表示这是职能部门责无旁贷的工作，会马上落实。由衷感谢鄞州区退役军人事务局优抚科关科长和横溪镇党委的夏副书记，当他们详细了解到烈士母亲当下这些亟须帮助和解决的相关事项后，马上在第一时间通知相关职能部门，当天下午就启动了工作程序。鄞州区人民政府不愧是我省拥军优属的模范。

离开横溪镇政府时，夏副书记颇为感慨地告诉我："我在这儿工作也有十来年了，也很多次去看望过王明敏烈士的母亲和其家人。他们全家都是值得我们敬佩和爱戴的人，平日里这一家人宁肯自己默默承受精神和生活上的苦痛与不便，也不愿过多地向有关部门提出其他的要求。有一年的八一节我带工作人员去敬老院看望烈士母亲时，询问她老人家是否还有啥困难，但她老人家反而饱含爱心地对我们说：'谢谢你们和上级领导常来看我，我现在都好的。政府有很多很多的烈军属和当过兵负过伤的人要照顾，也不容易呢。'当时我们大家听后全都非常非常感动。"

14日上午，我接到宁波市鄞州区横溪镇金峨敬老院沈院长的电话，告知我烈士母亲所住房间的空调故障昨天下午已经修好，现已正常取暖。中午我应烈士家人的请求，替王明敏烈士的母亲俞杏花老人家起草了一份要求补齐抚恤金差额的报告：

关于要求给烈士遗属俞×花补齐遗属差额抚恤金的报告

本人俞×花，女，身份证号码33022719311211××××。家庭住址：宁波市鄞州区横溪镇埕窑新村×组××号，现居住在横溪镇金峨敬老院。

我儿子王明敏在 1979 年 3 月 16 日参加对越自卫反击战中光荣牺牲，并被追认为革命烈士。本人一直享受烈士遗属的优抚待遇。

本人 1979 年 3 月从原鄞县电机厂退休，现已 91 岁高龄，现每月领取 4603.71 元的养老金，但除去每月交付敬老院的房费和伙食费后，已无力再雇请一名专职护工。依据上级民政部门的有关规定，本人的退休养老金与烈士遗属每年应该享受的烈士遗属抚恤金还有很大的差额。故特向上级主管部门提出申请：要求按国家民政部门新的优抚政策，给烈士遗属俞×花补齐不足部分的抚恤金差额，以使本人能够有一定的经济保障安度晚年。

申请人：俞×花

写好申请报告后，我马上传给烈士的姐姐并嘱咐其可以直接到横溪镇政府找民政优抚科的邵科长去办理，因为我事先已和区退役军人事务局和横溪镇政府分管领导沟通过，老人家是符合差额补助条件的。以后每月虽只能增加七百元左右的钱，但至少能让烈士母亲感受到来自国家和我们这些晚辈的心牵和关爱。在这寒冷的冬天，但愿老人不会再因某些原因的"寒冷"而倍加思泣已牺牲多年的爱子。记得有一次老人曾拉着我的手，双眼紧眯着，悲怆地说道：阿华啊，姆妈已经没有眼泪了，早流干了……是的，我确实能感受到她老人家这几十年来心中永远的痛。记得上次烈士的家人曾给我看过烈士母亲的一本退休证，令我惊愕不已的是退休证上面记载的退休日期是 1979 年 3 月，而这个时间正是王明敏烈士为国捐躯、光荣牺牲的日期。我无法想象她老人家当年在领到退休证的同时，又领到儿子因战牺牲的烈士证书，是何种的悲悯和痛楚。对一位仅仅三个月前才刚刚送子参军的母亲来说，这样痛彻心扉的打击该有多么难以想象。我想一遍又一遍地告诉老人：姆妈，您是天底下最好、最坚强无私、最伟大的母亲！

2021 年 1 月 14 日下午，烈士的姐姐来电话告诉我，说镇里负责优抚工作的邵科长和经办人员已受理了申请报告和递交的相关证明材料复印件，下周就可以按上级规定为烈士母亲补齐抚恤金的差额。烈士家人对我为解决和落实烈士母亲的困难问题多次奔波和努力表示真诚的感谢。2 月 1 日上午，烈士的姐姐打电话告诉我，老母亲的抚恤金差额补齐的问题，经我和烈士家人的数次奔波已经解决了。今天上午横溪镇政府的邵科长通知她们说第一笔抚恤金 2980 元已经打进烈士母亲的账户里了，今后都将按此规定予以定期发放。邵科长说这个差额补助待遇标准是从 2020 年 7 月开始计算的，2020 年 1 月到 6 月是按以前的标准补助；然后补差时间是以烈士母亲年底的养老待遇计算全年收入待遇进行差额补助的，所以算下来第一笔补差是 2980 元。

她说，老母亲和她们全家特别感谢我和大家对烈士老母亲的关爱和令人泪目的惦念。在此我也要点赞鄞州区退役军人事务局，点赞横溪镇人民政府高效而又快捷的办事效率。这个冬天有些"暖"。

2021 年 2 月于宁波

想起你们格外亲

八一建军节来临之前，我欣喜地领到了新颁发的中华人民共和国伤残军人证，并按国家规定依法享受《军人权益保护法》及《军人抚恤优待条例》

作者珍藏的一顶大阅兵纪念军帽和伤残军人证

杰宁 摄

所规定的一切优恤待遇，看着这鲜红的伤残军人证，感慨之余我不禁想到，虽然距"崇头7.25围歼战"腰椎受伤已过去很多年，但我始终不会忘记那些救治过我的军医和众多的医护人员及无数战友们。我想对他（她）们说：想起你们格外亲，在我心中早已将你们视为亲人。这么多年来是你们帮助我战胜伤痛，让我最终重新站立起来！过去、现在和将来，你们可亲可敬的面容都会深深镌刻在我的脑海里。

我想对原浙江省武警总队医院政委张云铨、解放军第113医院张信云军医说：已年过八旬的你们，至今仍时常给我来电话询问我的身体恢复状况，你们对我的关怀我会铭记在心，你们与我不是父亲却胜似父亲。"小陈啊，你是我治疗过的时间最长的一位老兵！"张军医，您这句话我始终记着呢！我想对杭州武警医院的陈波、沈雪其两位军医说：谢谢你们当年的诊疗，在又一个八一建军节来临之际，我在想你们呢，也常会想到你们陪我去西湖柳浪闻莺散步聊天的情景。我想对原海军 412 医院的宋效祥、王福生军医说：谢谢你们两位丰富的临床治疗经验和为我所做的细致周到的治疗方案，你们和蔼可亲的面容时常在我的脑海里浮现。我想对解放军联勤保障第 906 医院的陈建甬、刘新房、李重茂、

作者与老政委张云铨夫妇　　　　　　　杰宁 摄

曾凡海四位军医说：感谢你们多年以来对我的接诊治疗和一次次针对性的及时诊治，八一节后我会去看望你们，会让你们见证你们当初对我的治疗是多么的重要和及时。我想对上海瑞金医院的沃士女医师说：那位二十多年前被您称为"宁波上尉"的那个腰椎受伤军人，至今仍牢牢记着您特意叮嘱过我的一句话："站起来，你肯定能站起来！你有军人钢铁般的意志，能自由行走比什么都重要！""感谢您的鼓励和对一名受伤军人的关爱与诊治，我现在终于站立起来了，终于能自由自在地奔跑行走了。"我想对浙江省中医院的陈楚芳护士长说：由衷感谢您，也无法用语言来表达我对您的感激。在时隔二十八年后，您仍然花费很多时间和精力为我整理出了一份完整的腰伤治疗原始病历档案，这是多么细致而又负责的态度啊，您简直就是名副其实的南丁格尔。我想对上海新华医院疼痛科的马柯主任、上海长征医院骨科伤的陈主任、浙江中医药大学的叶新苗教授说：我能战胜伤痛、恢复如初，全得益于你们的精湛医术，是你们对我伤情的准确判断和坚持保守治疗的方法，才让我经历无数次微创手术后得以康复如初。我想对海南文昌中医院的陈惠医生、宁波康复医院的杨学民主任医师、宁波张氏整骨的张博医师说句发自肺腑的话：你们给予我的后续治疗为我的彻底康复痊愈起到了非常关键的作用，你们真

杰宁 摄

棒！由此你们也成了我颇有缘分的知己挚友。我想隔空对已经故去的、当初在我受伤后第一时间救治过我的部队驻地医院一位主治医师和原陆军第 12 医院骨伤科的刁其法军医以及曾在上海护理过我的姨妈说：你们虽已因病故去，但你们当初对我全力以赴的救治和护理我将终生铭记，没齿不忘！我还想对江西籍战友冯春忠，江苏籍战友董红军、王月广、耿付荣说：在我受伤后是你们把我背下山又一路护送到驻地医院救治的，尤其是通信员兼文书冯春忠还按上级首长的指示，专程护送我回宁波疗养。你们是我一辈子的战友加兄弟。我昔日受伤的"七二五"战斗发生地现已成了华东最美梯田景区，我期待与你们再去那里打卡重游。当然，我还想对我自己说：嘿！上尉，你算是一个坚强、自信而又充满活力的老兵。你真的很棒！

现在，每当我在希望的田野上自由自在地奔跑，在江河湖海中潜水畅游，在日行千里的自驾穿越和采风中饱览大自然的神奇之时，我总会时不时想起令人尊敬的张信云军医对我的伤情的评判：小陈，虽然你的几节腰椎早已经融合，不再适合做一些承重体能，但你的恢复状况如此之棒，无疑是出乎我的意料之外的，也是恢复得非常理想的。

习主席说：让军人成为全社会尊崇的职业！关怀优恤伤残军人、做好拥军优属工作……体现着一个国家、一个民族的精神与温度，是对所有现役和退役军人及所有在保家卫国与和平时期流血流汗、负伤牺牲、无私奉献的军人的最大的鞭策和激励，是对军人及其亲属的最大褒奖和安慰……

军人脚下没有路，军人脚下必有路。为人民赴汤蹈火、流血牺牲是一名军人的最高荣耀。身为老兵，今生无悔！若有战，召必回！

2021 年 7 月 28 日于宁波

大火烧出的未了情

他是一位坚强的共产党员、充满铁血豪情的退伍军人；一个拥有家国情怀的河南好人！亦是一位心怀慈爱、带领老区村民走上共同富裕的领头羊。让我们伸出援手，帮助好人，一起把大火烧出的未了情——圆上！

横坑山巅有盏灯，那是红军留下的永不熄灭的指路明灯。

他认为，生命的意义在于，心中装着自己的抱负并努力去实现它，过程虽会屡遇荆棘和煎熬，但却是幸福和快乐的！唯有尝过快乐和痛苦那才叫痛并快乐着！

2021 年 12 月 1 日上午九时，地处海拔八百多米的浙江省庆元县官塘乡横坑村，北风呼啸，寒气逼人气温骤降。80 多岁的山民叶某某在自家柴灶引火取暖。年老体弱、精神恍惚的老人不慎引燃了灶间柴火，老式木板房瞬间蹿出了火舌。风助火势，很快波及了周围 20 余栋古民居。烈火无情肆虐，不远处，一幢建筑面积上千平方米、刚刚建成开业不久的大型民宿孚萃居也很快陷入火海。

这天上午九点，民宿投资的引进者吴先生和作家南子等几位好友，正好从丽水出发前往一百二十公里外的横坑。他们此行的目的是陪同两位投资商赴横坑村考察并洽谈投资事项。然而谁也没有想到，此时的横坑正大火纷飞，等待他们的将是一场噩梦。

　　中午 12 点多，吴先生一行赶到横坑，看着已被烧成一片焦土的孚萃居和大书房，以及周围二十余栋已化作废墟的古民居，他们被眼前的景象惊呆了！望着余烬未消的废墟，想着自己苦心装饰却瞬息消失的工作室，作家南子当场失声痛哭。

　　此时，民宿的主人走了过来。就在刚刚，他眼睁睁地看着突然袭来的大火，把他苦心经营的民宿和核心建筑洄异坊、天蓬阁连同大书房连同他历年来收藏的、价值不菲的祖传古董、文物字画相继烧毁——自己三年多的心血瞬间化为灰烬。

火灾后的现场

他叫刘小石，河南人。出生于文艺世家，父亲刘沙原系中国作协理事，也是 20 世纪 60 年代脍炙人口的话剧《龙马精神》的编剧。小石从小受到家庭的教育熏陶，从部队退役后，他一直在河南省文艺厅下属剧团工作，主要负责灯光舞美和音响效果的监制设计，后又转任保利集团文化总监；是当时河南最负盛名的舞台灯光、音控及场景特效设计师。后来，他主动从中国河南保利集团文化总监位置上卸任，于 2009 年应邀来到浙江，先后出任宁波文化大剧院，温州、丽水、诸暨、慈溪等保利大剧院老总。

河南汉子刘小石

三年前，他和好友吴先生应邀来到位于闽浙两省交界处的庆元县横坑村考察游玩，庆元被称为浙江的西藏高原，横坑村位于百山祖国家级自然保护区内，地处庆元、景宁交界处，山巅海拔 1090 米，距县城 90 公里，是庆元县最偏远的古村落之一。横坑村为国家级古村落，亦是拥有红色基因的革命老区，距今已有 900 多年的历史，村中一座座古朴典雅的房舍错落天成在云雾之中，天如碧海，云似纱絮，漫步村中感到如临仙境；紫气东来，风水颇佳，风景这边独好。映入眼帘的全是一幅幅烟雨朦胧的浙南乡土风情；这里溪水潺潺，泉水叮咚，空气清新，宛如绿色氧吧，尤其是村西南角几十棵已被列入国家珍稀植物保护目录的红豆杉古树群，令所有参观者为之惊叹不已，其中有棵树龄已达 500 多年的红豆杉，算来生长于明代武宗年间，可谓阅尽皇朝兴荣衰衰，笑看世间人魔乱舞。

被誉为美如翡翠的古村一角

从前，有人说这个村子是"云海的彼岸，浮世的尽头"。后来，这里成了刘小石眼中最美的翡翠，规划中的"世外桃源"，堪称遗世独立的香格里拉，会"点亮这片区域"。初来乍到的刘小石对这个具有九百年历史的古村落一见钟情。古村依山而建，村容古朴，未经任何现代雕饰。横坑村的始祖自元代某年从河南叶县迁居而来，故全村都姓叶。这让同是河南老乡的刘小石一时动容深感有缘。由此也让他萌生了扎根横坑，投身保护完善古村落、传承老区红色基因、开发古民宿这一事业中来。这一投，投的是他毕生的精力和心血，投的是他暮年壮心不已的梦想和执着。

刘小石注意到，村里古时候曾孕育了当地颇有名气的爷俩——一个秀才和一个贡生。他当即决定在此地安家落户，他要投入巨资打造一个高档的文化民宿。核心位置就是秀才贡生家的村居原址，首先要在这里建造一个大书房。小石的想法很单纯，河南是中华文化发祥地，横坑的河南祖先曾经把中原文明带到这里。那么如今，在远离黄河文明的江南，河南汉子要把祖先传承的文化血脉重新接续。

可谁能想到，大书房刚刚建好，却瞬间化为乌有。面对刘小石，吴先生一行人不知道该说些什么才能安慰他。

令吴先生万万没有想到的是，刘小石的眼神里没有丝毫的沮丧，依然充满坚韧与执着。他转身拍打一下落在身上的烟灰，离开满目疮痍的废墟，开始热情地接待两位远道而来的投资者。他把客人引到村旁半山他重点打造的观景台上，泡着茶开始侃侃而谈未来的发展。松涛阵阵青枝摇曳，眼前一片祥和寂静，似乎什么都没有发生。看过火烧现场的投资商本来脸都绿了，却被刘小石处惊不变、风雨不动安如山的大将风度所折服，吴先生更是敬佩得五体投地。事情的确发生了，然而悔恨无益，未来可期，与其临渊羡鱼不如迎难而上。作为现任丽水河南商会秘书长的刘小石，在丽水商圈具有一定的影响力。熟悉他的人都知道，小石谦和儒雅君子之风，外圆内方刚柔相济。因为之前参与筹建丽水市保利大剧院，并在剧院落成后担任总经理五年，河南汉子刘小石对秀山丽水认同感特别深厚。

因工作的关系，凭借宽厚的为人，也积累了深厚的人脉。刘小石在丽水买了房子，把娇妻也从老家接来，打算在丽水长期居住，之后他又辗转各地任职。因身体原因，多年前他申请提前退休并回到丽水。听说刘小石要在横坑投资民宿，姐姐翡翠第一个反对。反对理由很简单——横坑三县交界人气惨淡鸟不拉屎，连本村人都弃之而去。小石媳妇也不愿意，虽然跟着小石上山进了村，毕竟这里远离都市生活不便。刘小石却做了一件更绝的事——他把唯一的儿子阿晨也从大都市郑州召了过来，帮自己做事。打虎亲兄弟，上阵父子兵，年轻人就应该筚路蓝缕干一番事业。

儿子来到横坑之后很不适应。毕竟从蜜罐里泡大没吃过苦，刚开始他抵触、不解甚至反叛。刘小石教子独特，索性把后路也堵死，把之前在郑州给儿子买的房子卖了，让他没有退路。从被迫融入到慢慢转变，最终被父亲带病创业的精神感染，一年多的时间阿晨像是换了一个人。他从啥也不会的公子哥儿，蜕变成集水电安装、民宿设计、客房管理、旅游产品开发于一身的职业经理。侄子阿彬四月份来横坑旅游考察，跟叔叔小石一起在山上待了一个月。回到郑州之后，他辞去高薪工作卖了学区房，携资金数百万，来此与叔叔合资创业，共同打造山区民宿。

刘小石还有更绝的，他居然把两台超级老爷车——早已报废的老式林肯轿车从郑州两次运到丽水，运上山，一番鼓捣喷漆钣金，愣是要将破旧不堪的报废车整修一新。不远的将来如果您走进村口，可能都不敢相信自己的眼睛，因为都市里都罕见的老爷车，将会神气活现气派地出现在人们眼前。坐上去打卡拍个照，你会恍然忘记自己究竟是在都市还是在鸟不拉屎的山村。刘小石长期从事文化工作，具有非常独到的艺术眼光。在昔日秀才叶姓爷俩只剩残垣断壁的老宅原址重建大书房，首先要吸收古村文化气息。他把村里具有上百年历史的老式古朴家具，统统收购过来装饰陈列。不值钱的破煤油灯、蓑衣、猪食槽、捣臼、水车、针线筐之类的也——重新设计摆放，农耕文化栩栩如生。大书房经先后三次改造，朋友们购买添置捐赠了一批又一批精美书籍，很快就达上万册，大书房有了真正的书香。利用个人广泛的人脉，小石先后引入数批绘画、书法、摄影家、著名作家、国家一级豫剧表演艺术家前来横坑逗留创作，留下一批又一批精美作品，把民宿打点得古色古香。他把半生收藏价值上千万元的名人字画、古董玩物统统从河南老家搬来，三年来大书房每日添砖加瓦，文化底蕴日益深厚。

横坑村民的生活也在民宿兴建之后脱胎换骨，古村俨然成为共同致富的一个范例。过去，村民基本没有正常收入，砍点竹子，挖点竹笋，种点菜，养点鸡鸭，过着自给自足的小农生活。小石给村民带来了不菲的收入。民宿建造很需要人手，很快，村民就相继变成了木工、泥瓦工、建筑工、水电工、清卫工甚至家庭餐馆老板。此外，五彩花生、番薯粉、官塘小笋、山珍香菇，一个个新品种开发出来，一拨一拨外地朋友进来观光旅游购物，横坑村的知名度大大增加，村民的收入变成了真金白银……这一切，没有动用政府一分钱，全靠一己之力。丽水电视台记者前来采访，刘小石主动承诺，民宿盈利的一部分将拿出来给村民养老。丽水市、县领导曾多次亲临横坑考察，对刘小石携妻带子扎根山村，帮助振兴山区旅游经济，带领村民走上共同富裕的做法非常赞赏，并给予充分肯定。

而今，这一切，统统没了。

奋力救火的时候，刘小石冲在最前面，就像英勇的唐吉诃德保卫心上人克劳迪亚。然而风助火势根本无法控制，整栋大书房连同左右厢房和打造一

横坑古村

新的豪华客房都被大火吞噬，珍藏大半生的珍贵的字画古玩，硬盘里数百 G 的珍贵数据资料都失于火海。那一瞬间，在哭天喊地的村民面前，刘小石反而镇定下来，他招呼家人退出火场，并用手机相机拍下了最后的镜头。

凄婉，也是一种美。

庆元县委宣传部部长闻讯第一时间前来慰问。他调侃了一句：大家都说刘总肯定不干了。刘总，您还干吗？

"必须干！不但要干，还要恢复成原状，做成一模一样。"小石斩钉截铁地回答道！

部长很感动，当即拍板："有你这句话，我们一定全力以赴帮扶你。"

刘小石指指群山，道："这里是我的家，我还要重建大书房！将来我死了，就把我的骨灰埋在这里。"大家闻言心头一震，真是个九头牛都拉不回的犟小石啊！

"好！这里也是我的根。将来我也会把骨灰埋在这里，一起来！"老村长叶华爱高声道。他们用力地拍着彼此的肩膀。

老书记叶华广说："刘兄，如果你想重建大书房，我山上的木头，都归你用。"

如今，20 多栋民房烧毁，九家人无家可归。小石将自己租下待开发的民居全部开放，免费让给村民居住。12 月 3 日，丽水市慈善总会会长、红十字协会领导相继赶来慰问。小石感谢政府领导的关心，却不提任何非分要求。

几乎所有人都劝他，接下来好好休养生息，甚至劝他下山重回都市生活。他却让村长帮他在此寻找墓地，他说他要在此地终老。大有左公抬棺出征之决绝，他发誓要让庆元的东方明珠重新闪亮。

大火熄灭后不久，在刘小石的微信朋友圈看到了他的最新发布：一把大火烧不掉我的初心！一切从头再来，即将启动废墟重建计划。不久的将来，你们会看到这个古村落浴火重生！

当天晚上，他又在朋友圈里转发了笔者闻讯后第一时间发给他的慰问信：刘总，我刚刚从好友处惊悉，今天上午，您的孚萃居及大书房遭遇了冬天里的一把火。我为您痛心疾首得无法用言语来表达……珍贵的千年文物，呕心沥血打造的醉美民宿，无法估量的书画墨宝和艺术珍品及古今几万册藏书，还有您投身文艺工作几十年来、点点滴滴累积下来的文字笔记和刻录的 U 盘、数百 G 光驱硬盘等不二存储记录，全在这场熊熊大火中毁于一旦。那可是您多少年的心血结晶呢！面对价值近两千万元的巨大经济损失，如此凄惨又悲痛欲绝的火灾现场，您所表现出来的处变不惊让大家看到了什么才叫真正的淡定与从容："……没关系，别担心我会垮掉，我就当这场意外灾难是一场预示来年红红火火的开始。我还会在这废墟上重建未来。真的别担心我……"电话里您依然镇定自若，不见丝毫怯弱。有谁会想到这话居然出自一位身体赢弱，肝脏动过大手术且亟须静养的河南汉子刘小石之口。在您和翡翠姐姐身上我似乎看到了你们父亲的传承，见证了老人家当年编导的、蜚声国内外文坛的《龙马精神》之再现。这冬天里的一把火冥冥之中似乎也在昭示着某种深度寓意，抑或唯有刘总您才能深切感悟。在您的"中！中！别担心我"的反向安慰声中，我能不泪目吗！三个月前的横坑之行犹在眼前，那天你们父子俩和一群村民在村口点然鞭炮迎接我们的情景，当晚你们姐弟俩亲自下厨用河南菜和当地农家菜混搭的一桌菜肴；还有让我啧啧称羡的几万套古今藏书，我们一起品茶欢聊时的场景，以及孚萃居别具一格的设计风格……全在我的眼前一一晃动。但我还是要和您说："中！我相信您一定会更加红红火火；我相信咱们亲爱的翡翠姐姐亦不相信眼泪！但请您和姐姐千万先保重身体，冬季来临，春天就不再远了。你们的好友~杰宁。2021 年 12 月 1 日子夜泪书于宁波。

一个篱笆三个桩，一个好汉三个帮。在此，我呼吁善良的人们，请伸出您的援助之手！帮帮河南汉子刘小石！帮帮这个迭遭大难宁折不弯、雄心不减的企业家。帮帮这个八年前就患肝癌做了大手术，本想提前病退安度养生，却又从零开始的创业者。帮帮这个三年来住过四次医院，又动过两次手术和一次加强化疗，却依然从容淡定的男子汉。帮帮这个在灾难面前压不垮、打不烂、捶不扁、炒不爆、响当当的男子汉大丈夫！帮帮这个儿子眼里铁面无私、大爱无疆的好父亲！妻子心中百炼钢化为绕指柔的好丈夫！朋友眼里慷慨无私乐于助人的好哥们！村民面前得少给多、面慈心善的共同致富带头人——丽水河南商会的带头人老大哥！大仁大义的慈善家，退役不褪色的优秀退伍军人——刘小石！

"新的故事即将开始！尽请期待！"小石说得好，"中，中！"相信孚萃居定会浴火重生，相信横坑古村定会凤凰涅槃！

因为横坑山巅有盏灯，那是红军留下的永不熄灭的指路明灯。

2021 年 12 月 6 日于宁波

总有一份真情让我感动又自豪

今天是八一建军节，也是所有现役与退役军人及烈军属们最崇高的节日。在拥军优属、强军爱国、尊崇军人已成全社会共识的今天，笔者也想把自己在各地自驾采风旅行和探访战友时所遇到过的一些亲身感受拿出来晒一晒。

海花岛之行无疑是笔者印象最为深刻也最难忘的一次。投资 1600 亿元、位于海南自贸区儋州市的海花岛，历时近十年填海建造而成（此前根本无岛无坐标），堪称一座名副其实、无中生有的世界顶级人工旅游岛。它集旅游观光、购物游乐、休闲度假和贸易洽谈于一体，全岛由三个独立的离岸式填海岛屿组成，距离陆地约一公里，从高空俯瞰极像三朵盛开在湛蓝大海中的三角梅，故取名"中国海南海花岛"。它的横空出世对国内外旅游业来说简直就是一个石破天惊的壮举。

孙建达 供

　　应海南战友的盛情邀请，笔者一行于三月下旬慕名自驾前往海花岛观光。由于试运营阶段网上推出的每名手机用户每月有一次机会、可抢领免费接送游览全岛、免费入住海花岛欧堡酒店一晚的特优活动，吸引了成千上万的国内游客纷至沓来，到达海花岛后真正领教了什么叫人声鼎沸、摩肩接踵、人山人海。从上午十点多驶入一号岛开始，沿途各个景区到处都是川流不息的人群和无数的私家车、大巴、观光车、分流接驳车及环岛小火车，整个岛区俨然就是一个集大成的超级迪士尼乐园。岛上还拥有设计风格超前、导入分流功能极为先进的地下泊车广场，可同时容纳几万辆车子的停泊，这也给初次登岛的自驾司机带来了比较强烈的视觉冲击。

　　在手机上办理好入住登记手续后，我们好不容易进入以欧式七星级酒店标准打造的欧堡酒店群（此酒店拥有近一万个中西风格的房间）大堂区准备领取房卡，才发现这个可容纳几千人的偌大的穹顶式大堂区早已人满为患，几十台自助领（退）卡机前和数个前台周围全是等着领取房卡的游客，这些游客以情侣和一家三口或老少三代出行的居多；一些孩子兴奋得如同进入了一个童话世界，相互间不时地嬉戏打闹；很多老人犹如刘姥姥进了大观园，都被酒店内外令人眩晕的豪华气派惊得目瞪口呆。看着这水泄不通、排得如同长蛇阵的领卡队伍，笔者粗略估计了一下，如继续加入排队人群等待，再等两个小时恐怕也难以领到房卡（这里一切以信任为本，入住和退房不用查房也无须交付押金，退房时游客只需把房卡投入自动收卡机即可离开，但入住时必须要登记人亲自领卡验证身份）。考虑到长时间排队站立等待可能对受过伤的腰椎会有些许不适，于是笔者穿过人群奋力挤到前台向值班主管出示了中华人民共和国残疾军人证，要求给予优先办理领卡验证手续。值班主管接过残疾军人证后，当即吩咐前台人员马上优先办理。"喂！喂！不准插队，排到后面去……"当笔者领

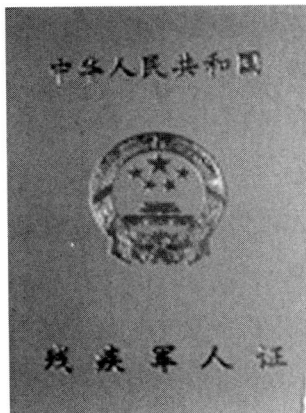

杰宁 摄

海花岛夜景　　　　　　　　　　　　　　　　　　　　杰宁 摄

卡验证时，一群操东北口音的汉子和大妈在后面显得非常不满地大声嚷嚷着。正当笔者感到有点难堪时，只见那个值班主管手举残疾军人证大声对人群说道：我们现在正在为一名负过伤、为国家作出过贡献的伤残军人优先办理领卡手续，这是国家依法规定应该给予优先享受的待遇！值班主管的话音一落，没想刚才还热闹非凡、喧哗声不断的前台周围顷刻间就静了下来。"好！军人优先应该的！必须的！"刚才那些嚷嚷着还要撺笔者去排队的几位东北汉子立马豪爽地应答道（东北人骨子里爱憎分明的性格当下立见）。"欢迎最可爱的人和我们同游海花岛！"人群中一位东北大妈的话让笔者的心里顿感暖洋洋的。领完房卡转身准备挤出前台时，一幕令人印象深刻的场景出现了，原本拥挤不堪的前台周围排队人群纷纷主动靠后，瞬间让出了一条窄窄的通道供笔者通过。那一刻真是令人动容又感动，在向人群点头致谢离开的时候，笔者内心亦充满感慨和欣慰，更为广大人民群众对军人的热情与爱戴而感动不已，同时也深刻地体会到作为一名伤残荣誉军人特有的自豪感。

想起上半年曾与某市退役军人事务局一位副局长聊天时，他提到的几句话：……伤残军人外出时只要符合依法优待条件，就要主动自豪地出示残疾军人证，尤其是在公众场合别觉得不好意思，这不是你一个人享受优惠不优惠的问题。而是你每出示一次残疾军人证，就是在为军队和国家向人民群众做了一次最直观的拥军优属宣传普及教育课。仔细想想，理还真是这个理。

2021 年 8 月于宁波

重返侨乡青田

瓯江夜景   杰宁 摄

一

　　2021 年 10 月 22 日是红军长征胜利 85 周年纪念日。值此富有纪念意义的日子里，我和家人应邀陪同中国著名书法家、作曲家珊卡先生夫妇，旅居法国巴黎华人华侨欧妇会副会长、花腔女高音歌唱家兼京剧编舞总指导武京平女士，原旅居奥地利维也纳越剧表演指导老师、原青田文化馆馆长王静女士来到我自己的老部队——驻侨乡青田武警某部，与战友们一起庆贺这一红色节日。各位老师还即兴为大家表演了精彩纷呈的中外名曲节目并和官兵们互动庆贺。珊卡先生和武京平女士 20 多年前曾是我的声乐指导老师。当时，他们和王静老师一起还常常指导驻青田武警部队的歌咏和文艺演出活动。和我们侨乡卫士结缘多年，艺术家们和战友们感情颇为深厚。铁打的营盘流水的兵，尽管士兵换了一茬又一茬，但 22 年前珊卡先生为青田武警所作曲的《侨乡卫士之歌》，至今仍被官兵们代代传唱，经久不衰。在这值得纪念的日子里，时隔 20 多年再次重返军营，几位老师受到了全体官兵的热烈欢迎，个个浮想联翩，心潮澎湃。珊卡先生又现场挥毫落纸，为官兵们题赠了"侨乡卫士"与"舞"两幅珍贵的墨宝；还给每位官兵留言签名；其间几位艺术家还和战士们进行了欢乐的交流和互动。当晚的侨乡繁星点点，星光璀璨。几十年来我们的战友们一直被侨乡青田县人民誉为新时代霓虹灯下的哨兵——侨乡人民最爱戴、最可爱的人！

侨乡卫士爱侨乡，人民安危系心头。这些来自五湖四海的年轻士兵们远离家乡和亲人，来到侨乡青田，心怀中揣着唯有"清澈的爱，只为中国"这份神圣的使命。为了侨乡这光芒璀璨的夜空，为了瓯江之畔那一抹黄金甲般的金秋；为这美得令人心悸的秀山丽水的幸福祥和。请听听这些新时代最可爱的人发自肺腑的简略之言吧：报告珊卡老师，我来自广西柳州，我一定像您为我们作曲的《侨乡卫士之歌》中所说的那样，做一名合格的侨乡卫士！报告珊卡老师，我是大学本科生，我来自安徽芜湖，我家就在宽阔的长江边，能当一名守护侨乡青田的武警战士我也深感自豪。报告武京平老师，我来自广东阳江，我家前面有非常美丽的海滨，我爱侨乡青田视同我的家乡！报告珊卡老师，我来自广东梅州，我和战友们一定会好好珍藏您的勉励留言和签名。

报告首长，我来自海南博鳌……入伍已有三年。报告首长，我是去年刚从湖北入伍的大学生。报告首长，我的家乡在内蒙古。

报告老队长，都说当兵会后悔几年，但不当兵肯定会后悔一辈子！报告

珊卡为青田武警题写的"侨乡卫士"墨宝 杰宁 摄

……我来自湖北……报告,我来自革命老区江西……报告……报告……!!!

一名基层年轻军官的话曾让几位老师感动泪目:作为一名基层军官,带好兵、练好兵是必须的,只要国强民安,我们的付出与牺牲就值!算起来,从入伍到现在,我已有 16 年没回老家陪父母过春节了,前些年我妈去世后,我心中一直感到亏欠她老人家很多很多。我妻子快要分娩时告诉我说她快要生了,问我能否早点赶回去,可那天我正在执勤战备值班,妻子知道后就独自一人腆着大肚子艰难地走进了产房。等我赶到医院时孩子早已呱呱落地……那一刻我同样心怀愧疚,看着几近虚脱的妻子却说不出话来……但我的这些困难和付出,与 2020 年牺牲在中印边境、只有 19 岁的陈祥榕烈士相比不值一提。他们才是我们军人的骄傲与楷模!上尉全指导员向珊卡老师表示:我们全体官兵非常感谢您为我们创作《侨乡卫士之歌》,我们将深入贯彻习近平主席强军思想,牢记职责使命,以铁一般信仰、铁一般信念、铁一般纪律、铁一般担当,争创"四铁"先进单位,让每一个军人成为有灵魂、有本事、有血性、有品行的新一代革命军人。

在与士兵们愉快的交谈中,官兵纷纷表示:作为军人,牢记使命和宗旨就是要时刻践行无怨无悔的付出与牺牲!守护侨乡人民的幸福与安宁就是我们最大的心愿!一位退役多年的老兵曾感慨地告诉我:离开军营很多年,最让我魂牵梦萦的地方仍是我的侨乡军营,梦境里出现最多的依然是每天的起床号和紧急集合哨,最让我无法改变的习惯还是每分钟 120 步、每步 75 厘米的军人步伐。

但凡在侨乡武警服役过的士兵退伍后,都会把青田作为自己心心念念的第二故乡。也甭管退役之后身处天南地北,当兵入伍时的那个老连队(中队)

始终都是战友们心中的第一"根"。也唯有战友之情，每每想起，终生难忘！侨乡青田无疑也是我和我的战友们终生难忘的第二故乡。记得 1986 年秋季的一个下午，我带着战友们来到驻地青田瓯江边水南村的沙滩上组织手榴弹实弹投掷。出列，领弹，助跑投掷；原地投掷，报靶，回列……前二轮下来，几乎百分之九十以上的战士都能把手榴弹准确投进目标靶内。当第三轮开始轮到来自安徽肥西籍的一位老兵投弹时，他因稍显紧张，在助跑时向后行弹过猛，愣是将已拉环的手榴弹甩在了自己的脚下，就在手榴弹即将爆炸的刹那间，正在其身边指挥投掷的我一把抱住慌张发呆的他，

作者（中）、珊卡（右一）、武京平（左一）和战士们　　　　　叶建芬 供

迅捷滚入身边的掩体坑内。"轰"的一声，手榴弹几乎同时炸响，虽然我俩均安然无恙，可也算是经历了一次生死攸关的惊悚一幕。时隔十多年后，当我重新联系上这位安徽肥西籍的老兵时，电话那头他竟然激动得语无伦次："老队长，这些年我在梦里不知多少次出现过在青田老中队啊！不知想起过多少次瓯江边的那次投弹出错过程，我永远也不会忘记爆炸前您抱住我滚进掩体时的那个危险时刻！您当时可是舍生忘死地救了我呢。我是真的好想您和青田老中队啊……"

　　到达青田的第二天，中国军嫂网以"侨乡卫士爱侨乡呦，人民安危系心上呦"为题，刊登了中国著名作曲家、书法家珊卡先生 1999 年为我们侨乡基层部队所创作的曲子《侨乡卫士之歌》。在这开心一刻，战友们围着珊卡先生和歌唱家武京平女士似乎也有聊不完的开心话题。珊卡先生答应我和我的新老战友们，待明年战友们再次蝉联殊荣时，他将为侨乡卫士们续谱第二首

《侨乡卫士之歌》。

嘀嘀嗒……嘀嗒……清晨，随着嘹亮悠长的起床军号声响起，珊卡、武京平、王静老师与我们新老战友们一骨碌同时起床，在营区用完早餐后，老战友们陪同大家前往青田著名景区石门洞参观游览。临离开军营与士兵们告别时，官兵们以雄壮的声音齐声向珊卡先生、武京平女士及王静老师等一行表示：欢迎再来侨乡军营！侨乡军人时刻准备着：听党指挥，练兵打仗！首战用我，用我必胜。

作者（前排左四）与侨乡卫士　　　　　　　　　　　　　　　　　　珊卡 供

二

石门洞景区也是每位侨乡战友们退役前必去游览留影的地方。它位于中国著名侨乡青田县城西北 35 公里的高市乡。依山傍水，景色瑰丽，八百里瓯江在此浩荡奔流，一路向南。似洞非洞适成仙洞，无门有门是为佛门。石门洞素来与雁荡、天台、仙都齐名为"括苍四胜"，为国家 4A 级旅游景区。

一踏上景区外曲径通幽似的沿溪小道，忽见前方两峰相峙如门，峰上树木参天，两边古藤蔓生，悬崖峭壁似乎要挡住人们的去路。走过这深远幽邃的石门洞口，眼前豁然开朗，洞内天宇碧蓝，犹如明镜，环山里许，俨然如城郭，那连绵起伏如飞虎腾龙的群峰，围出了一个天然洞府，我们刚刚进入的江边峡口就是它唯一的出入门户。这里林木葱郁、满目青翠，空气非常清新。

景区沿溪中段有一座年代久远，颇具特色的跨溪小石桥，名曰"催诗桥"。缘由是近代著名大文豪、诗人郭沫若先生 1964 年初游石门洞，被此地妙不可言的人间仙境所惊叹，遂诗兴大发，当场赋诗一首："横过石门渡，刘基尚有祠。垂天飞瀑布，凉意喜催诗。"催诗桥也由此成为网红打卡点。

珊卡和武京平两位老师对景区内留存的明朝开国元勋刘伯温（刘基）的几处古迹颇感兴趣，正当饶有兴致地观赏"刘基读书处""刘文成公祠"等景点时，管理刘文成公祠的两位道长听说是中国著名作曲家、书法家珊卡老师到此一游，便捧出文房四宝盛邀珊卡先生为道观公祠留下墨宝。盛情难却，珊卡老师便挥毫落纸写下我此前游石门洞赋诗中的两句：古刹钟声彩虹桥，石破天惊伯温骄。留赠两位道长，落款为荣华诗词，珊卡书。"道长您很帅哦，好像天龙八部中的那个啊哈哈！"离开刘文成公祠时，我这样夸赞那位年轻的道长，一行人皆说像极了。

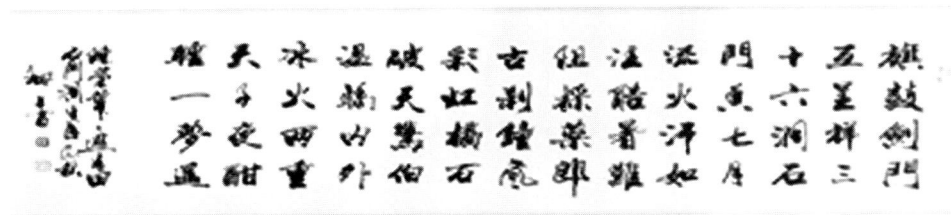

杰宁 摄

有一群游客从一进景区就四处寻找石门洞的那扇"门"和那个"洞"：哪有门？哪有洞？尽管这群兴趣盎然的游客在景区内外、山上山下，上天桥下池潭，进寺庙望剑门，里外转悠好几圈，累得大汗淋漓，找得不亦乐乎，还是不见门和洞……自己猜去吧！后经两位道长指点，众人顿觉脑洞大开，出了景区众人皆恍然大悟：进山不见洞，寺庙无山门。此实为意味深长，寓意深刻。石门洞不仅顺应天道，它融山水风情与道教圣地于一体，绝对称得上是一个极为难觅的人杰地灵的福地！

再见青田！再见，美丽的瓯江！昨夜今晨我在您的怀抱中酣然入梦。昨天轻轻的我来了，今天我又悄悄地离去，不带走瓯江畔那满目金黄。我深吸一口侨乡晨雾，回眸再瞅一眼我的军营，那是我魂牵梦萦的第二故乡。期待2022年，我们再次相聚在侨乡，再唱侨乡卫士之歌……

2021 年 10 月于青田

我的卡丽娅妈妈

天使降临

我的出生日期一直是个谜，我生于宁波，母亲生我时因难产大出血命悬一线，抢救过来后又长期昏迷导致无法照料我，更没有乳汁喂养我。故在我出生的当天，就由好心的陈医生帮我找了一位以色列奶妈来喂养我。记得我十来岁的时候，有一次在田间玩耍时，左小腿被毒蚂蟥叮咬导致小腿外侧发炎脓肿，后来又是由当年为我接生的陈德魁医生为我做了手术，才得以痊愈。陈医生当时笑呵呵地告诉我：你出生后可是吃了以色列奶妈的奶水长大的，看看，这身体长得还挺白的，这外国白人奶妈的奶水还是把你滋养得蛮好的。

后来母亲说十二月四日可能是我的生日。这个时节，地处江南的宁波在气温上仍属乍寒还暖的深秋季节。听我母亲说过，我的出生日期可能并不准确，但出生时辰记得在午饭后不久，大约在中午十二点到下午一点之间。我出生的时节可真算是个"多事之秋"。母亲怀上我后，腹部挺得比怀我姐姐时还大很多（我姐姐出生时有九斤一两重），于是邻居们都说我母亲肯定是怀上了双胞胎。那时我父亲在宁波乡下一个叫"甲村"的粮库当主任，农村小医院条件简陋，当然也没有诸如现在孕检和 B 超之类的条件。直到母亲临盆前，父亲才急忙叫来邻居帮忙，将母亲送往乡医院，在乡医院又托医院的老朋友陈医生为我母亲请来一位护理月嫂。

我的奶妈（宁波人俗称出窠娘）是一位以色列籍犹太人，依稀记得她的名字叫卡丽娅，当地村民都称她"胖娅"。据陈医生和我父亲介绍，卡丽娅14岁那年，因第二次世界大战爆发，为逃避德国纳粹大屠杀，在1940年与家人失散后随大批犹太人从欧洲逃亡到中国上海，抗战结束后又辗转到了宁波。卡丽娅妈妈有着虔诚的宗教信仰，以前在伤兵医院做过义工，有较为丰富的西式医护知识。父亲说在我出生前不久，卡丽娅正遭遇自己才出生十几天的孩子不幸意外夭折，其丈夫因悲伤又弃她而去，独自一人回了以色列。正好陈医生又很同情她，就请她来当我的奶妈，同时又可以照顾卧床不起的母亲。当年虽然言语不通，但她在中国生活了很久一段时间，能够凭借着表情和手势进行交流。小时候就听父亲讲起，她是一位热心慈祥、做事勤快的犹太人。虽然她生活在宁波农村，和村民们相处了许多年，但在她身上却看不到被当地农村一些陋习所影响的痕迹。她性格又十分乐观，人胖嘟嘟的，力气很大。因人种不同，当地村民遇见她总是很惊讶"胖娅"的胸部为什么这么大。她抱着我时常会一个人说着什么或哼唱一些大家听不懂的小曲。因为她是蓝眼、高鼻梁、满口洋文的正宗老外，所以亲戚朋友和附近的民众都很好奇，时不时上门来看或者在附近张望，曾在周边掀起一股"洋大妈"热。从我出生之日算起，卡丽娅妈妈整整养育了我近一年半的时间，并视我为自己的亲生孩子一样。

当时为我母亲接生的是一名叫陈德魁的男医生，他是一位医术精湛、口碑颇佳、深受当地村民爱戴的全科医生。听说当时宁波南部的横溪、姜山、

杰宁 供

云龙一带的产妇大都是由他接生的。陈医生相貌英俊，身高一米八左右，平时举止言谈、行走站立都不失一副标准的军人姿态。他曾是抗战时期国军的上尉军医，据说还参与处理过当年宁波遭侵华日军细菌炸弹投放的开明街一带鼠疫的消毒、封闭和禁区焚烧工作。中华人民共和国成立后，陈医生作为国民党旧军政遗留人员被分配到这个乡下的卫生院工作。因为我父亲是一名抗战老兵，所以两人平时多有交往，私交颇好。

母亲被送去乡卫生院待产时，陈医生发现我的头部卡在了母亲的产道口，任凭母亲怎么使劲、医生怎么配合，都始终无法生产。此时陈医生意识到可能是胎儿体型很大，已构成危重性难产了。此时进行剖腹产也已经不可能进行了，陈医生遂当机立断，将我母亲转送到宁波市华美医院（美国人白瑞德创建的一家教会医院，即现在的宁波市第二人民医院）。经妇产科医生和陈医生全力以赴抢救接生，我终于平安降生了。但因医生在产道内使用产钳夹拉我头部的缘故，在我的前额上仍留下了一条浅浅的产钳疤凹印，至今还有这个痕迹。我出生时的体重竟然高达十斤二两，这在当时也算是个小小的趣闻，而我现在的身高也就一米七五，体重仅仅六十八公斤，看来出生时胎儿体型的大小和后天的身高体重并没有必然的联系。

护犊情深

然而，我出生后不久的一次小病却差点要了我的命。可能是对奶妈的母乳过敏，还不到一个月大的我，右胸口上长了一个小红点一样的疹子。卡丽娅妈妈看到后，就用她的指甲把这个疹子一掐了事，搽上一点红药水后，用蜡烛包的方式把我包得结结实实。可没想到从第二天夜里开始，我就啼哭不止，继而疹子被细菌感染，发炎脓肿，并引发了高烧，使我命悬一线。等我父亲和卡丽娅妈妈把我送到医院后，才发现我的右胸已经大面积脓肿。还好及时进行了手术，才使我转危为安。随着年龄的增长，直到现在，我的右胸口上还留着一条长约四厘米的刀疤。以前听我父亲说，卡丽娅妈妈当时就意识到这一危险是因她的粗心而引发的，所以深为自责，后来便常常以犹太人的方式为我祈祷。

　　旧时农村交通不便，信息闭塞，家里有小孩头痛脑热，家长们首先想到的并不是去医院诊所就诊，而是请人驱邪避灾。有次我因发高烧而抽搐，家人都十分紧张，经人引领，我被抱到邻村一位"渡仙婆"（巫婆）家去驱邪。时值寒冬，房屋门窗四闭，生了火盆，还有人在抽烟，屋内乌烟瘴气。正在"渡仙婆"走着跳步、口中念念有词做法时，卡丽娅妈妈一把将我抢抱过去，箭步冲出屋外，头也不回地往家跑。她急切地用手势向别人比画，嘴上噼里啪啦地说着土洋混合的话语，但大家都明白了她的意思：这种污浊的地方只会更加伤害婴幼儿。她非要抱着我去找医生治病，最后谁也拗不过她，还是在乡卫生院把病治好的。在此以后，家人也确实听从了她的建议，只要我有病痛不适，都是找医生治疗。冬季时节，卡丽娅妈妈总会在暖阳的日子里把我抱到屋外晒太阳……成年后我常听父母说，当时周边与我同龄的孩子也有患麻疹、脑炎等重病的，因为没能及时就医，不少都夭折了。现在想想，卡丽娅妈妈还真是我婴儿期的"保护神"、我的恩人呢！

聪慧的洋妈妈

　　在我出生的那个年代，物资供应还是非常匮乏的，所有粮油食品和生活必需品均是按户凭票供应。在我出生快二年半的时候，我父亲才想起要给我上户口。因生我时难产，母亲半年以后才恢复元气，他们都记不清我的出生日期，连入院病历也找不到了。后来听邻居说镇上一位绰号叫"阿普"的船工儿子好像是和我同一天出生，都在十二月四日这天，我父亲就按照这个日期去派出所给我上了户口。可后来又听这位船工老婆说她儿子不是十二月四日生的，但我的出生日期却就这么滑稽地被固定在了十二月四日。直到现在，我还偶尔调侃老母亲："难不成我真的像悟空一样，是从石缝中蹦出来的？"

　　经历指甲掐疹子事件后，为了更加卫生地照顾我，爱美的卡丽娅妈妈毫不犹豫地把她心爱的长指甲给剪了。在此后抚养我的一年多的时间里，她对我宠爱有加，常常用犹太人独有的食物加工方法，为我调制营养价值既高又适宜的婴儿食品。在上世纪60年代经济困难和食品短缺的条件下，西式糕点和儿童食品在乡下难得一见。但有几种传统的自制零食却广受城乡居民的欢迎，比如锅巴和爆米花。这些食品用现在的标准来衡量，是属于无污染的绿色食品了。锅巴的制作方法更是让卡丽娅妈妈喜爱有加，经人点拨后，她很快就熟练地掌握了把米饭做成锅巴的火候。当稻草燃到一定程度后，锅底会发出"卜的卜的"的声响，熟透了的米饭香味混合着些许焦味，开始弥漫在柴灶周围。卡丽娅妈妈嗅到后就会变得很兴奋，表现出很有成就感的样子，更会忍不住地招呼着："哦！有锅巴吃啦！是我烧制的！"掀开锅盖，然后用锅铲从锅底铲出一大片的锅巴，她会牵着大我几岁的姐姐和我父母一起围坐在桌子边品尝着这又香又脆的锅巴，还时不时拿着锅巴放到我的鼻下，引逗着让我闻那诱人的香味。每次锅巴刚出锅时，那香喷喷、焦扑扑、金灿灿的样子实在令人垂涎欲滴，真是达到了形色香味俱佳的地步。卡丽娅妈妈称这是最棒最脆、最有营养价值的中国食品！

"冬米胖"是乡下人对爆米花的称呼。一般在秋收以后，晚稻新米上市的当口，村里几乎三天两头都会有放爆米花的师傅挑着爆"冬米胖"的活计，边走边大声吆喝着："好来爆胖喽！"每次爆胖师傅的下乡，毫无疑问地都会使卡丽娅妈妈感到非常的欢喜。她会随着欢呼雀跃的孩子们一起涌向村里的晒谷场或操场，观看爆胖师傅将大米和玉米及高粱等谷物，放进那个黑不溜秋、看起来像炸弹一样的铁家伙的肚子内。然后盯着师傅架起炉灶和架子，一手拉着风箱给柴火助燃，一手均匀地转动着胖乎乎的爆米花机身。火焰忽明忽暗，火舌随着风箱的推拉吞吐着，卡丽娅妈妈和孩子们一样，目不转睛地盯着那一亮一闪的火苗，心里充满希望、期盼和欢乐。不一会儿，随着师傅几声"爆胖喽！"的呐喊，大人小孩都下意识地避让几步，并紧紧地捂住耳朵，伸长脖子观看师傅脚踏米花机、手扳喷气口的威猛帅姿。紧接着"咚"的一声，爆米花机喷口处动人心魄地炸开了。小小的大米粒或玉米粒、高粱粒随着"轰"的一声，体积立马就增大几倍，甚至更大！刹那间一大堆米胖、玉米胖、高粱胖像一张张盛开的笑脸，散发着浓郁的热香味，就这么神奇地呈现在卡丽娅妈妈和孩子们的面前。如同孙悟空的七十二番变化，这爆米花的制作过程，每次都会让卡丽娅妈妈深感神奇。她常常和我母亲说，中国人的脑袋和犹太人的聪明是不分上下的。

随着中美建交和中以交流的增多，卡丽娅妈妈的家人来到了中国，把她接回了自己的祖国——以色列。从此她和我家就中断了联系，我再也没见到过我的卡丽娅妈妈，但我却非常地怀念她。从我长大到入伍当兵，一直到现在，我都未曾到过以色列，可在我骨子里却非常喜爱这个充满智慧的犹太民族和他们爱憎分明、永不言败的精神。这也许就是卡利娅妈妈在我婴儿时期为我植下的因子吧！俗话说"大难不死，必有后福"，躲过纳粹大屠杀的卡丽娅妈妈，我心中永久的亲人——我的以色列卡丽娅妈妈，您还健在吗？

童心未泯

时光飞逝，转眼间半个世纪过去了，我也已是年过半百，似乎越来越趋于怀旧和回忆。常常会想起曾经护育过我一年多的卡丽娅妈妈，总有想去挖掘卡丽娅妈妈在半个多世纪以前护育我时的一些生活细节和趣事的念头。

前些日子午饭后到位于宁波市甬港南路的一个老小区理发，我曾在这个小区居住过很多年，理发店的老板娘在此开店也有20多年了，剪吹烫的技巧十分娴熟，而且收费合理，童叟无欺。虽然我搬离这个小区也已五年有余，但每次理发还是习惯使然地愿意多跑几公里来此理发。现在类似的老旧小区几乎都是以老年人和外来租住户为主，但到这里理发时总会遇到一些邻里旧识，也都喜欢在一起掏掏老故、感慨时光飞逝，说些陈芝麻烂谷子的事儿。

俗话说老人是宝，这话不假！那天我理完发刚出店门，就看见一位大爷手拄拐杖颤巍巍地走过来理发。我仔细一看，原来是我父亲的老同事周叔，于是我急忙上前问候，扶他进店。周叔今年已是89岁的高龄了，在20世纪

50 年代到 70 年代一直和我父亲在粮库共事。老人家退休后一直住在乡下，前些年老伴过世，他因患有糖尿病，并且腿脚不便，他女儿便把他从乡下接到了市区，选择在这个小区里安度晚年。这里离医院很近，生活和就医都非常方便。

想到周叔与我父亲很早就在一起共事，我就向他问起是否还记得一些与卡丽娅妈妈有关的事情。都说人上了年纪以后，对事物的记忆都是过去的事情记得清，近期的事情记得糊，还真别说确实是这么回事！我这一问还真了解到与卡丽娅妈妈有关的几件趣事呢。"这个犹太月嫂我在你家接触过两次，最早好像是你满月时吧。你老头子当时是我们粮库的主任，他参加革命早结婚晚，到四十多岁才生下你这个宝贝儿子，可算是老年得子喜洋洋哩！记得是你小子满月那天，你老头子可高兴、可自豪哩！下班就拉上我们同事仨上你家吃饭乐呵乐呵，说是儿子满月了，开心，聚聚。说是满月酒，那年头正是三年困难时期，能在家弄几个热炒加几口小酒咪咪就很惬意了……""周叔您接着说，后来呢？"我继续饶有兴致地聆听着。"在粮库上班时就听你爸说起过，乡医院的陈医生帮他叫了一个外国犹太奶妈到你家来护养你，可那天一走进你家，还是被这个外国女人惊到了。一看这架势，可比咱本地妇女高大多了，肥硕开朗，说话声音很大，见人就露笑脸，胸部挺得高高的，还抱着你不停地逗你玩。那时你妈生你是难产，身体看起来弱兮兮、病恹恹的。这个外国女人做事很勤快，很爱干净。还能用不连贯的宁波土话和我们吃饭的客人说上几句呢，很有意思哦。后来才知道她是犹太人，是第二次世界大战期间为躲避纳粹大屠杀而逃到上海，后来再转到宁波的。听你爸说过，这个犹太女人的命运是很不幸的，据说在前往中国逃难时就和家人失散了。我当时就看得出来，这是个很善良的外国女人。""那后来呢？"我又忍不住露出打破砂锅问到底的样子。周叔又挠挠头皮，缓缓地道来："对了！还有一件事情想起来倒是蛮有意思的。每年夏季，我们粮库周围的大片树林上知了特别多，你想想呐，每天午饭后正是打瞌睡的时候，可屋外那无数的知了所发出的嗡嗡声，吵得人午觉都睡不好，那可真叫一个烦呢！有一次，这个犹太奶妈正好到粮库你爸的办公室来拿东西，她比画着双手，用非常蹩脚的宁波话告诉我，说她喜欢知了的鸣叫，听起来像是在歌唱。我们几个同事听她这么说，就取来一根竹竿子，在上面用铁丝扎个圈，再套上个透明的小塑料袋，带着她到粮库外知了声响得正欢的树下，用竹竿往有知了的树枝上去捕罩。这知了见危险必往背后有亮光的塑料袋内倒着飞，所以一罩一个准。不一会儿就捉到了十几个，这个犹太奶妈在边上不停地赞叹，开心得像个小孩似的咯咯大笑。她模仿能力很强，经我们一教，也学着我们的捕罩动作，拿着竹竿子对准有知了的树枝罩捕，竟也罩到了好几个知了，那个开心样子我现在都还没忘掉呢。她回去时，手里拿着你爸让她带回家的淡包（面包）和装在小盒子里的知了。我叮嘱她回去路上要小心，可别碰到强要饭的人来抢你淡包，她结结巴巴地回答：'我们犹太人遇到危险，就会拼命向前奔跑，不可以回头，不可以停歇，直到精疲力竭瘫倒在地才会安全。'"周叔说这话他印象蛮深刻的。

心灵手巧的犹太人

我母亲年轻时是个越剧戏迷，能哼唱很多越剧唱段，还能有模有样地扮演一些小生和花旦的角色。每到此时，卡丽娅妈妈就会学着母亲的唱腔和手势，用含糊不清的吐字一板一眼地模仿着。模样非常滑稽有趣，常常会引来邻居们的观望，但她一点儿也不觉得害羞。在护育我一年多的时间里，只要附近有越剧戏团演出，母亲就会带着她去观看，一直待到终场结束。卡丽娅妈妈对越剧的喜爱真是情有独钟，尤其着迷于越剧说唱过程中那些抒情丰富、婉转跌宕、富有表现力的唱段。越剧中的那一招一式，人物细腻有神又感人以形、动之以情的表演魅力，都令她赞叹不已。音乐和戏剧是没有国界的，而越剧在卡丽娅妈妈这个异域女性来看，简直就是一朵奇葩，尽管她学唱得笨拙、憨态可掬，母亲有时也比喻她像鹦鹉学舌似的，但她的心情却是十分快乐。

夏季是女性追寻美丽和展现色彩魅力的时节。乡下人家都会在自家的院前屋后撒下一些满堂红（凤仙花）的种子，长出的花瓣就是女孩子们最喜爱的东西。浙东一带的农村人又称这种花为"指甲花"，顾名思义，它可以涂在指甲上面，是个不花钱就能美甲的好东西。而卡丽娅妈妈又是一位非常爱美的女性，也热衷于涂染指甲。过去农村经济贫穷，温饱不足，更没有花钱去美甲的条件与奢望。因而这种纯天然、无副作用的满堂红花瓣就成了农村女孩的最佳选择。它的具体做法是取腐蚀性较强的满堂红的花和叶，放在小铅碗中捣碎，再放入少量明矾，拌均匀后便可以用来浸染指甲。也可将小片旧丝棉布剪成与指甲大小的薄片，浸入花汁，等到吸满花汁后取出，放在指甲上面，连续浸染三五次，涂敷后数月都不会褪色。母亲告诉我说，在满堂红开出花瓣的那几天，一到黄昏日落，爱美的卡丽娅妈妈就兴高采烈地和附近的姑娘们一起，去采摘满堂红的花瓣和叶子。采摘回来便围在房屋明堂前，将花瓣叶子捣碎成糊状，再取出来为姑娘们挨个涂抹在指甲上，再包上扎牢。这样等待一天，颜色就染在了指甲上面，煞是好看！加上满堂红的花瓣具有多种颜色，有粉红色、紫色、大红色、粉紫色等等，各人可以按自己的喜好选择不同的颜色涂染在指甲上。

在用植物美甲的过程中，卡丽娅妈妈显得兴味十足。她对中国农村有这么好的美甲植物而感到十分惊喜，对农村女孩有如此的爱美情怀而感到欢慰。听我母亲说，卡丽娅动手模仿能力很强，她在一个夏季就跟邻近的女孩子们学会了使用满堂红指甲花美甲的操作方法。她不仅自己会用，还常常煞有介事地帮别人美甲，有她的地方总是嬉闹不断，笑声连连……

宁波的水磨年糕远近闻名，品味上佳。老底子做年糕都是手工作坊制作，一般有九道工序：浸米、磨粉、压榨、沥水、搓粉、上蒸、蹭捣、做糕、晾干。年前家家户户都会备好秋收后的新米，去做上几十斤、百十斤的水磨年糕。

听我母亲讲，当时乡下几乎村村都有年糕作坊，我家也会把浸透过的大米送到作坊去做上几十斤年糕。记得在我出生后不久，赶上了做年糕的时节，我父亲带着卡丽娅妈妈来到了年糕作坊。看到这冬天里的热闹场景和热气腾腾、到处弥漫着年糕浓香的作坊，卡丽娅妈妈很是喜欢，沉浸在这种用大米制作美味食物的氛围之中。她动手能力很强，和大家也从未有过陌生感，很快就和师傅们聊上了。制作年糕过程的中场是最欢乐和妙趣横生的环节，师傅们也是妙手绝伦，不时地用年糕团为新婚夫妇捏出有性爱情趣的、夸张的夫妻造型，为边上嬉闹不断的小孩子捏出一个个可爱逼真的小动物造型，引来孩子们的争相抢夺……此时此刻的卡丽娅妈妈童心未泯，师傅们也乐意摘下几个年糕团，手把手地教她如何捏造出各类栩栩如生的人物和小动物，教她如何恰到好处点上食品颜料，来个画龙点睛。母亲说，一到做年糕的时节，手工作坊就成了卡丽娅妈妈最爱光顾的地方，有时她还会把自己捏成的外国人物造型带回家，让我们观赏后再吃掉……

混搭味道

宁波周边各市区县有立夏吃倭豆糯米饭的传统，据老人们说是和戚家军抗击倭寇有渊源。据说当时戚家军在镇海甬江口戚家山抗击倭寇，将士们每杀一个倭寇，就会穿一粒蚕豆挂在胸前，蚕豆越多，说明杀敌越多，也越荣耀。后来，宁波人索性把蚕豆改称为"倭豆"，用来纪念在甬抗倭的戚家军将士，因此每年立夏就形成了吃倭豆糯米饭和给孩子们脖颈上穿挂倭豆的传统。但凡碰到这些传统节日，卡丽娅妈妈总是会乐得合不拢嘴，兴高采烈地抱着我，唱着别人听不懂的曲调去和孩子们打成一片。"你出生后的第二年立夏节那天，卡丽娅上午就抱你出去串门玩了，中午回家时我看见她和你的脖子上都挂着一串蒸熟的绿色倭豆，显得很风趣，卡丽娅说大小两串倭豆是隔壁友好的女主人给挂上的，她感觉特像挂着一串绿宝石。"母亲如是说。

母亲说，卡丽娅还是个心灵手巧的犹太人，她对宁波地方特色食品一直喜爱有加，赞不绝口，更难得的是总爱自己动手去做。在烈日炎炎的夏日，几乎很多人家在就餐时都会冲上一碗笋丝咸菜汤，用以搭配下饭，吃起来既不油腻也无变质之忧，而且美味爽口。这清淡可口的汤料原是由一种大叶子的雪里蕻菜腌制而成，卡丽娅妈妈很是好奇，为此还专门在冬季雪里蕻菜收割后去隔壁家观察腌制的过程，她说以后自己也要学着做。

母亲还描述卡丽娅妈妈对宁波汤圆的执着热爱。卡丽娅妈妈对这种圆圆的、内黑外白的新奇食品尤为喜欢！春节前后，家里客人来往较多，我爸又是制作汤圆的好手，每有客人造访，卡丽娅妈妈就会给我爸打下手，制作汤圆。我家的汤圆用黑芝麻、白砂糖和猪油做馅料，放入外面用糯米粉搓成的圆球内，煮熟后用来招待客人。母亲说我爸和卡丽娅合作的汤圆吃起来香甜可口，很有风致。我听后调侃道，这大概算是最早的中外合作的宁波汤圆吧？母亲又补充道：煮汤圆也是一门学问呢，你爸还特意教卡丽娅怎么煮汤圆。你爸告诉她，煮时不能让水一直沸着，要不时加点冷水进去，水温控制在80至90摄氏度。这样煮几分钟，等汤圆浮在了水面上，就说明汤圆里外都熟了，也就可以起锅了。这样煮出来的汤圆皮很紧致。

从母亲的回忆里，我能感受到卡丽娅妈妈不仅是个勤劳好学的犹太女性，还是一位随遇而安、有很强的社会交往和环境适应能力的犹太女性。

吃螺蛳趣事

说到兴头上，母亲还津津乐道、绘声绘色地向我描述着卡丽娅妈妈吃螺蛳的样子："老辰光很多外地人和新中国成立初期南下的干部都不会吃螺蛳（宁波人习惯称'蛳螺'），也不知道怎么用嘴巴吸出螺蛳肉。这螺蛳可是宁波人的常备菜哩！好吃又便宜，市场上就三分钱一斤，卡丽娅非常喜欢吃螺蛳。"母亲说卡丽娅刚开始也不知道如何用嘴吸出螺蛳肉，可这爆炒螺蛳的风味和鲜嫩爽口的味道着实令其垂涎欲滴。别人嘴巴一嗦一个，吃得不亦乐乎，可她把螺蛳放入嘴巴，就是吸不出螺肉，舌头里外吞吐就是没戏，扮着鬼脸干瞪眼。最初都是我母亲用大号缝衣针从螺口挑出螺蛳肉弄给她吃，后来她能自己熟练地挑出螺肉了，再后来她还觉得不直接用嘴吸出来不过瘾，就模

受作者██████委托，宁波基督教协会牧师访问团从卡丽娅██████的故乡，以色列特拉维夫带回的一枚珍贵的以色列钻戒。（见图）

杰宁 供

仿母亲的样子，拿起螺蛳收拢嘴唇，贴着螺口认真又笨拙地吮吸着。前一天还是不得要领，吸不出螺蛳肉来，第二天晚饭时又有炒螺蛳，经过长时间的观察，她大概懂得了收嘴一吸的诀窍。先是拿筷子把螺肉往螺壳里面顶一下，然后嘴巴猛地用力一吸，螺蛳肉居然被她吸了出来。感受到螺肉吸进口的刹那趣意，她激动的样子显得很有成就感。"老辰光阿拉屋里居住的地方，附近就有几条河，夏季时，卡丽娅常和几个邻居阿姨一起下河去摸螺蛳，回家后再剪掉螺蛳屁股洗干净炒着吃。"

慢慢打开记忆闸门的母亲这样说笑着。"还有什么有趣事呢？"我刨根究底地问眯着双眼的母亲。其实我知道她老人家正沉浸在混沌的记忆中，寻觅着卡丽娅的点点滴滴。"她讲起卫生来可是蛮较真的哩！喂小毛头（婴儿）吃米糊时，如果大人咀嚼后口对口再喂给小毛头吃，她会气得冲你大声嚷嚷。意思说大人的口腔内有很多细菌，会产生感染的危险……冬天她还会经常抱着你出去晒太阳，说是杀菌补钙。你小时候很少得腹泻和生病，这和卡丽娅把你养护得好有很大关系呢！""还有呢？您再想想？"我问着母亲。哈哈！没反应，再仔细一瞧，歪斜着脑袋靠在椅子上的母亲已经迷糊地睡着了。

2020 年元月于宁波

嗯……报告……比你还胖！

　　本月初在台州采风，我决定再次寻找已与我失联二十多年的临海籍老兵——林大志。之前曾有战友提到过，说他早在十年前就因一次意外事故不幸去世。可上个月又有战友告诉我说可能弄错了，林大志应该还活着，现在好像在临海靠做水果生意养家糊口。于是我决定凭借所有线索逐一进行查询，一定要找到他。

　　林大志原是我们连队从临海入伍的战士，我当时担任他的班长。那天也正巧是踏破铁鞋无觅处，得来全不费功夫。感谢临海籍战友提供的信息，在我驾车兜兜转转找了半天后，又来到临海郊区一个街道，当我正在挨家挨户查看询问林大志家的门牌时，一位老人询问了我没几句，突然一把抱住了我："……老班长！"随后就哭出声来。我赶紧推开老人一看，瞬间就怔住了，啊！熟悉的声音，熟悉的样貌和轮廓依稀可见，大志，你真的还在呀！我重新紧紧地拥抱住他，那真叫一个激动，一个开心呢。大志比我小四岁，退伍回乡后因长期的艰辛劳作，他的满口牙齿都已掉光。才五十岁出头的人显得满脸沧桑。我真是五味杂陈，唏嘘感慨啊。他说自己二十年前在临海租了一个水果摊位，也在村里批了地基造了房子，现在有一儿一女，均在外面打工。

　　当晚我和另一位从温州赶来的战友，想请他们夫妻俩到外面酒店吃饭。但最终还是拗不过他的坚持，夫妻俩在家里做了很多地道的临海特色菜请我们品尝。

席间，我又讲起他当年在连队任饲养员期间的吃苦精神：大志每天训练回到军营后，就忙着给猪喂食，然后又清理出猪粪，再操起皮管、拿起扫帚冲洗打扫好各个猪栏……他是连队从农村入伍的战士中最能吃苦的一个。平日他不善言辞和表达，但憨厚与朴实、勤奋与节俭全都写在脸上。他喜欢穿着自己缝补过的稍显破旧的军服列队和训练，这样就能多省出一套未缀有领章帽徽的新军服，好寄家里给父亲和兄弟穿用。他的勤奋和吃苦耐劳也由此引起上级首长的注意，记得有一年的夏天，我们政委下连队检查工作，看过炊事班后非要到小林饲养的猪圈去看看，我清楚地记得那天午后特别炎热。我看体态较胖的政委后背的军服已被汗水浸透了，就劝他别进猪栏了，但他还是坚持要看看这位勤奋的好战士和他饲养的存栏生猪和小猪崽。当时大志正忙着在清理猪粪，看到政委特意进猪栏来慰问他，还非常满意地表扬他是个优秀的后勤好战士。大志一下子就显得既激动又紧张，黑红红的脸庞涨得更加绯红。由于入伍前只念过两年小学，面对政委的几句提问，大志不知如何回答才好，脸也憋得更红了。只是憨态可掬地看着胖乎乎的政委急得抓耳挠腮，双手不停地搓弄着系在腰间的围裙……"小林啊，别紧张！那你介绍一下，猪栏里还有这么多的小猪崽，你有什么好办法能把它们都养好呢？"政委笑呵呵地又问大志。"嗯……嗯，报告政委，我……我，嗯……我一定养得比你还胖！"他的话一出

林大志家的诱人农家菜　　　　　　杰宁 摄

口，政委瞬间显得尴尬至极，我也几乎立马"晕倒"。再看看大志依然一脸懵懂地立正着，且一副毕恭毕敬的严肃样，我赶紧打圆场说：政委，您该去连部午睡一会儿了。趁政委转身离开之际，我狠狠地瞪了大志一眼：你才是猪一样的笨！你什么不好形容啊？当我说完这个发生在大志身上的无法忘怀的军营趣事后，发现大志的老婆早已忍俊不禁，捂着肚子笑弯了腰……

这就是我们的战士，这就是我要寻找的战友，也是最朴实憨厚和最可爱的人！敢于有一说一！致敬！我最亲爱的战友！来，干了这一杯，今天找到了你，今后我还会常来看你的，说完我竟也热泪盈眶……

2021 年 8 月 20 日于台州

首长住丹阳·军营往事

熊抱老首长

近几年我一直青睐于自驾旅行顺带采风创作，这样比较自由自在。途中还可随时随地会会各地的战友和同学。算起来苏浙沪包括江南一带的大部分地区都留下过我的车辙，唯独还没到过江苏丹阳，故多年来我一直有个心愿——去丹阳拜访我入伍时的第一任指导员盛土根和他的家人。掐指一算，指导员从部队转业回地方已近 40 年，他现在也该有 80 岁左右的年纪了。2020 年，我们夫妻俩应战友之邀于烟花三月下扬州，在参加完战友聚会后便马不停蹄地驱车赶到丹阳，终于见到了阔别几十年的指导员夫妇和他们的女儿女婿及外甥。一声老首长，一个军礼，一个拥抱，代表了我对指导员的敬重与爱戴，亦表达我几十年来对老首长全家的思念，以及老首长与我情同父子般的战友之情。虽然分别已有几十年，但见面的刹那间全无一丁点的陌生和客套。阿姨的音容笑貌仍然一如当年我们所爱戴的军嫂；指导员看上去精神矍铄，动作麻利，军人身姿依然挺拔。老两口对我们的突然到访既惊讶又开心，我敬礼的手臂还未放下，指导员就像迎接回家探亲的儿子一样，给了我一个有力的拥抱。在医院工作的大女儿君君得知消息后，也很快带着儿子和老公一起赶来与我们会面。君君从小就和我妻子很熟悉，二人都在云和的军营大院里长大。我岳父母和指导员同是江苏老乡，两家关系自然是非常亲密。时隔几十年后重新相聚，全都非常激动，妻子和君君、阿姨更是聊得兴致勃勃，不亦乐乎。

君君告诉我，指导员已年近八旬，老两口自退休以后平日里生活简单而有规律，指导员说话行事仍不失军人风格。他利用自己多年积累的行医经验，常为社区居民提供一些力所能及的无偿服务。说话间，他非常利索地取出血压计当场给我俩测量血压，加望闻问切。老两口虽然平时也屡受一些常见的老年性疾病侵扰，但看上去精气神还是很不错。指导员转业回地方后，长期在丹阳市卫健委负责卫生

作者（左）与老指导员　　　盛莉君 供

防疫工作，一干就是 20 多年。现大女儿君君和丈夫都在丹阳工作，小女儿华华在苏州创业。女儿女婿平日里对二老关爱有加，孝顺又体贴，这让二老颇感舒心和欣慰。

练为战

当年指导员从卫生队军医的岗位上直接转任中队政治指导员，这也给战士们提供了很多近水楼台先得月的便利。俗话说新兵信多，老兵病多。大家平时的一些小病小痛，训练中摸爬滚打时出现的肌肉拉伤、皮肉肿胀什么的，还有胃病、腰痛、关节炎这三种老兵身上普遍常见的疾病，也都能在指导员这里得到及时的保健指导，有时候指导员似乎成了战士们最便捷的随诊医生。记得我刚到中队不久，正好赶上参加一年一度的擒拿格斗和投弹训练，当时全区部队的军事训练搞得热火朝天，训练口号是：冬练三九、夏练三伏；一不怕苦、二不怕死；平时多流汗，战时少流血。营区墙上张贴着催人奋进的

擒敌技术动作图解
（内部资料　纯人帛克）

中国人民武装
警察部队司令部

标语：苦不苦想想红军二万五，累不累想想革命老前辈！每天高强度的擒拿格斗训练一结束，感觉四肢和全身骨头就像散了架似的，既疼痛又酸胀。为把手榴弹精准地投到 40 米开外的目标，以达到优秀成绩，我一遍又一遍地练习投弹要领，天天咬紧牙关刻苦训练，还时常利用休息时间跟着老兵一起出小操，常常是练完前倒练后倒，练完擒拿练投弹，踢完正步练刺杀。有时两只手臂因反复练习倒功引起肿胀；练习投弹时又用背包带一头系在身后的树上，一手握住背包带的另一头，反复体会助步转体、扭腰蹬腿、挥臂扣腕等一系列连贯动作。功夫不负有心人，一段时间下来，我的训练成绩有了突破性进展，但代价是右大臂拉伤伴肩关节半脱臼；右小臂肿胀积液，颤抖得厉害，吃饭时甚至连筷子都夹不住。好在军医出身的指导员对此类训练损伤富有处理经验。他把我领到医务室后，先用大号针管刺入我肿胀发亮的右小臂，再将里面血水状液体缓缓抽到针筒里。如此抽了几天后肿胀积液逐渐消失，不到一周时间我又生龙活虎地出现在训练场上。其间，指导员妻子还经常帮我把换下来的军服拿去洗好后再交给我，她真的是大家心中最亲切的军嫂阿姨。

当年队长和指导员以及后任指导员王科建不光表扬我肯学习肯吃苦、训练积极性高，还教导我如何在训练中磨砺自己的意志，如何做到苦练加巧练。有付出就有回报，在当年的年度训练考核中，我的队列、射击、投弹、刺杀、擒拿格斗、军体五项、武装越野等各项成绩全都名列中队前茅，还被上级首长列入军事骨干苗子。四年后我参加全省优秀班长大比武，以军训十项课目全优的成绩获得全省前三名；比武结束后不久即被破格提升为排长。可以这么说，在每个战友的军旅生涯中，都对自己入伍下连队时的第一任连长和指导员印象特别深刻，感情也是最为深厚和难以忘怀。而我入伍时的第一任队长卢云恒、指导员盛土根当年所给予我的谆谆教诲让我受益终生。军旅生涯留给我的印痕是永不磨灭的，至今每每想起那激励士气的声声军号，列队训练中那短促洪亮的口令和高亢激昂的报数声，还有队长、指导员身先士卒的榜样力量，那嘹亮的军歌，靶场清脆的枪声，生龙活虎的擒拿动作……一幕幕犹如昨日，始终在我的脑海里闪烁浮现。俗话说兵熊熊一个，将熊熊一窝，什么样的干部带出什么样的兵。多年以后，我们所有战友都为当年能在这么优秀的队长、指导员麾下当兵而倍感荣幸和自豪。

最忆营区

回忆是感慨的，亦有令人唏嘘不已的故事。聊到兴头上，我随即拨通了远在金华市人社局工作的老队长女儿芳芳的电话，然后让她挨个与指导员一家人通话，记忆的闸门一经打开，当年军营里一幕幕轶事趣事仿佛就在昨天，如烟往事历历在目，虽然时光似白驹过隙，昨日的点点滴滴恍惚就在眼前，妻子和君君对儿时营区大院的一切全都记忆犹新。军营生活虽然简单枯燥、机械刻板，生活与作息规律如同苦行僧，战士们天天重复着训练加执勤、直线加方块的生活，但却最能锤炼人的意志和毅力，增加军人的阳刚之气。

作者原部队门岗　　　　　　　杰宁 摄

　　我刚下连队时，营区南边是前后两排坐北朝南的仿苏式单层营房，东边也有一座同样建筑的士兵宿舍，与公安局看守所相邻，营房系青砖实叠墙垒砌而成，墙体看上去非常坚固。朝南第一排是队部办公室、医务室、后勤军械库和军官宿舍。第二排和东边营房是战士寝室、各班学习室、会议室和文体活动室。每排营房前部由拱门和走廊相连，房前屋后由镶嵌着鹅卵石的路面铺就，印象最深的是营区内那一排排树干低矮粗壮，叶子繁茂，约齐腰深的冬青树，常年被战士们养护修剪得整齐划一，方方正正；远远望去整个就是直线加方块的造型，非常养眼（我后来掌握的一点冬青树修剪技术也是这个时期向老兵们学来的）。与各连队（中队）相比，我们驻云和武警部队营区的环境面貌看起来比较赏心悦目，绿化面积和果树种植率在全支队也是有口皆碑的，完全达到了春有花、夏有荫、秋有果、冬有青的营区绿化标准。

　　在后勤和生产方面，我们中队当时在全区各中队也是数一数二的。本着自己动手、丰衣足食的原则，干部和战士们一起在营区北面的山坡地上修挖了一个池塘并开垦出数亩山地，用来种植地瓜、土豆和其他农作物；在营区的南面又整修出三四亩菜地，全都种上西红柿、茄子、黄瓜和各种时鲜蔬菜。还在周边空地栽种上枇杷、杨梅、桃子、梨子、板栗等果树。在前排营房前下方通过清淤整出一个不大不小的水塘。又在队部医务室的西边搭建起一个大猪圈，可存栏30多头生猪。除此以外，中队还与驻地政府协商，在离营区约十公里的崇头镇重河村（即现称最美华东梯田的山脚下），筹建了一个拥有十几亩水稻田的部队小农场。这在当时也算是拥军爱民和军民鱼水情的典范。上述后勤工作的完善，有力地保障了部队日常的伙食改善，也培养了大家的劳动积极性，中队也因此屡屡受到上级首长的肯定和鼓励。

杨梅树下

　　在和指导员一家心情澎湃的叙旧交谈中，我特意把近几年摄录的老部队焕然一新的营区新貌一张张翻给指导员全家欣赏。"哇哦，看到杨梅树了！"

营区大门左侧的杨梅树　　　　　　　　　　　　　　　　　　　　杰宁 摄

君君突然两眼放光，指着岗哨楼左侧的杨梅树惊喜地叫了起来。瞬间，在营区攀摘杨梅的情景又浮现在君君的眼前。这是她童年记忆中最快乐的时光，每年的杨梅季节，往往还未等到杨梅发紫熟透，就已被营区内外的小伙伴们盯上了，尽管此时的杨梅吃起来满嘴酸涩，但小伙伴们还是会在周末或午休时间偷偷避开岗哨溜到营区东侧的杨梅树下，和其他小伙伴们一起八仙过海各显神通。稍高的孩子踮起脚尖，伸手攀摘，够不着的就拿长竹竿往树上打杨梅；还有一些在营区围墙外的男孩子则爬上围墙，不停地摇动杨梅树，随之一颗颗杨梅纷纷掉落下来，女孩们更是大呼小叫地伸出一双双小手去接捧；也有几个胆大的男孩像猴子似的爬到树上去摘，整个一群孩子全都开心得屁颠屁颠儿的。其实小伙伴们吃杨梅是其次，而偷摘杨梅的过程才是最大的乐趣，这也是童真使然。经孩子们如此几番扫荡后，过不了几天，原本挂满枝头的杨梅早已所剩无几，"夏至杨梅满山红"的景象也就无法呈现。很多年过去，尽管战士们换了一茬又一茬，但这三株树龄已近百年、伫立在营区东侧的老杨梅树历经风雨沧桑，依然根系发达、枝叶茂盛、阳气丰盛，无论遇上大年还是小年，每年依然硕果累累。而杨梅树无疑也是老部队几代人最亲切的回忆。

大院里的孩子

当时营区大院里有五六户随军家属居住在简陋的干部宿舍中，大家孩子的年龄参差不齐，从牙牙学语的幼儿到已参加工作的子女，天天在同一大院内朝夕相处，关系融洽，亲如一家。

记得我从新兵连分到中队时体重还不到50公斤，身高约1米65，年龄刚满十七岁，比老队长家的女儿还要小，乍一看还是个乳臭未干、发育不全的毛头小伙子。每当节假日或训练间隙，或者打靶归来，大院里的孩子们总喜欢叽叽喳喳地跑到我们班里来玩耍。其实，但凡军营大院内长大的孩子，无论男女往往耳濡目染，潜意识中身上或多或少都会留有一种不爱红装爱武装的特别情结。君君和芳芳也是如此，每当我们在操场进行队列训练时，她俩和其他小男孩就会调皮地在场外像模像样地学着战士们摆臂踢腿的样子，嘴里喊着"一二一，立正、稍息"，模仿着班长们的口令，有时趁班长不注意还会朝我们这些刚入伍的新战士扮个鬼脸，当班长朝她们一瞪眼，又一个个显得怯生生的，摆出一副乖巧可爱状。夏天训练结束后，大家都会在井台上打水洗衣服，她俩就会跑过来在井台上玩打水，战士们也喜欢和她俩逗乐，有时直玩到开饭哨吹响才被军嫂阿姨叫回家。

那时，营区大院里的孩子大多爱玩官兵捉强盗和抓特务的游戏，也更喜欢讨要难以得到的子弹壳，所以每当我们打靶归来，回到营区整理装备、擦拭武器时，隔壁公安大院里的几个小男孩和君君、芳芳都会跑过来问我们讨要子弹壳。战士们也会按亲疏远近之分，把从靶场拣回的子弹壳最先分给队长和指导员家的孩子，然后再逐个分发给其他小朋友，这些金灿灿亮晶晶的弹壳常常引得孩子们阵阵雀跃不已的兴奋和欢呼。

军体训练也是君君和芳芳最爱跟班观看的项目，尤其是单杠训练，很多新老战士往往因恐高或怯场，抑或身体过于健硕或动作笨拙，导致练习时无论怎么手拉脚蹬，蛮劲使足，就是掌握不了动作要领；有的虽然力大无比，但上杠时就是利用不好身体摆动的惯性，还是一筹莫展，望杠兴叹。有几个从农村入伍的新战士本就没见过单双杠，训练起来更是笨拙得可爱，有的半天学不会第三练习的上杠骑杆动作，干脆像熊猫爬梯子似的从单杠两侧爬上单杠横杆，每每看到这一幕她俩就会笑得弯了腰。"笑什么？不许笑!"那几个洋相出尽的农村兵也只好拿她俩当出气筒。

唯一例外的是当我们在营区练习投弹或刺杀训练，或者有武警和公安押送犯罪嫌疑人经过营区，她俩就会躲得远远的，一步也不敢靠近……

那期间电影正好放映《戴手铐的旅客》，我们则天天在执行任务中与戴手铐的犯罪嫌疑人打交道，什么前铐后铐、反铐与背铐、押解绑、执行绑都掌握得非常娴熟。她俩和公安大院内的孩子们耳闻目睹多了也就见怪不怪，但只要一看见有戴手铐的犯罪嫌疑人经过，她俩还会怯生生地扯着我们的军服，躲在我们身后偷偷地瞅着犯罪嫌疑人。

东边日出西边雨

我入伍前比较喜欢写通讯报道和阅读写作，为了发挥我的特长，下连队半年后指导员就把中队的黑板报交给文书和我负责，那时的黑板报可是战士们每日必看的墙面刊物。内容包括每周一期的训练简报、战士乐园、内务卫生点评、好人好事、我是一个兵等栏目，都由我和文书在黑板上编写出来，外加刊头插画和图文搭配，后来文书又兼了卫生员忙不过来，这黑板就交由我一个人负责。我把这块不大不小的黑色墙壁经营得如同自家的一亩三分地，丰富多彩的报道、图文并茂的混搭颇受战友们的好评，半年下来我的一手粉笔字和文字编辑也与时俱进，抄稿时粉笔一捏得心应手。君君和芳芳也常常在我新出黑板报的时候跑过来玩耍，每当我一个人聚精会神、旁若无人地抄写编排黑板报的时候，她俩就会在我身后指手画脚、评头论足；或者在我画插图时指指点点，俨然二位小师傅。那模样现在想起来还令人忍俊不禁。有时候我稍不留神，就会遭到她俩的"袭击"，往往趁我不注意时，一个冷不丁地用彩笔在黑板右下角给你来个画蛇添足，或是画龙点睛什么的，另一个在左下角涂鸦几笔花花草草之类的得意之作……让我左右难顾，然后远远地躲一边对着我嬉笑，我也只好干瞪眼没辙。特别是小芳芳几岁的君君，前额一刀齐的刘海下，一双扑闪扑闪的大眼睛，目光中透着清澈的稚气和调皮可爱的好奇心。她们平时和战士们混得非常熟。

过去部队住房条件比较艰苦，随军家属和子女全都住在干部宿舍。由于未与战士宿舍完全隔开，所以平日里干部家里有啥不和谐的事情发生，或是夫妻之间因生活琐碎闹矛盾、争吵之类，战士们第一时间也都能耳闻目睹。营区大院也不是世外桃源，每家每户同样都有一本难念的经。令我印象较深的是有位副连级干部，他妻子是小学教师，刚随军不久，她为人热情开朗，对战士们也是落落大方，礼貌有加，而男的性格则比较内向，心胸也不够宽广，遇事总爱钻牛角尖瞎折腾，常因一些鸡毛蒜皮小事与妻子口角不断。平日里一旦看到妻子与异性有交流接触，便会醋意十足，并刨根究底去责问妻子。如此一而再再而三，时间一长使得妻子对丈夫这种小肚鸡肠相当反感。夫妻俩为此事常常隔三岔五吵上一架，从一开始的互相争执到大声嚷嚷，再到互怼责骂，有时在部队熄灯号吹过后也会惊雷响起。特别是在夜深人静的时候，夫妻俩吵到兴头上就噼里啪啦开始摔东西，继而伴随着开水瓶和碗碟的爆裂声，打闹声和尖叫声将很多战士从睡梦中吵醒……如此周而复始，致使大家对那位干部也是颇有微词，对他们夫妻俩更是敬而远之。当然，清官难断家务事，这也苦了我们队长和指导员两家，每次他们夫妻二人吵得不可开交或"半夜鸡叫"、影响战士休息时，指导员和队长只好既当消防员又当老娘舅出来灭火，两位军嫂阿姨也像居委会阿姨一样，不停地劝说他们夫妻俩要好好过日子……后来那位干部转业回了台州老家工作，几十年过去不知这对夫妇现在可好。

往事多感慨

这么多年过去，军营往事不光让人时常怀念，有些故事更是令人感慨万千。记得有个担任机枪手的湖州籍老兵，有次熄灯号吹过没多长时间就因癫痫病突然发作（这种脑部疾病征兵体检时无法查出）导致全身抽搐，口吐白沫，两眼上翻。由于大家从未碰到过这种情况，还以为他得了什么急病，频频呼唤他名字和推动其身体，愣是一点应答和反应都没有，全班人顿时不知所措。还是军医出身的指导员关键时刻临危不乱，他仔细观察病人的情况后马上判定这是癫痫发作所致（民间又称羊痫风），当即命人将其紧闭的嘴巴撬开，往里塞进几根筷子让其咬住，然后再用手使劲掐了几下病人的人中，接着又用银针分别在其头部、手指等不同部位扎捻几下，不一会儿那个老兵即刻就恢复了意识。只是他自己对刚才发病后的一幕印象全无，此刻大家才长吁一口气，刚好到哨兵换岗时间，那个老兵也若无其事地照常去交接班换岗，但刚才那一幕着实让全班战友惊出一身冷汗，还好无大碍，只是虚惊一场。

　　铁打的营盘流水的兵，但战友之情和军营往事总会萦绕在我的脑海中。这些年云和老部队的可喜变化也让指导员一家唏嘘不已，看着自己曾经生活战斗过的军营，所有人都倍感亲切和感慨。我告诉指导员：当年我们老伙房前那棵不起眼的老樟树现已长成枝叶茂密的参天大树，并被当地政府列入古树保护名录。老中队的业余文化生活也是丰富多彩，去年还成立云和县图书馆武警中队分馆，里面设有投影仪、创作室、小茶室。现在条件真是今非昔比。我也和远在金华的老队长女儿相约，欢迎老指导员全家在合适时间再回浙江老部队看看。

　　都说当兵三年可能会后悔，没有当过兵肯定后悔一辈子。是的，战友情就像一壶陈年的老酒，年代越久情意越浓，虽然大家天各一方，但彼此间的牵挂与关爱始终无法割舍。如今，火热的军营生活早已成为了一份珍贵的记忆。曾经投身军旅，一身戎装是我们一生无悔的追求。我们自豪，从穿上绿军装，戴上领章帽徽的那一天起，我们便将自己的一切交给祖国，交给了人民。此次前往丹阳看望我的老指导员全家，更是这种军营情结和战友之情的演绎与传承。

　　指导员，我的老首长！丹阳我还会再来，美味的河豚我还想再去品味；昔日军营的那些轶事趣闻，我还想和您一起再开怀大笑……敬礼！我的指导员！

2020 年 9 月于宁波

官桥是根我是须

伟大的物理学家牛顿说过：人死之后，绝非悉归消灭，人死之后，有神识存在！今天，当很多研究生命科学的人类学家正在孜孜不倦地探究基因密码与血缘遗传，以及与之密切相关的诸多令人困惑的待解学科时，有一个信息或许已越来越被学术界所接受，那就是人去世后的灵魂与思维，气场与感应，人类祖先与后辈的我们，似乎确有某种神奇的必然联系……在我看来，牛顿的语录无疑有着绝对的科学含义，这一点从科学包括辩证唯物主义的角度上来看，我们受到来自祖宗先辈的气场感召应该是毋庸置疑的。我对此也深有感触和感悟。

我祖籍浙江东阳市横店镇官桥村，我出生于宁波，自幼在宁波长大。少年时除了偶尔几次跟随父母亲前往东阳老家探亲访友或祭祖扫墓外，从小到大几乎没在东阳生活过。但我知道，与横店影视城毗邻的官桥乃是我祖祖辈辈生活的福地。打从记事起，父亲就告诉我们兄弟姐妹，我们陈家的祖宗是在东阳横店的官桥，那里是我们的根，走得多远都不能忘本，官桥是根我们是须，咱陈家要永远心系官桥，对祖宗心怀感恩……2018年4月，东阳的堂哥来电告诉我，说官桥老家的陈大宗祠修缮工程，在众多族亲夜以继日的操劳下已近尾声，拟在当年十月份择日举行开光典礼，嘱我有空先去看看。五月二十三日，我怀着渴望与崇敬的心情，偕家人从宁波驱车前往官桥，一进村口远远望着规划整齐、布局合理、街巷整洁的村庄，还有那和蔼可亲的乡亲们，我没有一点点的陌生感，反而感觉心中热血澎湃着，心里好像充满喜

作者（左）与官桥村书记陈晓华　　杰宁 摄

悦，似乎被某种奇妙又熟悉的气场包围着，牵引着。当族长大哥陈荣长引领我踏入陈大宗祠正门时的那一刻，我顿感热血沸腾，双眸霎时噙满热泪；心在激烈地跳动，头顶上方恍惚感觉到祖宗先辈在含笑抚摸着我的脑袋，一种亦真亦幻又充满慈爱和空灵并令我感动的声音响起：孩子！我们的孩子！欢迎你回来……我抬头仰望宗祠大堂的上方，穿越时空与祖先如此近在咫尺的感觉尤为深刻，我闭上眼睛体会着感悟着，生怕这奇妙的心境瞬息即逝。那一刻我实实在在地感受到了祖宗的灵魂与气场真实的存在，相信祖先一直在庇佑着与之血脉相通的晚辈子孙后代。此时此刻，我正浸润在与祖先相连接的气场中，并与之融合在一起，我深深地感受着这温暖和幸福。唯有此时此刻，我也真真切切地体会到官桥是根我是须的真谛。

　　修缮一新的陈大宗祠占地面积有近二千平方米，宗祠以明朝时期的初建布局为原样，复古如初，气势恢宏。宗祠背靠洋溪山，正大门面朝西北方向，西靠花园村，东临横店，前望圆明新园，宗祠前有罗溪倚流，地理位置与风水颇佳。据说在东阳全市范围内，这样规模的宗祠也属首屈一指。而为重修宗祠亲力亲为又无怨无悔全程辛劳付出的陈荣军、陈晓华、陈国平、陈荣长、陈华、陈齐金、陈更红等族亲们，他们是族亲中的骄傲翘楚！我深为感动。

　　宗祠内陈列和包含的文化积淀与历史底蕴非常丰厚。内部墙面上陈列着陈氏先祖迁徙至官桥后的详细介绍，还有诸如兄弟戡乱、举人投塘等壮举故事，还有先辈们历朝历代以来忠义爱国、刚正不阿、忠勇忠诚、世代耕读和追求真理的轶事典故……官桥！我魂牵梦绕的故乡啊，我为自己是官桥陈氏后代而深感荣幸与自豪！

我虽未在故乡官桥生活过，但祖先的智慧和教诲早已储存于我的血脉基因之中，它并不要求我非得光宗耀祖，非得流芳百世，只教我踏实努力不懈去追求，去做对社会有益的人，用心用爱去与人坦诚相待，为国为民为家族分忧排难。不承想恰恰在这平凡中，我做了应该做的人和事，也得到了党和人民给予我的肯定和褒奖，冥冥中似乎这也是祖宗庇佑的结果。

因为我感悟到：家乡有一根线，无论我在边疆驰骋，还是在前线战斗，甚至在命悬一线的困局时刻，它总会牵拉着我这个风筝，家族的性格情愫和精神永远流淌在我的血液中。作为军人，我奋勇向前从不退缩；作为警察，我恪尽职守临危不惧。家族赋予晚辈的谆谆嘱托就是我最自豪的经历与使命。

戎马十三忆葱青，

梦魂自始系军营。

手中钢枪冷似铁，

心头热血化寒冰。

生涯曾披橄榄绿，

一生无悔男儿情。

三十年后回头望，

顶天立地一老兵。

这首诗是永康籍作家应坚先生赠予我的，他把我的从军从警经历，刻画得淋漓尽致。家乡是一眼泉，无论是孩童，或是青年，又或是成年，它总不断滋润我的心灵；父辈从家族传承的诚信守规和助人为乐精神一直牢牢印记在我的心头，做人做事从不马虎，助学扶贫从不间断。在故乡的道德泉水不断浸润下，我深切感受到了受尊重受敬佩的幸福。故乡是一个梦，无论走到天涯海角，或是颠沛流离，又或是千辛万苦，她始终是我心头温暖的记挂。只要故乡在，游子总有家可归，家族的众多亲人也许从未谋面，然血浓于水，我们都是陈氏后代，大团聚这一刻是一个美丽的故乡梦，几十年来这个梦一直伴随我，我期待并相信这一时刻会早日到来，因为官桥是根我是须。

2018 年 7 月于宁波

陈大宗祠赋

戊戌冬月十四，风调雨顺日，祥云浮现时，陈大宗祠，开光祭祖。

树高千尺不忘根，水流万里总思源。福地官桥，钟灵毓秀，人才辈出；山水绝奇，望荷花群耸，古木蓊蔽，流泉响振；游象鼻之湖，披葛跌坐，祝

作者（左三）应邀作为嘉宾参加陈大宗祠开光仪式

陈华 供

祚依倚。古村洋罗两溪环绕，喷珠吐玉，西出横店，流入南江；村中溪流汩汩，围而不塞，藏风得水，是为宜居之宝地。"金交椅""金纺车"，天赐福象，彰显陈氏丰泽旺发。村居两塍之中，犹"官轿"之像。

始祖元宝公，训以惟义，崇之德望，颂之功业；钦其学问，尊其仁心。先辈陈寔，汉时察事断案，勤以诫诲，善谆引误入歧途者改邪归正，其"梁上君子"之典故家喻户晓。陈思主修《陈氏家乘》是为华夏宗牒谱系之精华，

气势宏伟的陈大宗祠　　　　　　陈 华 供

故宋元二朝，众多受钦之学士文豪，集聚官桥编纂付梓；北宋陈氏兄仨勇谋抗寇，忠勇保节之气节百世传扬；德高公开设义庄，赢得陆游盛赞；陈炎执木为信，含冤护族兴旺；亨同公承上启下，开创明德书院，惟熙一松为师，心学追随姚江。清末宏毅学堂，六位"宏毅君子"，指点江山，气冲霄汉，只为南强奠基，开创百年辉煌。

元宝舍宅修观，客居宫湾；陈严兄仨抗寇，后辈迁居路西。传道择迁官桥，血脉薪火相传，生生不息，嫡系后裔如开枝散叶，世袭祖恩之惠泽，融义字为永德，历经沧桑磨难。七百余年，多有坎坷，经受冤仇辛酸，杨镇龙事件之株连，再遇举族迁徙之苦，然秉持耕读乡风之舒张；亦昭明德于斯地，育栋材于乃乡，传百十余名贤，载于廿四史，辅仁政先驱数十相，屡受赐赏。

悉数百年，英雄辈出。忠勇之士，弃家保国。群星闪耀，出类拔萃。忠

烈才俊，彪炳史册。投笔从戎，浴血奋战沙场；师出黄埔，终为抗战名将；地下党员，昔时舍生忘死；全国劳模，今日国家栋梁。

陈氏宗祠，建于明代。明朝平仲，肇造后寝中堂。清代康熙，祠堂规制增宽；嘉庆扩展，改成五间中堂。民国风潮，祠堂维修艰难。斗转星移，"文革"繁难，拆除祠堂，改建会堂。今逢盛世，政通人和，国泰民安，追古抚今，记住乡愁，尤为迫切。荣军殚精竭虑，奔波劳碌，呕心沥血，宗祠复建功臣；村干部见贤思齐，向善而躬，晓华、国平、领头担当。群策群力，秉祖宗之厚德，承乡贤之风尚。更红响应，八房附和。募筹资金，近四百万。克勤克俭，共襄盛举。行先祖恩训，建乡贤之勋功。丙申经始，戊戌竣工。建筑三进，面阔五间。前营戏台，后树厅堂。飞檐斗栱，美轮美奂。规模宏丽，形胜攒簇。诚一族之圣殿、一乡之伟观。永怀爱国爱乡之丹忱，诚施重文重教之义举；常守诚信诚实之靖节，善登创业创新之阜丰。为兴我官桥而献智策，为福我宗亲而尽赤衷。继褒今日官桥吾辈又历届村干部，值此盛世繁昌又以义德领衔，众宗亲拥历届村委会之号召，无私奉助怀揣梦想。适值文荣先生，老骥伏枥，欲展宏图，村供千亩再现圆明园十大名园绕古村，官桥遂成景中景，各园万物丰硕，祠堂居首为胜景。

陈大宗祠居中，茂荣公祠，岘南公祠，茶麓公祠，附设其旁；陈大宗祠引领，懿德堂、日新堂立前，种德堂、务滋堂居东，永和堂、聚德堂、养萱堂围绕，蔚为壮观。游人如织，络绎不绝，广纳八方来客，共赏官桥风光。协作横店影城，终执制作牛耳。集拍摄制作，编导采风，影视培训，演艺历练，旅游观光，商贸繁兴之大成；傲视影视群雄，无人能出其右。官桥古宅遗韵，流传八方。

官桥兴旺，村干部薪火相传；本届二委，功勋益彰。荷峰苍苍，罗水潺潺。先祖美德，山高水长；后人仰承，世代其昌！

2018 年 12 月 28 日于东阳横店

护士节一对军人母子的对话

兵儿子：老妈护士节快乐！老妈您当年也是中国空军最美最棒的南丁格尔！

兵妈：谢谢儿子，60多年前，老妈从空军护校毕业后，被分配到了东北空军最好最大的461基地医院。当时的飞行员称为空中骄子，个个都是刘亚楼司令的宝贝，全都牛气哄哄，制定好规定他们可以谈恋爱了，他们骄傲地对我们说，刘司令员说了，你们是为我们准备的未来媳妇。这一听老妈山东人的倔脾气就上来了，我就恋爱自由怎么了？你们还王老虎抢亲不成？以后不管是领导做工作，还是那些飞行员自己亲自上阵，我和好几个护士一概不理，后来他们找到我们的科主任，说你们科那个漂亮的姜姓小护士，这个堡垒咋这么难攻呢？主任说她这山东姑娘倔脾气，你们别动她的脑筋了。但是他们还不死心，仍然穷追猛打不死心，后来亏了老爸他们来了给我解了围！

兵儿子：老妈说得美美哒，您当年可是东北空军女护士中少数几个受到朱德总司令表扬和刘亚楼司令员多次点赞的最美空军女护士呢，听兵爸说过那些受伤后得到过您精心护理后又驾机重上蓝天的飞行员，都一直把您视为他们心中的最佳最美护士呢。

兵妈：因为我是你们的老妈，所以在你的心中老妈最好，谢谢儿子对老妈的评价，老妈美得找不到北了。

兵儿子：想不到年轻时一介文弱书生，看似手无缚鸡之力的兵爸，当年为博得老妈芳心，居然也敢大吼一声，横刀立马，愣是把军中那些觊觎老妈美貌、欲追还休的众多献殷勤者阻挡在前，最终赢得了老妈的芳心；扮演了

作者与兵妈　　　　　　应坚 供

一辈子合格的护花使者，演绎出一部牛牛的王子与灰姑娘的翻版……也难怪当年好多军中帅哥们一辈子都对兵爸羡慕嫉妒恨得痒痒呢，哈哈兵爸够牛！

兵妈：老妈开始和老爸恋爱后那些天之骄子可生气了，说这些臭知识分子早不来晚不来，单单现在来，和我们抢姑娘。医院的领导说恋爱自由嘛，就看这些未婚姑娘们一个个会把绣球抛给谁了。

兵儿子：老妈，你们那一代女护士看上去全都明眸皓齿、眉清目秀、秀外慧中，而且个个天生丽质，羞含矜持，悦显谦卑。

兵妈：是啊！那时候东北有五个空军医院，唯我们461医院全是收飞行员，其他医院是收地勤人员和家属的。所以461医院挑选医务人员时，护士的身高、长相、家庭成分，要求都是很高的。

兵儿子：如果说我外婆是民国时期天然去雕饰的江南美人，那老妈你们这一批医护女兵就是新中国成立后军中芳华之翘楚，纯美的容颜如同清水出芙蓉。老妈您看老爸吸烟时惬意又嘚瑟的样子，他一定至今还沉浸在当初捧得美人归时的情景中呢。

兵妈：儿子啊，老妈和老爸合照的这张相片是20世纪70年代照的，当时老妈三十五六岁，老爸四十多岁了。

兵儿子：儿子为老妈的光荣经历深感自豪！

2020年5月于宁波

急诊感慨

上午在家中擦拭窗户、书柜，打扫卫生。约十点半，我刚刚擦完南北两边阳台和卫生间的窗户玻璃，突然接到坚兄的电话，说兵爸刚才突发中风不省人事，现正叫救护车送往就近医院抢救。我和妻子当即赶到医院，坚兄和兵妈见到我俩赶到，心情稍稍有些缓过来。兵妈告诉我，刚发现时兵爸人已不能动弹，呼叫无应答，右手臂内屈无法平伸，身体右侧呈半瘫痪状，右腿无触觉并伴尿失禁。很快我们就配合主治医生先给兵爸做好 CT 和其他一系列检查等急救措施，尽量让兵妈焦虑不安的心情得到放松。这是兵爸两年来的第二次中风，兵妈说老爷子上午九时左右还在床上踢腿伸胳膊活动呢。

考虑到兵爸已是 88 岁高龄，再结合目前病情状况，医生与我们沟通后及时给他注射了能快速溶解血栓闭塞的进口针剂阿替普酶。至下午两点，兵爸苍白的脸色开始变得红润起来，血压脉搏跳动均已接近正常值，对亲人的呼唤和提示反应良好，眼睛睁开时目光不再呆滞，但言语仍然模糊不清，右臂膀和右侧身体显得很僵硬，肌肉反射敏感性不强。急诊救治完毕后因暂无住院床位，经托院方朋友帮忙后，先转入五楼的脑外科床位，边过渡观察加治疗，待六楼神经内科有空床位再入住。今天接诊的宋医生刚巧也是负责两年前兵爸第一次中风住院时的主治医生，他还能回忆当时兵爸的治疗概况，还说那次兵爸临出院前还能给医务人员唱俄文歌曲呢。

半年前因罹患皮肤癌才大病初愈的兵妈，今天硬是在医院撑了一天。她寸步不离地陪伴着兵爸，时不时地弯腰贴近兵爸，观察他的细微变化，斗嘴怄气了一辈子的老两口，一到对方有事，心里总会惦记得茶饭不思、寝食难安。病床边的兵妈不间断地给他喂上几小口温开水，用她在空军医院当护士长时积累起来的医护常识，思考着兵爸的病情发展趋势，眼神充满了无限的疼爱与期许，心疼与忧虑，还有相濡以沫六十多年来的点滴追思……令我等晚辈感动不已。

阿替普酶针剂主要用于增加静动咏血流量的扩张和加快血液循环，尤其对溶解血栓效果颇佳，但副作用主要是容易引发出血和血压下降。注射后除了兵爸自己左手中指原来弄破未愈导致重新出现些许渗血外，庆幸的是其他预估的可能出血现象等副作用没有发生。谢天谢地，今天总算是有惊无险，秀才出身的坚兄近几年来也经历了各种惊涛骇浪，在家中情况层出不穷、老人频频有恙的紧张历练中，变得沉稳镇静又处变不惊。俗话说新兵怕炮弹、老兵怕机枪，这秀才也在一惊一乍中百炼成钢了。

今天在医院陪兵爸急诊的一日见闻感慨颇丰，刚到急诊室救治不久，正当我们为兵爸病情的不确定性和随时随地都可能出现的危险而紧张不安又忐忑焦虑之时，有人就窥准我们的心理状态，该出手时就出手，开始向我们游说救治与推荐方案，宣讲与剖析双管齐下，游说的关键词：一是此进口药对发病四小时内的中风患者效果极好：老人家现已88岁高龄了，身体机能正处于急剧下降之中，这个进口药物虽然贵了一些（5000多元一支），但用下去后见效快，副作用是有可能的，但概率极低……二是下步康复治疗建议：老人家在急救治疗稳定后我可以介绍你们去位于某某路上的那家康复中心，很多患者经我介绍在那里接受康复训练后恢复效果都很好，而且那里的某主任原来就是我们院退休后被那家康复中心请去的……每次游说的火候都拿捏得恰到好处。

你方唱罢我登场。转入住院部时坚兄认为凡是自掏腰包，可以用钱解决的事情都不是问题，就临时叫来一名女护工，不想才到病房服侍兵爸没一会儿工夫，就被这里的一群护工群起而攻之，而且恐吓加胁迫，那女护工见此阵势，只得悻悻地离去。如同专业血头和医霸等灰色产业链一样，原来有些医院的外请护工也是有潜规则的，住院病人家属如雇个不属于这里护工头控制的护工，迟早会被他们恐吓胁迫赶跑的。久而久之习惯成自然，独霸一个病区的护工头领，俨然成了垄断护工群体的掌门老大，大有一副"此树是我栽，此路是我开，想从此地过，留下买路钱"的霸道嘴脸。而得到利益均沾或输送的院方某些管理人员也就靠山吃山呗。这种现象在公共卫生及政府或公立民生类服务的三百六十行中早已经是见怪不怪。本着息事宁人的原则，坚兄就依照这帮人的要求，又重新叫了一个他们介绍的护工，事后得知此护工阿姨每天须上交给护工头 12 元。

接到消息的坚兄表妹小青，不到三小时就从永康赶到宁波来服侍兵爸。她办事干练，勤快又细心，从小与兵爸感情深厚，她一到医院就埋怨坚兄完全没必要花 200 元每天请一个护工。今天一整天秋雨连绵，一切安排妥帖后兵妈和我们才回家休息。小青一路赶来也可能比较累了，下车过马路时差点被一辆电瓶车撞到，把坚兄和我吓出一身冷汗。

今天刚巧又是我老娘的生日，我的腰背部虽然有些许不适，但我和兄弟姐妹四户人家还是一起赶到凤凰新村陪老娘过 86 岁寿辰，一桌丰盛的菜肴都是姐姐和妹妹操办的，生日蛋糕一上我先切下一块狼吞虎咽下肚，哈哈还有这只重约两公斤、前一个小时还在横行霸道的帝王蟹，一只大钳正好让我大快朵颐。

2018 年 11 月 18 日晚于宁波

宝儿！妈妈多想拉住你的手

——幼童车祸遇难之特写画面

2019 年 1 月 12 日中午，在浙东余姚市袁毛公路边一家农家乐附近，一场突然而至的意外车祸，让一名才四岁的孩子瞬间与妈妈阴阳相隔……

画面回放之一

当天下午，表妹所在的房地产公司组织员工偕家眷前往余姚某农庄采摘草莓，午餐后公司团队的所有员工和随行家属正准备前往下一站。此时员工们有的整理衣物，有的正在相互闲聊，还有的正聚集在河边观景，表妹那两个聪明又活蹦乱跳的四岁小儿子和九岁大儿子还在身边不停地嬉戏打闹，追逐玩耍，为即将去采摘草莓而欢呼雀跃，为能与妈妈的同事小孩一起玩耍而兴高采烈……然而几分钟后，一切就这样戛然而止，孩子的生命永远定格在了 2019 年 1 月 12 日 12 点 55 分。

当时表妹不经意间发现两个宝贝儿子不在身边，仔细一找看到几个小家伙正在十来米外奔跑玩耍，而此刻她的小儿子全然不知一辆装满渣土的重型卡车已经通过拐弯处快速驶来，路边停放的一辆小车产生的视角盲区并未让司机放慢车速。面对即将来临的死亡危险，孩子的奔跑并未中止，发现险情的表妹惊慌中大叫一声"宝儿！"，便急速奔向正在跑进盲区的小儿子，然而一切都已晚了。就在表妹的手与儿子的身体就要拉拽上的那一瞬间，随着一声刺耳的刹车声和众人的惊叫声，那个从不把"一慢二看三通过"当作行车座右铭的鲁莽司机所驾驶的重型卡车，已迎头将孩子撞倒在地，后轮随即将孩子碾轧过去……可怜的孩子一声未出，一个鲜活的小生命顷刻间就没了，一个在人间才生活了一千多天的小男孩，就在妈妈即将抓住他的刹那间惨遭碾轧……与呼天抢地的妈妈阴阳两隔。小男孩九岁的哥哥就在几米开外目睹了这一惨祸的发生，望着妈妈撕心裂肺的哀号，看着弟弟被碾轧得血肉模糊的身体，他瞬间变得满脸涨红，哇哇大哭地扑倒在妈妈身上，接着又一下子起来扑倒在弟弟的身上，旋即又爬起来抱住妈妈："阿妈！阿妈你别不管我，还有我呢……"那真叫一个惨啊！当人们从惊愕不已中清醒过来后，仍抱着一丝丝希望立即将几无生命体征的孩子送到几十公里外的宁波市第一人民医院。虽经医护人员的全力抢救，仍回天乏术，一个鲜活的小生命在新年伊始就此凋谢。接到报警后第一时间赶到事发现场的余姚警方，很快控制了肇事司机和车主，并暂扣涉嫌超载的重型卡车。目前警方正对此起重大交通肇事案立案侦查。

画面回放之二

接到此噩耗，我们一家是最早赶到医院的亲友，表姐抱着目光呆滞、不停哭泣的表妹也早已泪如泉涌；其九岁的大儿子仍涨红着脸，双眼挂满泪珠伏在妈妈的身上不停地叫唤着："我要弟弟，我要弟弟!"此情此景让在场的医护人员和围观人群都唏嘘不已。"姐啊，我该抓牢他的，都是我的错，都是我的错……"表妹语无伦次不停地重复着同一句话。

下午略晚，孩子的父亲和爷爷奶奶等直系亲属先后从绍兴赶到医院，孩子奶奶浓重的绍兴方言中、呼天抢地的字尾腔调中略带长音和捶胸顿足的悲恸哭声冲击着众人心肺，高亢长嚎和夫妻俩抱头痛哭的情景已无法用语言来描述；孩子的父亲在与孩子妈妈相拥的一刹那，情感的伤痛再也不能自已，这边厢婆媳互靠肩抱的悲恸哀号阵阵袭来："哎哟哟啊，宝儿啊，你让奶奶和你一起走吧，你让奶奶咋过啊……我养了你四年，你第一次离我外出就这么走了哇?"不一会儿她就哭得晕厥过去。这边厢孩子的爷爷独自靠在急救中心的圆柱边早已老泪纵横，泣不成声。表姐和我不停地劝慰着，边上组织此次活动的公司员工领导和同事们或心怀愧疚，或纷纷低头擦拭眼泪。谁能想到一项亲子出游活动竟成了母子间的诀别；人间至痛莫过于此。

画面回放之三

亲戚和公司员工们将孩子的爷爷奶奶和表妹搀扶回附近宾馆后，我应急救中心医生的要求，进入抢救室听取他们对救治过程的陈述："这是我从医以来接诊抢救过的最惨不忍睹的车祸死亡案例，到医院时孩子已经没有任何生命体征了。"急救中心的张医生如是说道。我仔细审视着身边抢救床上无声无息、仰面躺着的孩子，他的小脸如同一张灰白色的纸，煞白煞白的；右手下垂着，晶莹透亮的眼睛仍然张开着，那早已散开的瞳孔，双眸依然保持着那么清澈透明和至纯无邪的明亮。随着目光下移，孩子胸以下的身体如开枝散叶似的外翻成条糊状或块状物，散叠在床上，内脏和骨骼已完全碎片化，分不清哪是骨头，哪是筋肌，哪是皮肉……只有胸以上和头面部尚算完整。脸和颈脖胸口布满了早已凝固的很多黑褐色血块……我吩咐护士用白布为孩子蒙上，盖上床单，心情沉重地离开抢救室，脑海里过电影似的不断浮现出三个月前在江苏盐城他外婆 70 岁生日宴席上见到孩子时的情景；那是一个多么机灵聪颖的孩子呀！哎，真是人生无常啊！一场原本回馈员工和家属小孩的公司活动，仅仅新年伊始竟以这对母子瞬间阴阳两隔、让人不容直视的悲怆结果而收场。

画面回放之四

晚上六点多，我带表妹九岁的大儿子到医院附近的中餐馆吃饭，此前一直被家人和亲友视为有点木讷笨拙、少些机灵的大儿子，似乎也刹那间长大了，我知道他爱肉食，让他点些自己爱吃的菜肴，他红肿的双眼略浏览一下菜样后，"我……我不吃肉了"。我听后差点泪崩，最后他点了两个蔬菜和一碗紫菜汤就着米饭吃了起来，其间又突然停筷低头擦眼泪。是啊，他和离世的弟弟已经朝夕相处四年整，哥哥已感知到了弟弟在自己眼前被夺去性命的恐惧与痛苦，用餐后我给其他赶来的亲友们买好打包快餐，又陪他到边上的西饼店去买些备用糕点，他说妈妈爱吃奶香片还有榴莲酥……这话一出又让我心痛如绞，我抚摸着他的小脑袋："真是懂事的乖孩子，好！那就多买一些榴莲酥，你拿给妈妈吃！"

　　晚上十点，孩子的外公外婆和大姨及娘舅经七小时的一路颠簸和痛苦煎熬，终于从苏北盐城抵达宁波。表妹见到爹娘和姐后互相抱拥痛哭失声，又几度昏厥。孩子的老兵外公泛红的眼睛久久地呆望着，思想着小外孙……嘴唇不停地抽搐着，哽咽着无法出声。两亲家四位年已七旬的老人与孩子爸妈均哭翻在床，表姐和其他亲友不时地宽慰着，然而此时此刻唯有这毫不掩饰的痛哭才能释放出内心无法比拟的巨大伤痛。"……妈呀，爸呀，宝儿没了，是我的错啊！是我的错啊……"表妹仍不断重复着中午说过的这句话。她的大儿子则犹如大人般地紧紧抱着妈妈的脑袋："妈，弟弟没了还有我啊，妈还有我呢！"所有的亲友都为之动容。

画面回放之五

　　当晚在我们和很多亲友宽慰表妹的时候，我隐隐约约地闻到她的周身散发着阵阵令人难闻的浓烈臭味，原来是她的衣裤上粘满了黑棕、黄绿和土褐色相混杂的东西。我仔细一瞧，那是车轮碾轧孩子身体的瞬间，孩子爆裂的内脏将体内裹挟着的血肉肠子和体液粪便喷溅在了近在咫尺的妈妈身上；后在急送医院抢救的途中，她始终紧紧抱着儿子的身体，身上又浸透了儿子身上不断冒涌的鲜血。"我一直劝她先把衣裤换下，她就是不肯。"表姐如是说。或许她是想闻着孩子的体味能有念想，能感觉儿子还在她身边吧？或许她神思恍惚、痛苦不堪又几度晕厥醒来后，唯有孩子粘贴在她身上的混合体液才会提醒她，她仍然是集母亲、女儿、妻子、媳妇于一身，她还有九岁的大儿子，她不能倒下，她得坚强地站起来，她离去孩子的在天之灵肯定也是这么想的。我默默地为她和惨遭横祸的孩子祈祷，愿这孩子喷溅在妈妈身上的多种混合体液，变成孩子在天堂无忧无虑生活的赤橙黄绿青蓝紫，愿天堂到处都有孩子自由追逐嬉戏玩耍、没有任何安全隐患的广阔地野……

画面回放之六

　　13日中午一时许，孩子的父亲和爷爷来到停放孩子尸体的太平间，在殡仪馆工作人员将孩子头上剪下来的一缕头发交给爷俩后，殡葬车在孩子父亲和爷爷、外公等至亲的护送下前往宁波殡仪馆火化。下午，表妹一家及所有来自苏北盐城和绍兴的亲人们，陪护着孩子的骨灰盒返回他短暂生活了一千多天的绍兴家中。仅仅二十四小时，昨天母子三人兴高采烈温馨出行，今天却怀抱骨灰牵儿痛泣，这恍如隔世的家庭惨剧实在是令人唏嘘不已！

在这年关将至，年味日渐红火之际，真心告诫各位亲们，在您和家人带孩子外出旅行度假和探亲访友之时，请千万千万地去看管好您的孩子，哪怕他近在咫尺。在我国已成为全球汽车大国的今天，每一位有车一族在你们自驾出行时，请慎行、慎行再慎行，且行且珍惜；那是每位亲们保障自身和他人家庭长久之安的幸福之源。新年伊始，岁末年初，平安终将是上天赐予人们最安然最幸福的礼物。

2019 年 1 月 16 日于宁波

陪兵妈抗癌的日子

一

我的兵妈姜露君，现已 84 岁高龄，祖籍山东省蓬莱市，出生于革命家庭，当年抗美援朝前线急需大批医务人员的时候，初中毕业后已经考取徐州一中的兵妈，毅然中断高中学业参加空军招考并脱颖而出。就这样如同木兰从军，这个天生丽质、外貌秀丽的 17 岁女学生，放弃继续深造的机会，毅然奔赴抗美援朝、保家卫国的战争前沿，成为筹建中国空军 461 基地医院的第一代女兵。在那里，她与来自浙江省永康县的年轻英俊的军医应振凡相识相恋，1958 年的除夕，两人在东北某空军大院礼堂喜结良缘。这对当年空军医院的最佳伉俪，无论在战火纷飞的战地医院还是在和平时期的医疗护理中，夫妻俩都以精湛细腻的医疗护理技术，有力保障了一批批伤病飞行员恢复健康，驾驶战鹰重上蓝天，备受飞行员们的热情爱戴，也曾多次受到下基层部队视察的朱德总司令的赞许和时任空军司令员刘亚楼的高度评价。

二位老人退休后，随在宁波工作的儿子一起定居在宁波市鄞州区安享晚年，夫妻俩从走进婚姻殿堂至今已相依相伴走过了整整六十年的钻石婚龄。兵妈与我胜似母子，视我为己出。平日里对我牵挂惦记满满，总会自豪地向亲朋好友和左邻右舍介绍：我有两个好儿子，一文一武对我可好着呢。我与兵妈儿子应坚同属军人家庭出身，是名副其实的红二代。坚兄系永康市 1979 届高考文科状元，人称秀才。我 16 岁投笔从戎，摸爬滚打成长，相熟几十年，两人情同手足，如一奶同胞。坚兄肚中墨水充盛，毕业于华东师大中文系，华东师大古典诗词专业研究生，高级职称，曾在大学教授古诗文多年，后长期履职于新闻媒体。我亦在 20 世纪 80 年代初在全省武警部队军事比武中脱颖而出，以擒拿格斗和单兵项目十项全优的成绩，从兵头将尾获破格晋升为排长。此后又与文字创作长期结缘。如此，一个是舞文弄墨、学富五车的科班秀才，一个是壮志雄心、假装斯文的刚性军人。竟也能互帮互助，义如金兰，成为几十年如一日的死党兄弟，成为兵妈兵爸心中乐呵呵的两个好儿子。

2018 年除夕，是兵妈兵爸 60 周年钻石婚庆日。之前坚兄告诉我正在筹备庆贺，我遂悄悄地也为两位老人准备了一份特殊的礼物，准备给两位老人制造一个惊喜。2018 年的除夕，坚兄安排在父母亲住处附近的宁波锦江之星酒店，为两位老人隆重举办一桌 60 周年钻石婚纪念宴席。外地的亲朋好友也在除夕夜赶到宁波，祝福兵妈兵爸的钻石婚庆。正当大家其乐融融，欢声笑语，频频举杯祝贺之际，我这个手捧镜框的不速之客突然出现在庆贺现场，宴席似乎进入了高潮。大家惊讶又开心，兵妈说我正在纳闷我这个兵儿子咋会没来呢，当我将这幅独具匠心、颇有创意的特殊礼物敬献给兵妈兵爸时，两位老兵前辈竟然激动地站立起来，向大家敬了一个标准的军礼！因为我在这个特制的镜框上，镶上了一枚红五星帽徽和我保存了多年的两副红领章，上面写着兵妈兵爸原部队番号、服役年限及本人血型，中间衬有 60 年前两老年轻戎装照和珍贵近影合照各一张。兵妈说，这是她一生中收到的最值得珍藏、最开心的礼物。坚兄远在大洋彼岸的妻子和儿子小铁也携带着精心准备的祝贺礼物，从新西兰飞回宁波，祖孙三代人在这六十年一遇的钻石婚喜庆日，喜气洋洋地留下了一张极为珍贵的全家福合影。

二

天有不测风云，人有旦夕祸福。2018 年新春伊始，兵妈发现自己左太阳穴下方眼睛边上，年前就长出一个小疙瘩，揪掉几次之后伤口破损，并逐渐结痂和凸起。春节后即去医院找挂牌专家检查，被确诊为左脸颊皮肤癌，专家建议手术切除。当时的心情颇为轻松，预估后期术后恢复也比较乐观。不料手术后伤口四周有发炎红肿现象，病灶周围颗粒隆起很迅速，我和坚兄凭直觉预判这一定不是什么好东西。坚兄找到医生详细询问这些令人忧虑的状况时，这位大夫似已有推脱之意，居然说不出个所以然。我们当机立断找放疗科张主任求询。张主任细细观察兵妈的病变部位后，马上就果断决定开始放疗。事后坚兄感慨地说，人有眼缘，直觉张主任很靠谱。上次手术完找他

卓海燕 供

会诊，他建议不要过度治疗，不主张放疗。但敌变我变，此一时彼一时也。张主任是医技精湛、医德高尚的好医生，4 月 30 日他来电建议兵妈提前进行放疗。当天做了第一次放疗后兵妈感觉良好，放疗时的画面让我不忍直视，黑暗中的兵妈脸上映照着红色的光线，她静静地躺在那里，听凭机器与命运的安排，室内寂静无声。结束十分钟的放疗，开灯后只见为兵妈定制的头罩画着十字线，以使放疗医生开机时射线照射得更加精准。从第一次放疗开始，兵妈的放疗卡须在每天早晨七点钟送到放疗中心指定的地方，相当于预约排队。预约治疗时间是下午 13 点到 15 点。预约排在后面一点也好，可以让老人家午睡好再带她过去。尽管年过八旬还遭

遇如此一劫，但兵妈的精神和心理状态始终不错。之前切片病理报告已经诊断确定，老人家得的是高分化鳞细胞癌。第四次放疗结束后，妻子和我一起看望兵妈，她的精气神和心情皆显得淡定和乐观，她笑称年龄大了和恶疾斗一斗也好啊，斗赢了那就晚一点去见马克思吧！其间有很多坚兄的同事朋友前来探望，纷纷夸赞兵妈乐观坚强，也给了她很大的鼓励。面对这位从容自若的老兵妈妈，医院的张主任与他的医疗小组，依据兵妈虽年老体弱但精神乐观、积极配合治疗的有利条件，特意为其量身规划了一套循序渐进、行之有效的治疗方案，所有的治疗过程张主任几乎都亲力亲为，令我们晚辈和亲戚信心倍增。以前极为陌生的放疗治疗室现在成了祛除病魔的希望之门。在人类所有的感觉中，心里的直觉往往是最为准确且能得到验证的，这位为兵妈的治疗几乎日夜记挂、医技医德广受患者称颂的张主任，无疑是值得患者信赖的好医生。事后的治疗进程和起效事实，也恰恰印证了我们的直觉是多么的精准。

那天在完成又一次折磨人的放疗后，兵妈淡定又坚强地独自坐在医院的长廊里，等待从远处停车场开车过来接她的兵儿子。面对闷热的天气与病魔缠身的痛楚，兵妈坦然自若的面容上没有显露出一点点的沮丧消极。结束一周的放疗后，我和坚兄商议，决定在双休日陪兵妈兵爸前往距宁波市区约三十公里的颐养院和金峨寺考察参观，看看那里是否适合兵妈治愈后的短期疗养。现任院长正好是我曾经共事过的警友，他对颐养院的经营管理口碑甚佳。第二天我偕妻子和坚兄驾车陪同兵妈前往参观，坚兄说耳闻不如目睹，如果父母亲看后喜欢，也可用作以后养老的备选场所之一。有两个儿子保驾出游，刚好从东北前来看望兵妈的克阳姨也和我们一起前往考察。兵妈兵爸和随去的克阳姨都显得非常开心。离颐养院仅仅几百米远的金峨寺古木参天，空气非常清新。心地和善的沈院长津津乐道地向兵妈兵爸介绍颐养院的经营理念和基本情况。已入住颐养院多年的一些老年朋友，也纷纷向二位老兵当起了颐养院的义务宣传员。尽管兵妈不太听得懂这石骨铁硬的灵桥牌宁波普通话，但大致意思很明白。古木参天、殿宇巍峨、气势恢宏的金峨寺，也曾是蒋经国先生的生母毛福梅女士在此吃斋念佛住过八年的寺院，其当年亲手种植的三株茶树和木棉至今仍然枝叶茂盛。据寺院主持慧明法师介绍，1949 年 4 月，蒋介石离开大陆去台湾前的最后一个晚上就住在金峨寺，也就是说金峨寺是蒋去台前在大陆下榻过的最后一个地方。陪兵妈参观完寺院后，我们一行人在有唐朝建筑风格的大雄宝殿前，和心情愉悦的兵妈兵爸一起合影留念。返回途中，我和妻子顺便请兵妈兵爸和大家到诺丁汉大学和中外学生共进午餐。离开时在诺丁汉大学标志性的钟楼前，兵妈戴着表妹给她做的防晒面巾和眼镜，精神抖擞地摆拍了一张双手握枪的酷照。看这精气神，哪像一位大病缠身的八旬老太呢？

三

母亲节那天，兵妈请我和小华一起与她共度佳节，坚兄和老爸及克阳姨各自分工，兵妈亲自掌厨，只是坚兄妻子尚在大洋彼岸陪伴儿子暂时无法回国。我一早电话告知兵妈，中午会和小华前来陪两老一起过节，兵妈马上吩咐兵爸前往菜市场采购食材，她自己动手调馅包饺子等候我们的到来，坚兄在边上只能当个帮手而已。我们到家后，兵妈颇为自豪地向我和妻子介绍她最拿手的绝活菜肴，令我瞬间食欲大增。这满满的一桌菜肴，有海瓜子、红烧鳗鱼、青菜草菇，兵妈说她烧了三个菜，这酒糟大蒜豆腐干、洋葱炒蛋、白灼墨鱼，都是兵妈和克阳姨及坚兄的共同杰作，且形味色香俱全。不过我对兵妈的鲅鱼饺子和红烧鳗鱼赞不绝口。席间我提前退场，要赶去自己母亲家吃饭过节，兵妈又给我带去她亲自包的生饺子和一些菜，母亲祝福母亲，这个母亲节很温馨。88 岁高龄的兵爸还是一位革命伤残荣誉军人，虽然只有左眼保有较好视力，但仍旧保持着军人良好的作息规律，每天雷打不动地按兵妈的吩咐早早起床，前往菜市场买回新鲜蔬菜水果，他话语不多却用心良苦，分分钟都心系老伴的病后康复。平日里上银行、观证券、领取养老金、修理小电器、下楼取报刊、作文写字都慢条斯理，安排得井然有序，军人作风依旧，对兵妈更是疼爱有加。年近九旬的兵爸，一个甲子以来始终如一是兵妈合格的护花使者。

医患之间的信任对患者治疗与心态影响重大，有张主任这样敬业有德的医生，确是兵妈的吉祥之缘。五一劳动节，在家休息的张主任不放心，下午又跑到医院，亲自给兵妈再次定位测量具体放疗部位，他说要将误差缩小到零。我每次陪兵妈去放疗，总会看到很多放疗的病人，一拨又一拨，脸上大多都是那种渴望而又无奈的表情。和坚兄扶兵妈进治疗室，有时会看见一些患者刚从射线机器旁下来，面无表情。兵妈的病情也时刻让坚兄心急如焚，忧虑重重。有时不免偶然思想注意力分散，这不，短短一周时间，坚兄竟然几次开车刮擦到别人的

爱显摆的兵妈　　　　　　　杰宁摄

车子。有天下午，我刚巧拎了一大袋新鲜豌豆给兵妈送去，见他正要到理赔中心评估，这天就由我一个人陪兵妈去医院做放疗。兵妈的病灶创面看起来似乎有些忧虑瘆人，医生解释实则是由内至外、病灶部位的新陈代谢所致。从放疗室出来，碰到张主任，细心负责的张主任走近兵妈仔细观察创面愈合情况后，对疗效挺满意的，关照嘱咐护士给兵妈患处再涂抹些药膏。他说接下来还要具体评估一下治疗效果。每逢双休日不用去医院放疗，我也会常和兵妈聊聊天、唠唠嗑，陪她老人家放松一下心情。兵妈经过近20次放疗后，第二块结痂周末时自然掉下，患处淌了一些脓水。张主任说没事，不要包扎让其自然干。

有一天早上，我在单位食堂用餐时，发现今天的自发面食大肉包子味道不错，就马上购买了十来个肉包和淡包给兵妈送去，先电话告知，兵妈说还未吃早餐，我一进小区楼下，看见兵爸已站在阳台窗户上向我招手了。"来了、来了！"那个场景很温暖……一上楼梯兵妈亲切开心的声音已飘入耳内，"儿子你来了"。刚好二位老人正烧好稀饭，接过我送来的还冒着热气的肉包子，兵妈说正好就着稀饭吃呢……两老很是感动，说我坚儿交的都是正能量的好朋友。

放疗进入中后期，坚强的兵妈忍受着创面结痂时发痒和夜不能寐的煎熬，认真遵照医嘱，克服放疗引起的痛苦和不适，从未哼过一声。壮哉！一代老兵的楷模。自始至终都坚持对兵妈的治疗进行细微跟踪和观察入微的张主任，正对日渐好转的兵妈创面进行精细化照射调整。放疗仍在继续，放疗中心的几位医护人员也被高龄兵妈坚韧不拔的抗癌精神和乐观心态所感动，纷纷为兵妈点赞。

四

兵妈越老越花哨，每年的春夏季节原本是她各类衣裙服饰悉数亮相的时候，老人家的花哨和优雅在小区是出了名的，亲朋好友每次来访或一起外出，兵妈都是重点被夸赞对象。年轻啦！身材好啦！气质佳啦！好话一箩筐一箩筐，兵妈都美滋滋地照单全收。哪怕现在病魔缠身，去医院前她也要穿着得体、淡妆微饰。她说服饰清爽、举止文雅、言语诚恳，就是对别人的最好尊重！仔细想想确实如此。兵妈的患处结了一层白衣应该是新的一层痂。今天等待放疗的病人特别多，有人因为排队先后还发生了争吵。但是兵妈从今天起却很早就被叫到号，享受到实实在在的军人优先的待遇，这缘由是我前几天陪兵妈到医院时，老人家经一个多月的放疗，已经显得有些虚弱，长时间排队等候会更加糟糕，我遂去公关几句，跟医生护士说有个空军老兵奶奶八十多岁了，却意志坚强跟病魔斗争，医生护士听后也都出来观察，并表示以

进入放疗室前的兵妈　　　　　　杰宁 摄

后将会让兵妈免排队优先安排治疗。从此每次到医院都给兵妈排在前面。五月二十八日，我的散文集《回眸觅玉》正式出版发行。当天下午我和妻子携新书一起去看望兵妈，临近五点钟，接通电话后，兵妈说刚吃完晚饭呢，老爸要等到六点半才吃。"哎哟，儿子我是在等你的这本书呢，来吧来吧，那我今晚就可看我的兵儿子写的书了……"第二天她还发微信调侃坚兄：儿子呀，荣华两口子昨天下午五点多来看我，给我带来了他的散文集《回眸觅玉》，昨晚我开始阅读，虽然只是阅读了两篇，但是他的文笔用词一点不比你这个科班出身的秀才差，他的散文给在病中的老妈找到了乐趣，久不动笔的我，也有了冲动想要写点什么，那就写《好人荣华——我的兵儿子》吧。

　　过后几天我俩又去看望兵妈，上楼进门后，兵妈马上告诉我俩说张主任的治疗方法就是好，啥副作用也没有了，创口再结一次痂疤就没事了，言语间表现出来的自信乐观和精气神，令我等晚辈自叹不如。那边厢老爸人影一闪，忽而变戏法儿似的取出两瓶冰镇酸奶递给我俩，哇噻！兵爸这身手敏捷，真够可以啊。接着老妈翻开我书中的赠题和晚辈称呼，调侃着说道：荣华呀，你就是我的好儿子，我都说过坚了，他这个儿子没你这个儿子细心呢，坚可不服还和我理论呢……当过兵的就是不一样，荣华呀，老妈这辈子最不后悔最光荣的事情就是曾经是一名女兵！说到兴致上，兵妈居然在客厅里当场给我俩表演起她年轻时练正步时那英姿飒爽的摆臂动作，还真别说，84 岁的人了，这正步摆臂的标准动作，尽显一名女兵老军人的铿锵风采！我说老妈您是中国女兵的骄傲。5 月 30 日，第 23 次放疗。我和坚兄二人同陪母亲去医院。兵妈昨晚读了我的新书有感，上午兴致勃勃写了一篇文章《好人荣华——我的兵儿子》。在前往医院摇晃不停的车上，兵妈将三张信纸文字一口气、流畅通顺地念完，证明她老人家的体力精力脑力都非常好。她在长时间高强度的放疗期间，还能如此耗时间花精力、专心致志地用钢笔认认真真地写完三张信纸，中间还夹带着不少的繁体字，这也证明老人家的思维能力和大脑功能相当不错，估计老年痴呆症以后将与她彻底无缘。

以下是兵妈花了一个下午给我写的书信：

好人荣华——我的兵儿子

荣华和我儿子同属红二代，但荣华本人就是军人出身，他们的友谊是从上世纪九十年代开始的，但过去只是从我儿子坚的口中对荣华了解只字半语，通过他的散文，我对他有了更深刻的了解。荣华在部队时战功显赫，转业到公安部门也不负众望，曾被授予全国优秀功模人民警察，在部队和公安曾立三等功三次，二等功一次。荣华从军从警多年，堪称一武夫，但心细如针，记得去年我和儿子到本溪探亲回来，飞机落地时，宁波大雨如注，我想等打到车，肯定会让大雨浇成了落汤鸡。正心急如焚，儿子的电话响了，荣华知道我们今天回宁波，开车到机场接我们来了。荣华有博大的胸怀，工作中一丝不苟，屡建奇功。工作之外他很关心弱势群体，他和妻子十多年来一直与景宁、云和贫困山区的十几个孩子结对，资助他们上学，有的走出山区，成了大学生。他孝顺父母，友爱战友。心中有大爱的人，才能事业有成，我不幸生了皮肤癌，虽然我也是学医的，知道这病不是什么凶险之症，但是癌症这个词还是让我心中多少有点不舒服。荣华知道之后，就会带着礼物上门看望，多方安慰，双休日又带我们去横溪疗养院参观游玩散心，平日常有电话嘘寒问暖，从北方来探望我的表妹也被感动，说姐啊亲儿子也不过如此！儿子有事他亲自开车陪我去医院做放疗，上车下车亲自扶持，给我送早餐送土特产，告诉我：妈别怕，两个儿子保驾你肯定会没事。他带我去放疗时，告诉放疗室的医护人员，我是一位上世纪五十年代的空军老兵。他们听后说真伟大，从此我去之后受到了优待，不用等候，随到随做。他对我的好引起了儿子的嫉妒，儿子风趣地讲："老妈您什么意思？您没来我家前，他每次到我家都买束康乃馨送我老婆，害得老婆骂我，说我虽是一个文人，但一点情调也不懂，现在又忽悠老妈。"老妈说："他比你对老妈关心多了……"荣华就是这么一个人。对战友对朋友对亲人，甘于付出。好人荣华，我的兵儿子，老妈爱你，老妈为能有你这么一个儿子骄傲，也感谢你的父母，因为他们的优良品质，才培养出你这么优秀的孩子。你和坚在我心中同等重要，老妈希望你们俩做一辈子的好兄弟。

6月1日是星期五，放疗已进行到第25次了！治疗结束后，坚兄带兵妈去住院部十五楼找张主任，他正要下来，看了母亲患处，用碘酒棉签给挤掉一些汁，肯定治疗效果，说下周一重新定位，给缩小放疗范围。真是一丝不苟负责任的好医生。

6月5日的《早餐记》：早上7点25分一进食堂，发现今天的小米粥熬得很稠很香，遂马上盛好一大茶缸，顺带上十来个肉包菜包先给老人家送去。先电话告知兵妈马上就到。兵妈说儿子啊，外面下着大雨呢还是别送来了……开车从单位到兵妈家我不到十分钟就到了，看来我当个外卖的快递小哥绝对是够格的。刚进小区，兵爸早就在窗台上向我招手了。三步并作两步上楼进门后，兵妈第一句话就说："儿子你这样记挂着老妈，真是把我感动得想流泪……""老妈，您别这样说，应坚来看您五次，我才来看您一次还不应该啊？""刚才你老爸一听说你送早餐来了，他竟一下子开心得从阳台上小跑到客厅呢……"说着说着，兵妈居然双手握拳模仿起兵爸刚才小跑的军姿。接着老妈又侧过脸，开心地让我瞧瞧她左脸上痊愈良好的结痂创面，还滔滔不绝地夸赞张主任的放疗方案做得太好了，说现在起放疗面罩也可不戴了，看得出来老人家是打心底里开心着。临离开时，两老双双进入厨房交头接耳说了几句，兵妈洗干净装过小米粥的搪瓷盆，兵爸又快步取出两盒酸奶，眼明手快地塞进我的提包里让我带回办公室吃。其实细细想想，老人家在乎的确实不是我的区区一顿早餐，而是我们晚辈对他们的关爱和不经意间突然而至的关心与暖心。

五

张主任为兵妈定制的放疗方案一切顺利。今天他又特意在机器头上装了一个铁架子，还增加了许多铅块，主要是进一步对准焦点和屏蔽其他正常部位。下午机器调试完后，给兵妈患处缩小了放疗范围，他亲自监看治疗过程，一定是怕对焦不准确吧！他真是太负责任了！与其他一些高龄患者一旦生病就闭门谢客、谢绝探望的想法相迥异的是，兵妈是个非常健谈又乐于会客的"人来喜"，她喜欢亲朋好友常来和她聊天唠嗑。每每有亲朋好友来探望就不亦乐乎，心情颇好。一打开话匣子她就滔滔不绝，最后总是忘了按停止键。这也是她治疗快速见效、康复痊愈的原因之一，在这种温馨温暖和被浓浓爱意包围着的氛围中，这样的抗癌心态或许值得许多家庭和老年患者借鉴。

今天一早妻子提前做好早点，她调制好面粉打好鸡蛋，把蛋饼做成金黄色，口味也非常好，然后让我把两个煮鸡蛋连同热气腾腾的蛋饼趁热送到兵妈家。两位老人接到我送去的早餐，对妻子做的蛋饼赞不绝口。晚上坚兄把他写的当天日记发我调侃：6月8日。荣华一早又兴风作浪行妖法了。老妈一早也发我微信了：儿子上午好，我的兵儿子一早就送来了蛋饼和熟鸡蛋，我昨晚上突然想吃蛋饼，本想早上去买，不承想我的兵儿子就送来了，是媳妇早上亲手做的。真是心有灵犀——老妈想吃蛋饼，兵儿子就送来了，太让老妈感动了。坚兄说老妈很聪明，发这些东西给他的目的就是想寒碜他，不如她的兵儿子好。想玩弄两儿子于股掌之上！害得他一大早赶紧跑过去问还缺啥，结果立即给他下了任务：超市购物！

今天有点闷热，兵妈把外露皮肤都遮挡起来。昨天坚兄给二老做了一个木耳洋葱炒南瓜拌菜，还去超市购回酱油醋和莲子小米绿豆等。今天得到兵妈的表扬：儿子早上好，昨天的菜真好吃，酸甜正合我的胃口。

坚强又乐观的兵妈　　　　　　　　　　　杰宁 摄

我早上又去看兵妈，老人家立即发坚兄微信：我的兵儿子冒着大雨来看老妈了，讲两天未见了，看到我的创面小了许多很高兴，我贴心的兵儿子，这是老妈前世修来的福。

6 月 15 日，是第 34 次放疗，也是全程治疗的最后一次。兵妈不要我们去小区接她，自己独自一人神情自若地走出来坐车，看这行进的步伐和精气神，女兵风范犹存。今天是个好日子，坚兄中午去水果行亲选了六种水果，做了八个果篮。为了兵妈的治疗和康复，以张三典主任为代表的放疗科医务人员做了很多努力，他们大都恪于职守，每一次放疗都要操作机器仔细对准焦点，量好尺寸，让患者有放心感。水果不值什么，略表一份心意吧。我也将自己的签名新书一起分赠给了张主任与医护人员。兵妈还给张医生写了一封亲笔信。

尊敬的张主任你好：

我患手抖症两年，许久不动笔了。但是为了对您表达感激之情，虽然字写得难看，但我还是要亲手书写。

我八十多岁了，早已把生死置之度外。但猛听到癌症两字，我还是被镇住了，一向健康的我，怎么会得这个病呢？

两个儿子也是忧心忡忡，带着我去放疗科找您，您和蔼的谈吐，笑脸相迎，马上给开了住院单，而且迅速把我们带到了模拟室。并亲自给我量尺寸，画线，做面罩。面罩做好，由于我年纪大听力差，以为没事了，准备回家了。你看到我们走了，气喘吁吁地追到大门口，告诉我今天就要开始放疗，脸上仍带着微笑。放疗的过程中又多次到放疗室，亲力亲为观察效果。医生的脸是病人的晴雨表，看到你那亲切的笑脸，我都非常有信心。对我们的询问，您总是耐心地解答，从未表现出不耐烦的神色。五一劳动节，你不放心又亲自到医院再次给我定位测量具体放疗的部位。你说要把误差缩小到零。第十次放疗你还是不放心又跑过来，决定再做一次 CT，观察放疗效果。你事必躬亲不辞辛苦，使我们母子万分感激。CT 检查比较满意，照射部位准确，靶心零误差。儿子写了一篇《母亲抗癌特别日记》，配上图片文字发在美篇中，我的家人同学战友，看了之后都赞叹，说我真有幸碰到了你这样一位医德高尚、认真负责、视病人为亲人的好医生好主任。正因为有你这样的带头人，所以放疗科的技术人员在工作中兢兢业业，工作中一丝不苟，您是医务界的楷模。

在您和放疗科全体医师的帮助下，我的病情已得到了控制，千言万语表达不了我们全家的感激之情。

最后让我和我全家向您致以崇高的敬意！望多多保重身体！

患者：姜露君　敬上

2018 年 6 月 15 日

在等待办理治疗终结手续的空隙，满脸开心、神情愉悦的兵妈和我在张主任的办公室留下一张难忘的合影。张主任今天仍然亲力亲为，兵妈放疗之后，他很细心地做皮肤擦拭，抹掉标记红圈，做好医嘱。

从 3 月 18 日手术后发现病灶未除，又从 4 月 28 日开始按照张主任的放疗方案到今天，前后经历七个星期，总计做了 34 次放疗，兵妈的病患部位明显缩小，病情得到有效控制，整个治疗过程非常有序而顺利，这一切都离不开医生护士专业技术人员的精心安排和悉心操作。今天亲友团阵容整齐，我开车接送，祝愿兵妈身体彻底康复！祝愿好医生一生平安！近三个月的抗癌治疗如同一场不见硝烟的战役。兵妈您是最棒的强者！您是中国女兵的标杆！您是一代老兵的骄傲！

六

　　从小由兵妈带大的孙子小铁，在大洋彼岸日日夜夜思念惦挂着病中的奶奶，六月份小铁有一个机会和妈妈一起飞马来西亚。母子俩趁此机会想转道广州来宁波探望，兵妈尽管同样思孙心切，但考虑到孙子一来，总会天天粘着她，爱吃她做的家常菜，还会时不时地钻进她的被窝与她唠嗑。而正在康复中的兵妈元气尚未恢复过来，如此一来可能反而影响后期的休养，遂忍受思孙心切之情，向儿媳和孙子下达一道"逐客令"，让孙子等奶奶身体恢复好一些后，在八月上旬再来。这样坚兄也只能秉承兵妈的旨意，在六月十九日飞往广州与妻儿会合，共赴马来西亚。兵妈这边的照护之事由兵儿子负责保驾护航。

　　坚兄不光是个敬业爱岗的媒体人，他还是浙江省作协会员，著有散文集《琐窗闲记》《七十年代小城忆旧》和诗集《心梦想》，是经典古诗词的爱好者与传播者，其主创的电视文艺片、专题片、系列片、纪录片20余件次荣获国家级及省市大奖。他2014年起致力于古诗词公益传播，创办《诗词 in 谈》均广受好评。然自兵妈罹患癌症后，他几乎不分昼夜地连轴转，忙完工作忙讲座，忙完讲座奔医院……加上连续几个月为照护母亲里外奔波，可怜一介书生终因透支过度而病倒。前些天他又飞往马来西亚和妻儿相会，6月28日下午又匆匆飞回宁波，当我从机场把他接回后，他已是疲惫不堪，当晚又动作不当致腰疾复发，只能躺在地板上动弹不得，万般无奈之下遂来电向我求助：上尉！我腰椎间盘病情发作，现在坐卧不动还行，起立或弯腰或俯身或坐下时都感严重不适，须手扶后腰方可动作。是否久坐更糟？是否需要下楼活动？请教兄弟。我曾因围捕战斗腰部受伤过，早已久病成良医，得悉后就赶紧过去为他做了紧急护理和药物处理以待缓解，并关照他当前切不可做任何动作，最要紧的是让腰背肌得到放松休息，这样才会恢复腰肌力量，张弛自然地牢牢支撑腰椎，消除水肿炎症和膨出的椎间盘。

治疗结束后的兵妈迫切需要静养康复，此时已经进入梅雨季节的宁波，更是酷暑难耐，闷热异常。刚好坚兄在永康的大表姐得知情况后，很快为兵妈在邻近永康的磐安县双峰乡横山村觅得一处冬暖夏凉的避暑小山村。它坐落于浙中磐安县双峰古镇，夹大山之谷，潭深木秀，落英缤纷，气候宜人。谷内尽处有美瀑，瀑声如雷，赤练当空。缘溪而上得一村落曰横山。这里村舍错落有致，夹道无杂木，小桥流水，良田美池，阡陌交通，村民淳朴善良。这个只有三十几户人家的小村落，外部环境看起来与其他青山绿水的山区村庄几乎雷同，它原是一个远近闻名、以采集草药和经营药材为主的小山村，现在吸引如此众多退休老人、度假游客络绎不绝地前来避暑养生，缘由这个小山村拥有两个其他村落无法企及的秘笈。一是全村禁养牛马猪羊，也无兔崽宠物骚扰，更无鸡鸭猫狗粪便。村中绿树掩映，溪水潺潺，宁静又祥和，

作者（前排左一）和兵妈儿子（前排右一）陪同宁波友人前往磐安县鸿露山庄看望
兵妈（前排中）

杨小青 摄

静谧又凉爽。二是全村不见一只苍蝇蚊子。这对于夏秋季节屡屡遭遇蚊子叮咬却又无处藏身、食物频频受到苍蝇青睐的人们看来，这样的稀奇之地实在太好太好了。而这个中的原因许多村民也说不清楚。我在此休闲陪伴兵妈的几天时间里，从早到晚确实不见鸡飞狗跳的场景，裸露的手和双腿从未被蚊子叮过一次，也多次问鸿露农庄的老板，对此他也困惑不解，无法解释。那天中午我做了一个试验：把一些剩菜剩饭和切开的几片西瓜放在农庄院里的垃圾桶里，半小时过去了，走近一看，连个蚊蝇的影子都没有。哈哈神了，这真是一个避暑养生的上佳之处。

村口古香古色的村门告诉人们，这里是一个有着历史传承的村落。山村周遭绿树成荫，村中小溪流水潺潺，宛如天生丽质氧吧。如诗如画般的环境，让人有置身于仙境中的感觉。当时实地考察后，坚兄灵感一现，当即赋文一篇，题为《桃花源记》：

戊戌年夏，永康人定居宁波采访为业。适母病初愈，欲觅一消夏之所，庶往居之。忽闻浙中磐安有古镇名双峰，夹大山之谷，潭深木秀气候宜人，有农家山庄虚席待客，遂欣然前往。宁波驱车凡三小时，到达双峰，下车缘溪行，适逢夜来暴雨，溪水疯涨，迭闻瀑声如雷，见一道雪练界破青山，将山前公路拦腰斩断，浪花喷涌蔚为壮观。小心涉水续行，渐忘路之远近。忽逢一块巨石，上镌桃花源三字，中无杂树，芳草鲜美，落英缤纷。永康人甚异之，复前行，欲穷其途。途穷路尽便得一村，村有小道仿佛羊肠，初极狭，才通人。复行数十步，遇小桥流水，渐开朗，土地平旷，有山庄客栈，屋舍俨然，兼良田美池桑竹鱼塘之属。阡陌交通，鸡犬相闻。其中往来种作，男女衣着，悉如农人。黄发垂髫并怡然自乐。见永康人，乃拱手作揖，问所从来。具答之。便邀还山庄，设酒杀鸡作食，时令蔬菜，并玉米番薯西瓜梨桃，均离土新摘，味极鲜美。山庄楼高四层，有杭州客人先此入住，闻有新客，咸来问讯。自云此村乃养生福地，冬春皆宜夏天尤佳，四年前即率妻子来此度夏，不至秋凉不复出焉，两三月间与外人间隔，乃不知有汉，无论魏晋。父母耳聋重听，永康人乃一一为具言所闻，父母闻知连连首肯，愿依客言在此长住消夏。停数日，永康人辞去。此中人语云："恐知者多，不足为外人道也。"

末了，坚兄还称吾兄上尉乃东阳市横店官桥陈氏后裔，高尚士也，闻之，欣然欲往。欲知后事，且听下回分解。然后月余已过，坚兄的下回分解至今未出，看来我得抽他一鞭，那厮才会提笔再续。

七

兵爸对兵妈疼爱有加，心表多于言表。这对老兵夫妻，六十多年来风雨同舟、同甘共苦，老两口早已心脑联网。兵爸虽话语不多，但关爱老伴的起居饮食和康复，倍加用心。年近九旬的他，更是六十年如一日，始终是呵护体贴兵妈的护花使者，是真正的执子之手与子偕老的模范老伴。在这饭来张口、菜肴飘香的度假村休养，这些清一色无任何添加剂和农药残留的饭菜令人胃口大开，兵爸顿顿可吃两碗香喷喷的大米饭。我几次前去看望兵妈后，有一个印象非常深刻，且令我惊讶不已：每一位在此避暑度假，或疗养游玩的客人，每人每天的费用只收60元人民币（包括吃住在内），整个村子里的近四五十家农家乐全都是这样的统一价码。从来没有发生过恶性竞争、挥刀宰客的事例。其实，诚信与薄利正是这些厚道村民的经营理念和一张外销名片。

每当兵儿子前来探望，笑容满面、双侧脸颊丰润的兵妈喜滋滋地自掏腰包，嘱咐大表姐备好面粉，她老人家即刻大显身手，展示她从军至今一直引以为傲的调馅包饺子厨艺，说晚上请同住客人们一起品尝，顺便好好犒赏一下我这个兵儿子。喝一碗小粥甜在心里，缺荤少油的绿色农作物，加上充满负离子的空气、清纯的山泉水和农家种植自留的地作货，入住二十多天的兵妈在此养尊处优，怡然自乐，体重竟然增加了五六斤，而血压和各项指标均很正常。面色显得更加红润，左脸颊上先前因手术和放疗留下的疤痕几近消失，露出新长出的光洁紧致的肌肤。一切迹象显示，这个威胁兵妈健康之身长达半年之久的外来入侵之敌，已被兵妈由内向外沉着冷静地调动体内良好的免疫系统彻底击溃了。兵妈运筹帷幄、处变不惊的抗击打能力实在令人神往赞叹！爱显摆的兵妈，似女皇般的骄傲高贵。就连六七十岁的女性也自叹不如，不知内情的人哪会知道这竟然是一位大病初愈、正在康复中的老兵奶奶？前往度假村看望过她的一位叫阿玲的女作家称：

　　　兵妈"越来越花"
　　　心态打破年龄
　　　同龄人的楷模
　　　年轻人的榜样

原鄞州区人大办公室崔主任夸她是 84 岁年龄，48 岁心态。

日出而作日落而息，是兵妈兵爸长期以来坚持的好习惯。晨练时兵爸这舞枪弄棒的招式还真不容小觑，他头脑清醒、思维敏捷，老兵的身板硬朗依旧，军人的处事方式从未改变。二老起床后一起晨练一起用早餐，午休后一起娱乐消遣，晚餐后一起沿溪散步。然后在朦胧的月光下随着舞曲踩着轻盈优雅的舞步，引来众人惊羡不已的注目礼。我曾笑对兵妈："难怪当年朱德总司令下部队时，还邀请您一起跳舞呢。""儿子啊，看来老妈以前没和你说起过的秘密，你也知道得不少呀！"兵妈乐呵呵地如是说。那天傍晚，我和坚兄陪伴兵妈在下榻的农家乐小院聊天时，不经意间我抬头发现这鸿露农庄的招牌名字令我拍案叫绝，这不是鸿运显露的寓意吗？恰巧和兵妈姜露君的名字相关联。不错，真是歪打正着，妙极了。兵妈和坚兄听后也啧啧称奇，齐称煞是有缘，心情颇佳。我细问坚兄得知，这里的度假村农庄六、七、八三个月可谓一床难求，发现这家农家乐刚好有客人退房，有几张床位尚未订出，所以就马上安排二位老人住了进来，入住 20 多天，还真没去在意这块招牌和兵妈这么有缘呢。

坚兄和兄弟们平时总爱以上尉称呼我，和兵妈一起时我俩常常或华山论剑、唇枪舌剑，或互相调侃，一番较量下来，我虽未拳脚相加，还真别说得胜概率颇高。犹如秀才遇到兵，此兵非彼兵。兵妈对我更是喜爱浓浓的。那天坚兄将上一幅陪妈聊天的照片发给我后，又让我抓到了攻击的炮弹。我当即微他：你躺得悠悠自在的，八旬老妈却只能靠坐边上，你想说明什么？上尉不在你又嘚瑟了不是？礼貌礼仪尊老敬老呢？你、你、你嘚瑟吧，等上尉一到有你抱头鼠窜的时候。坚兄马上补发照片一张回复：嘿嘿，听了上尉的话，本厮已吓得屁滚尿流，现已立马改正。我继续调侃：要是中国的电视媒体领导都能像坚兄这样知耻而后生，敬畏高悬头顶的达摩克利斯之剑，躺椅让于妈，自己坐粪堆，那厮就不必再仰天长啸而呐喊了；上尉不在期间，你对老妈的话和吩咐必须令行禁止，假如你一旦有任何异动，上尉这边立马八百里加急，快速杀到，对老人家的指示不要应答干脆，执行不力！坚兄马上回复道：上尉放心，我必须俯首帖耳。我俩就常用这样搞笑的方式替兵妈充当开心果。

八

我因前些日子为新书出版，需要长时间校对和审稿，左眼半年内连续充血致眼睛淋巴管循环不畅，反复阻塞。为一劳永逸了事，经坚兄介绍，遂于7月3日在宁波市第二医院眼科中心进行手术治疗。术后恢复如初，但在我护眼保养和手术期间，兵妈三天两头来电关心问候，天天心生惦念，我越说得若无其事，兵妈就更要坚兄过来看个明白才能放心。真是让我感动不已。

"来，我的兵儿子！你也来试试，噢，戴上这个很可爱哦。"兵妈把她手编的一顶七彩皇冠给我戴上后笑着说。兵妈年轻时就是女红巧手，她活到老学到老，电脑手机和 Wi-Fi，微信 iPad 样样懂，自购服饰衣裤和鞋帽，什么淘宝天猫和京东，全都一键能搞定。在度假村她和闲不住的大表姐闲暇之余，也经常帮助老板做点小手工活计，既怡情又有一番情趣！我和坚兄每次到度假村都和兵妈住同一间房，早上起床后我叠好"豆腐干"得到兵妈点赞后，又会引起坚兄的羡慕嫉妒恨。周边的一切新鲜事物和有趣事情，总会引发兵妈童心未泯的好奇心和搞笑逗乐的场景。几位随同我和妻子一起前来看望过兵妈的友人夸赞兵妈：上尉，你的兵妈真是老年女性的一面旗帜呢！

　　早餐后的休闲时间，兵妈成了度假村广场舞的领舞大妈，这一扭一摇绝对是专业水准。晚间在农家乐小院的溪边乘凉是非常惬意的享受，当然同是军人出身，兵妈的天平总会向我略作些许倾斜，秀才出身的坚兄只能靠后练习大鹏展翅，敢怒不敢言。嘿嘿，兵妈由内向外延伸的优雅气质，使她成了度假村里五六百个退休后在此避暑休养的老人们中的明星人物，每当得知我要前去看她，兵妈都会逢人就说我的兵儿子明天要看我来了。而悠闲自在的兵爸不时与人搓麻将或下棋博弈，精力充沛得连我辈都深感敬佩，常常可以和年轻的对手半天战犹酣不起立，在一旁的兵妈偶尔兴致上来，也会马上转换角色，由观战直接变为参战。在两个文武宰相似的儿子左护右卫和美女们的簇拥下，爱显摆的兵妈显得靓丽又自信。老人家从骨子里散发出来的优雅高贵的气质，令人啧啧称奇，很多到此看望她的亲朋好友和前来避暑度假的游客们都会纷纷与她合影留念。晚年的兵妈到哪都是一道最靓丽的风景线，如同令人惊讶羡慕的模特，在任何公众场合，她令人惊叹又诧异的气质气场，总会博得无数眼球和较高的回头率。

　　那天，兵妈和前来度假村看望她的一群宁波中年女性朋友合照留影。88岁高龄的兵爸左手捏着他事先写好的蝇楷小字备忘录，正在对临行前的儿子进行"双规"教育，还以老兵的口吻面授机宜，要求儿子返回宁波后必须在规定的时间、规定的地点把他叮嘱的事情办妥，不得有误。坚兄老老实实，只能照"旨"执行。

　　7月29日早餐后，我要驾车返回宁波，兵妈依依不舍地在村口与我话别，嘱我多联系，多来看看她和兵爸，注意保养好才手术不久的左眼，受过

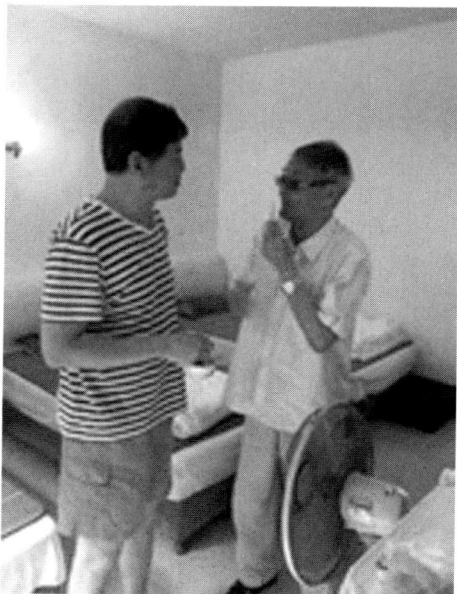

兵爸和他的秀才儿子　　　　杰宁 摄

伤的腰部不能太受冷……浓浓的母子之情令我热泪盈眶。

九

敬礼！光荣的前辈老兵，我们引为骄傲的兵妈兵爸。2018 年 8 月 1 日早上，坚兄按照我的建议，在度假村一条小溪旁的空地上，向兵妈兵爸致以建军节的崇高敬礼！二位中国空军的老兵怀着激动的心情，以标准的军礼予以还礼。你还真别说，未当过兵的坚兄这个军礼还敬得像模像样的。看到兵妈兵爸这对奔 90 岁的伉俪，生活态度仍然如此乐观，情趣依然如此丰富多彩，很多在此度假养生的六七十岁老人都既羡慕又叹息着说，要是自己能有幸活到这个岁数还能如此精神饱满该有多好呢！

是的，大病初愈的兵妈如同这山村夜空明媚的月亮那么圆满，那样美好，那么耀眼璀璨，那么祥和清晰，把生命诠释得如此通透壮美！祝福您，我的兵妈，愿您康复如初，永葆童心，康乐长寿！您的百岁不是梦，您是人们人生路上的好榜样，您不光是众人钦佩的抗癌明星，您是所有女性的楷模！您是中国女兵最铿锵的玫瑰！爱您——我永远的兵妈！

正值此篇文章三校完毕，行将收笔，我正想给兵妈去电告知，今晚就可将此文发她过目阅读。却忽接兵妈来电：儿子啊，你的文章完成了吗，老妈天天盼着阅读你的美文呀……真是心有灵犀一点通，看来兵妈和我的脑袋也已联网了，嘿嘿！

此文编辑校对完毕，已是 8 月 6 日下午 4 点了，我立刻在第一时间发给兵妈阅读指正。不承想老人家竟饶有兴致地把图文并茂的这篇长达近一万八千字的文章，逐字逐句地一气读完了，还在电话里告诉我今晚还要继续细读，然后再转发给她的老战友和亲朋好友一起分享。兵妈还给我发来一段情真意切的点评：儿子，我的兵儿子文武双全，图文并茂美不胜收，这篇文字太好了，可见我的兵儿子花费了好大的一番心意，使老妈非常感动。这么大热的天，真难为了我的兵儿子，老妈为有这么一个知疼又知心又有才的兵儿子感到幸福，感到骄傲。我能有你这样的一个好儿子，老妈感到是我的三生有幸，我的病能恢复得这么快，与你们的精神支持有很大的关系。最后老妈要说，兵儿子老妈爱你，望你多保重自己。兵妈的这番话让我感动至极，兵妈真的好棒！

　　8月7日是立秋，兵妈一大早又发给我一段感慨：这儿四周群山环抱，村中炊烟袅袅。小河流水潺潺，鱼儿水中欢跃，鸟儿林中唱歌。天上白云飘飘，深山雾气缭绕。蝴蝶花中飞舞，我的心儿醉了，神仙也奈何不了。儿子荣华文笔高，美篇做得如画报。图文并茂入肺腑，字字句句如珠玑。儿子公关数第一，放疗科内逞英豪。每天放疗排长队，儿子把关攻下了。老兵优先老妈做，不用排队受煎熬。平时嘘寒又问暖，爱心早餐送来了。问安每天一电话，老妈感动热泪抛。不远百里来探望，嘱坚好好来照料，若是坚儿做不到，上尉儿子定不饶。老妈有儿来撑腰，乐得心里哈哈笑。

2018 年 8 月于宁波

实录杂记·兵爸是个不倒翁

一

2018 年 9 月 1 日 兵妈一早给我发来了她老人家自己写的一首打油诗：

人生如梦又如歌，酸甜苦辣尽蹉跎。又吟流年曾几何，多少欢笑多少泪，谁解其中对与错。随遇而安度余生，虽然秋燥惹人烦。儿孙孝顺母心安，闲庭信步秋色装。几朵莲荷开妩媚，淡然素雅花四香。

10 月 13 日 上午和坚兄一起陪兵妈兵爸去海军某汽车营参观，王营长等营部首长专门派人接待陪同和介绍，他们非常热情地与这位老兵妈妈一起合影留念。中午我们在外面用餐，回家后我给王营长发短信表示谢意：王营长好！二位老兵前辈今天上午很开心地参观了营区和战士们的内务卫生，老人家看到营区宿舍整齐划一，条块结合，窗明几净。她说，营区面貌和后勤保障生活设施齐全，环境优美，值勤哨兵精神抖擞。部队装备和整个营区干净大气，与她们那时的空军基地所处的艰苦环境真是天壤之别。兵妈还说，今天陪同接待的王干事和李副营长热情有加，欢迎你们节假日过来聊聊天。王营长回复说：好的，谢谢，今天家里有点事情，没有全程相陪，请多包涵。我们今天的一切都是老一辈为我们打下的基础，对老前辈老首长和您表示敬意！下次也一定去拜访您！祝两位老前辈身体健康！祝您工作顺利！祝你们全家幸福！兵妈说：谢谢儿子让老妈老爸度过了一个非常有意义的周末，回来后心情愉快，一点也没有感到累。

10月30日　昨天兵妈兵爸为一件毛衣外套闹脾气口角，老两口都很倔强。兵妈还向我和坚兄告状说，老爸还动手推搡她。今天上午我先去凤凰新村看望老娘后，马上赶到兵妈处哄劝二位老人。见到我后，二老都争先恐后地向我诉说对方的不是，大倒苦水，还把陈年的烂谷子芝麻事都翻出来叫我评理。如同老小孩、老顽童一样，全都把我当成了可以拍惊堂木的县太爷了。经我一番和风细雨的开导，再给兵妈酸痛的左肩推拿后，二位老人横眉冷对、剑拔弩张的搞笑态势随即缓和下来。兵妈像个得胜而归的母后，兵爸也觉得我这个兵儿子的话他爱听，也就悠悠闲闲下楼上街办事去了。我也立马告诉坚兄，警报已解除。哈哈！老人不光是宝，也是老小孩，确实不假。

11月1日　今天上午，我、小华及小李、小黄，和坚兄一起陪同兵妈兵爸、坚兄岳父母共十人，前往东钱湖边的易中禾仙草园参观，并在仙草园内为兵妈办了一个隆重的生日宴，其间大家还为兵妈兵爸表演了几个拿手的节目，搞得四位老人非常开心，个个笑逐颜开。晚上兵妈又微信我：儿子啊，老妈今天太开心了，从来没有过过这么开心的生日，老妈有你们真好，儿子的单口相声真是笑死人！

11月8日　下午去看望兵妈兵爸。兵爸每次见到我总是很开心，兵妈也会把各种轶事趣闻滔滔不绝地告诉我。今天看到我为她带来了结实耐用又舒适的藤制太师椅就更乐呵呵了，她说这太师椅正好换掉原来已经出现好几个破洞、坐上去随时会倾斜翻倒的旧藤椅。"儿子你考虑真是周到。这椅子先老妈享用，这把旧的调给你老爸用吧。"老妈不容商量地说，还叫我给她拍几张坐在太师椅上的照片，她要发给远在新西兰的孙子小铁，还要给正在外地出差的坚兄和她南京的弟弟以及其他亲朋好友显摆一下。

11月13日　今天一早兵妈微信我，说坚这夜猫子晚上总看视频影响我，我要让兵儿子教训他一下。我开玩笑说，那就成立一个清官能断家务事和事佬法庭，我来当判官训诫一下坚兄吧。兵妈马上说好：兵儿子该替老妈主持正义！我的兵儿子不愧是当兵出身，雷厉风行，马上立案调查，把坚的"犯罪事实"记录存档，看这夜猫子还敢再犯？坚兄知道后连忙说：对，对！罚无期徒刑，对母后终生服侍永不减刑。下午，我把坚兄进出诺丁汉大学的通行证从保卫处领来交给坚兄，以方便他进出校园健身。本来明天上午想陪兵妈去章水镇茅镬古村游玩，后来坚兄说去年已陪老妈老爸去过这地方。

11 月 18 日　上午，我正在擦洗家里南北两边的几扇大窗户，突接坚兄来电，他急促地告诉我老爸突发中风（事后确诊为急性脑梗伴偏瘫），正叫救护车送李惠利医院呢！

我和小华闻讯后当即驱车赶往李惠利医院，几乎和救护车同时到达医院急诊大厅，急诊科的医护人员不愧是训练有素、临危不慌的专业人员，反应非常迅速，应急措施得当，立即开通绿色通道，一切手续简化。氧气及心电监护仪立即用上，抽血化验和各项检查也有条不紊地展开。兵爸此时已不能动弹，他神志不清，对呼叫无应答，右手臂内屈无法平伸，身体右侧瘫痪，右腿无触觉并伴有尿失禁。

据坚兄介绍：老妈上午九点钟去看父亲，发现他在被窝里双腿拱起，双手在头上做梳状向后拢，这是他在床上的日常健身活动。十点半左右再去看，父亲闭目似乎又睡去，或在养神。

11 点钟，母亲忽急声唤坚兄，她发现父亲将小便拉在了床上，人也神志不清了。坚兄赶紧跑过去大声呼唤，父亲睁开眼怪笑了一声，眼神却并不回应，情形明显不对。扶起父亲时，发现他身子沉重已经失去知觉。

坚兄说父亲本来就是残疾，双耳重度神经性耳聋，一只眼睛早已失明。现在又加上了右边偏瘫、失语、小便失禁和吞咽困难——坚的父亲只剩下了半个。坚兄还感慨地说：值班男医生赶到，立即开出 CT 检查单。我们几乎同时认出对方，原来是主治医生宋飞，就是父亲两年半前初发病时的主治大夫。宋飞还记得父亲当时唱过俄语歌，他反复询问发病经过，判定父亲送院及时，应在最佳治疗效果期内，建议立即注射一枚进口的急用溶血针剂阿替普酶（5000多元一枚）。

阿替普酶主要用于增加静动脉血流量的扩张和加快血液循环，尤其对溶解血栓效果颇佳。虽可能有副作用，但此时溶栓效果最佳。我俩短暂商量后决定立即使用。

针剂通过延时针筒缓缓推进兵爸体内，医生嘱咐随时观察父亲有否出血症状。我和坚兄不时打开手机电筒照射，观察兵爸状况。

坚兄在永康老家的大表妹小青得知情况，当即收拾东西离家打的去了火车站，因高铁票售罄，她马上转乘长途大巴前来。小青以前也是中医院的护士，比较懂医。

按医嘱，我和坚兄赶紧去办理手续、缴费、开化验单、登记病历，中午在急诊室度过。妻子小华陪兵妈守在兵爸床边，直到下午3点半护士来通知入院，暂住5楼一间六人病房。下午4点半小青赶到了医院，我和妻子才离开并将母亲送回家。

坚兄晚上告诉我：老爸住的六人病房像是菜市场，6个病人挤在狭小的一间病房，共用一个卫生间不说，还有6个护工24小时陪护，加上诸多病人家属，病房成了一个大鸡笼子，塞得紧紧的让人透不过气。凳子少只好站着，临时请了一位女护工负责24小时照看。

今天天公不作美，晚八点半回家时雨还在下。坚兄日记里说："雨水迷离的车窗上/照映着城市里的喧闹/还有这破碎揪心的冬日时光。"

忙碌一天后，晚上临睡前我把今日在医院的所见所闻一气呵成，写下一篇随笔：《急诊感慨》。发给坚兄后，他调侃道：感觉东阳陈中正（指我）日记确有极大的史料价值，且文笔精彩，绝对值得日后出版，文章细腻生动又洞察世事，人间百态尽在方寸之中！此文数张照片必须窃为己有，放入个人美篇，以备将来查考。

11月19日 坚兄发微信告诉我：下午在家午睡后，老妈准备衣服花了整整二十分钟，里边是灰色的羊毛衣，外面是雪花呢子的崭新大衣。挑丝巾又花了很长时间，先挑了一件蓝白色的，后来觉得都太素了，又挑了一件带红色的。因为他的兵儿子昨天在医院里跟护士们面前夸赞过她，她今天又要刻意显摆，所以穿得花枝招展的才满意出门。到了病房，老爸的样子很兴奋，嘴里的声音比昨天明显丰富了很多。喂了蜂蜜水一小杯，吃了橘子半个。跟老爸对话，有一些可以听出他的意思，有笑声和不满。解小便一大袋，中间几次要用手摸下面。不得已又要捆手，他不肯，又给他解掉。右半身手和脚比昨天有明显的意识，会动。给他按摩手脚一个半小时。每次捏他的右脚小拇指和次脚趾时，他的脚都有明显上抬和做劲的反应。原本严厉与漠视的眼神，今天明显柔和了很多。小青问他姜露君在哪里，他左手抬起来用食指指向老妈方向。又问应坚在哪里，又用左手指指向坚的方向……不错！与昨天刚入院时全无知觉相比，现在意识正在逐渐恢复。

坚兄让我一起谋划一下兵爸的下一步康复，以及老爸万一不测之后的后事安排。坚兄还说，他老婆想要从新西兰回国来照顾，他和兵妈都表示不用。原因是家里拥挤，她也不擅长照顾老人，帮不上什么忙。他说尤其是身边有你们诸位兄弟好友倾力相助，就让她不要顾及面子，不用回来。他老婆回复：谢谢你们的体谅和理解。谢谢你们。

坚兄微信说：岳父母已回到宁波，我晚上夜学后赶过去汇报。以上情况请记入老兄日记，以备日后查考。兵妈上午也告诉我：儿子啊，昨天亏了你和小华赶来，否则我和坚还真有点应付不过来，昨晚坚告诉我说，昨天是你老妈的生日，我和坚冒昧地把你和小华叫过来帮忙，太对不住你老妈了，代我向你老妈致以歉意，并祝她老人家生日快乐，长寿健康。遇见你这兵儿子真是老妈前世修来的福，让我今生遇见了你。难怪坚丈母娘嫉妒，说我好福气。我告诉兵妈，这是天注定的缘分，您前世是我娘，今世是坚的妈！兵妈很开心地说：对对！

我问兵妈：小华要我问一下您要吃白木耳什么的她会炖好送来的。兵妈说我家还有很多白木耳，别让小华麻烦了，替我谢谢她，小华这媳妇想得真周到，会体贴人。

兵爸今天已转入六楼五床的三人病房，比吵吵嚷嚷的大病房安静许多，用于抑制中风和脑出血的尤瑞克林也用上了，先开了七天的用药量，医生说待观察药效后再作调整。但兵爸今天的状况比昨天还是有明显的起色，这让我们稍微松了口气，也让坚兄绷得紧紧的精神状态得以缓解下来。他的岳父母今晚也从外地回到宁波，但愿兵爸明天能更好，早点挺过这一劫。不到三年时间兵爸就两次中风住院，而且都遇到阴雨天气。阴冷对老年人尤其心脑血管病人，不啻为第一杀手。

小青不愧为资深护士出身，护理经验丰富，对兵爸感情深厚。她每天坚持为兵爸翻身拍背，接尿擦身，换衣喂食，指挥护工洗头洗脚，不间断地给父亲按摩肌肉，舒筋活血。有她在医院，大家心里踏实了很多。

看兵爸今天意识和精神状态不错，我也像武林高手一样，用了很多招法逗乐他，给他各种耍宝搞笑，以刺激病人神经。兵爸虽然耳朵失聪，左眼失明，右眼视力模糊，语言功能不全，但被我这样一逗也似孩童般，不停地咧嘴冲我们笑……

由此我想到，生命机能的自我修复能力和潜能有时是无法用常理去理解，在兵爸身上出现的佐证绝对是令人惊叹和不容小视的，发病期间众多亲人不同面孔、不同声音的呼唤，对激活他的视觉、听觉和皮肤触觉起到了药物无可替代的作用。每天不一样的刺激也促使他的脑子不断地增强记忆思维和思索回忆，从而使原本快速下降的身体各项体征指标不再衰竭，很多指标不降反升，出现良好的重启迹象。有时西医太（科学）唯物了！把人当成一个复杂的装置……看病全靠物理化学及微机控制的各种仪器。离开了望闻问切，离开了这些仪器测出来的理化指标与生物学生理学的指标，医生就不会看病了！悲哀悲催的悲剧……

11 月 20 日　今天又是阴雨天，坚兄一早就去了医院等候医生查房。他说是戴主任领头，宋医生及一批小医生（两个印度女实习生）随后。戴主任说，父亲脑 CT 显示尚有大片病灶，短期恢复恐希望不大。因兵爸吞咽困难，建议插胃管，避免食物呛咳入肺引起感染。医生走后，小青坚决反对插胃管，她举了自己姐姐偏瘫的例子，认为兵爸完全可以自主恢复吞咽（事后证明这一决定无比正确）。

坚兄的岳父母外出访友已从丽水回到宁波，晚上单位夜学后坚兄赶过去汇报情况。老人很惊讶，世事难料，前后才几天情况大变。

11 月 21 日 下午四点半，我和小青及护工一起，把兵爸从病房送到一楼南侧的核磁共振室外等候检查。今天兵爸的右手比起之前看到的灵活了很多，能够抬起来并且轻微活动。右脚也能抬起一些，说明患病的半身并未完全不遂。情况鼓舞人心，除用药之外，这几天小青对他的按摩也发挥了较好的效果。等候没多长时间，坚兄也及时赶到了。走廊里人满为患，大屏幕前人头攒动，大家都围在一起，焦急地等待叫号。兵爸静静地躺在担架上，等待一台名为核磁共振的成像机器对他身体的全方位监测研判。在这个严寒而孤独的冬天，他像一只身负重创的老兽蹒跚着倒下，然后被抬进一个未知的洞口，在那里躺下来，等待命运的安排。未来，似乎一片暗淡。

11 月 22 日 兵妈今天的心情与昨天判若两人，兵爸昨天的核磁共振检查结果还算不错。今天他的状况远远超乎我们的预期，兵妈告诉我：儿子，老爸今天的情况更好，吃了两小碗饭，给他弄了骨头汤蔬菜汤，还想到把假牙装回去，一切都很好。但医生说做脑核磁共振发现，昨天血管儿大的一定通了，现在就想这些小的点儿上的小血块也那样慢慢儿冲淡就好。看样子老爸的这一关又闯过去了，老爸有九条命啊，老爸说的他不会死在我的前面。我宽慰兵妈：这些令人欣喜的变化太好了，有我们保驾护航您就一百个放心吧，我说过您和老爸的百岁不是梦！她也开心又风趣地说：儿子！这可都是你们的功劳啊，要不他不会好得这么快。他现在见到你们去看他围着他转特开心，等孙子小铁回来以后他肯定更开心了。儿子我跟你讲啊，这些天他发病以后我还很寂寞，没人和我斗嘴吵架了，我反而感到寂寞啦。他不会走的，他得陪着我！

11 月 23 日 昨晚累了一天的坚兄和小青回家后，不顾劳累还把兵妈兵爸的房间和客厅书房里里外外地整理一遍，打扫得干干净净。还把很多占用空间的杂物和家什、旧书籍，以及容易发霉生虫、滋生细菌、污染室内空气的破碎东西，清理出几大堆，全都扔进了垃圾桶。坚兄想着让儿子和准媳妇明天一到便看到一个干净的奶奶家。谁知老人家旧物不用但爱放着，很多东西不舍得丢弃，这心态也许是节俭与喜欢怀旧两者皆有，有些东西她不高兴坚兄未经她同意就扔了，就数落了坚兄好几句，弄得坚兄吃力不讨好，有点郁闷……他向老佛爷示威："我要向您兵儿子告状！为我讨回公道！"

我接到微信后就有了有趣的对白："哈哈，秀才有傲骨，在家使不得，哪怕你身心俱疲，也得常记：老人得哄！"坚："我发给老妈，她说等着瞧，我兵儿子肯定把你训一顿！"我："笑死我了，她明天一早肯定会给我通报，不过在你我这样的年龄段乃至往后的岁月里，如还能给父母摆上生日蛋糕绝对是福分。妈在家就在，妈离家即消。我说得对不？"坚："谁言寸草心，报得三春晖！"果然今天一早兵妈就发微信给我："向我的兵儿子告我的状？老虎不发威还当我是病猫啊！"我后来电话劝说老妈："怎么了？您消消气，今天阳光灿烂，俱有喜态，小铁就要到家了，这是给家中带来喜气呢，真是个好日子呀！老妈该要开心才是！要大人不记小人过，况且这些日子我这秀才兄弟也实在是累坏了。老妈您放心，秀才如对您有横眉怒目之举，我马上会予以训斥。"这下老人家高兴了："就是啊，有我兵儿子在老妈怕谁？我早就不生气了，他已讨饶了，胳膊扭不过大腿，与老妈较劲没门！嘻嘻嘻，秀才儿子说我脾气见长都是你兵儿子给宠出来的。"我说："老妈您今天得穿戴洋气点，让孙儿和准孙媳妇瞧瞧您的精气神还是去年八十今年七十。"她更开心了，说："好！听我兵儿子的，老妈今天一定打扮得漂漂亮亮的，像猪八戒二大妈一样，给我准孙媳来个惊喜，哈哈哈哈！"我接着又说："老妈，秀才和小青很辛苦，您得给予首肯呢，我等会儿过来看您!"她马上说："好的，我会给他们做好吃的补充能量，明天另一个护工来了他们就解放了，那个护工是我的山东同乡，很勤快，能吃苦，以前在小青的那个医院护理过她婆婆十年，经验丰富。"

上午我洗完车随后就去兵妈家，老人家显得容光焕发，和我唠叨了不少，我说秀才昨晚整理后这房间可干净整洁舒适多了，特别是把脏旧东西和晦气都扔掉了，多好! 老妈马上说是的，我早就要扔了。今天孙子携女友从新西兰飞抵宁波来探望老爷子，她显得格外开心。聊到兵爸这几天身体机能可喜的恢复迹象，兵妈与前几天沮丧担忧的神情判若两人，又说你老爸不在家我这心里还真是空落落的。见她心情好，我也联想到兵爸在家时常对我们过分袒护兵妈、一斗气就拉偏架的做法颇有微词，心里也憋屈得很。他也想从兵妈这里分享一杯羹，争得一份宠爱。小青也这样和我说过，还真别说难怪我每次进入家门，兵爸总会从阳台到房间，从客厅到厨房，兴高采烈与我套近乎，用含糊不清的言语不停地和我叨叨着，不时递给我香烟、巧克力和鲜奶;又用肢体语言向我表达他对兵妈的在乎，以及被误解的郁闷! 想到这些，我就给兵妈敲起了边鼓:老妈您看呵，老爸恢复得一天比一天好，不久就能出院回家了，为了他的功能康复尤其是语言功能，您最好多和他唠唠嗑说说家事，夸赞一些他的做事成效……"好的好的，我肯定会的，等小铁回来以后他肯定更开心了。"兵妈很快满口答应了。

上午坚兄说:"儿子到香港了! 他提出来想请叔叔阿姨们吃顿饭表达谢意! 臭小子还算有诚意，我看后天周日晚上较合适，你们没安排吧?"我说:"好啊! 这个我没意见。"

坚兄近期像个陀螺连轴转，我赠他两句话:秀才负荷似樵夫，坚如祥子尽孝道。他立马褒奖我:两句诗太棒了! 我调侃说，谢谢大秀才的认可，以后谁再说俺是炮筒子我就跟谁急! 俺盼星星盼月亮，今儿个终于等来你这个秀才的诏书:炮筒子摘帽!

下午我先到医院看望兵爸，老爷子今天见到我，居然笑着能吐出一个清晰的"荣……"字，小青说他一下午都在盼着孙子出现呢。

很快，坚兄带着兵妈和儿子及准媳妇进入病房，出现在兵爸的视线里，那个场景真的太激动人心了。

11月26日　兵爸近几天情况尚可。小铁昨晚请我们在外一起用餐，饭后坚兄因劳累加走神，回家时与他人车辆相刮擦，还好人未伤。后来小青发我短信说，秀才遇到你们真是上辈子积福了。谢谢！我回复：你别这样说，我们都是自家人，有缘也是幸福，你更是辛苦的模范。她回复：坚这个秀才心事太重了，所以刚才他车子一和别人相碰，在没经过他同意的情况下我先打了你的电话。坚现在也说让我谢谢你。他说他现在真的没精力，大恩不言谢！我们都会记着你们的好。我说小事一桩过去就行了，主要是我习惯遇事不慌，所以关键时刻我要是也在，他就会胆大放松一些，你和兵妈也早点休息吧。今天下午我还在坚兄办公室开导他别太心累，对老爸老妈有孝有爱就行，不必为过去之事而自责。

11月27日　下午洗完车后我接上坚兄、小华、小青和小铁及其女友，陪兵妈到博美养老院和康复医院考察，考虑到兵爸病情难料，众亲友都建议未雨绸缪提前先作些考察。位于奉化江边一处博美养老院，地方不错，双人间很宽敞，病人带一个24小时护工两人自住，一张床2600元，加护工床位，吃住共5200元。护工月工钱6000元，加起来每月11000元。

其间又去隔壁博美康复医院看了一下，说是医保医院，其实是为博美养老院作配套服务的。这里配有全科医生专业治疗加病人护理，病人发生任何病情可以随时就医甚至抢救。第二，这里使用医保卡可以报销病人正常医疗费用，连床位费都大部分报销，这样兵爸的医保卡可以最大限度发挥作用，既省钱又安全还有医疗保障。在详细询问了具体的入住条件、护理要求与医保卡使用及相关费用，参观了一些康复、痴呆和自理病房后，众人意见不一，待回家后再作定夺。

11月28日　上午去医院看望兵爸时，感觉他的语言功能又比前几天好多了，能听清好几个词语了，出来后坚兄来电请我马上去他办公室商议下一步事情。到他办公室后坚兄向我大叹苦经，说自己的诸多想法始终无法让老妈理解接受。尤其是他很想让老爸在家康复养老，但又觉得说服不了老妈，这几天他与兵妈常为琐事争吵，而兵妈又坚持己见，甚为强势，这让他苦恼不堪。我安慰好坚兄后马上去兵妈家，刚好小铁和女友二人都在包饺子。遂与兵妈和风细雨聊上几句后，马上切入主题，从多个方面说明兵爸出院返家恢复和护理的种种好处，我既柔中有刚，又切中要害，兵妈无理由反驳，最后她只好顺水推舟，频频说好，同意兵爸出院后先居家康复。把母后搞定后我即刻告诉坚兄：行了！老妈已满口答应老爸回家康复，平安无事了。坚兄说那太好了，他终于如释重负了。晚饭后，为了让兵妈坚定兵爸回家康复的决心，我决定趁热打铁，再加点火候，又赶到兵妈家，事先我关照让我医院的一位好友辉哥用普通话和我说：一、你老爸目前的状态，尤其是神志和语言及思维恢复不错，非常适合回家康复。二、敬老院和康复医院是没办法与你们亲情关怀比较的，他们适合神志糊涂病人，都是大众化的手段，清醒的病人会有被囚禁的感觉。三、家离医院这么近，配药和检查都可对症下药。通话过程我开好免提让兵妈听，然后和辉哥一唱一和演起了双簧，效果颇佳。老妈事后还说这医生说得很对，很关心，就是回家康复好处多。耶！兵妈今天还告诉我：儿子，今天秀才的岳父母来我家吃饭，我把你写的《回眸觅玉》给他们看了，他们说写得太棒了，图文并茂，令人感动。要我送给他们一本，我告诉他们，对不起，这是我这兵儿子为我独身打造的，没有备份，后来他们问我在哪里买的，我说不知道。

12月3日　从十一月三十日到今天，我和小华及坚兄陪同兵妈去永康，参加坚兄的中学老师黄绍良先生从教六十周年音乐会。坚兄担任主导演兼晚会主持，音乐晚会开得很成功。黄老师的音乐作品涵盖歌曲、戏曲、歌剧、器乐等多种门类，其中像《小小永康走天下》《五金之乡咏叹调》等黄老师作词作曲的作品，代表了永康音乐创作的最高水平。作为一名资深音乐教师，黄老师在永康文教界也是一位颇具争议、褒贬不一、特立独行的教师，他一生跌宕起伏的从教生涯和令人惊诧的婚姻生活以及卫生习惯，都是当年这个小县城茶余饭后的谈资。坚兄和好友华恭一给我介绍了黄老师的很多轶事趣闻。

兵妈这次来永康的目的，是要亲自向黄老师表达感激之情，说她的儿子从小腼腆胆怯，是黄老师慧眼独具将当年年仅 10 岁的小应坚引上音乐之路，从小学一直到高中，选拔他扮演多个角色，不但改掉了胆小的弱点，更重要的是音乐使应坚受益终生。

在永康期间，我和小华特地去花街镇山后胡村拜访了陈家在此生活的一支后裔，书记陈贤湘、妇女主任陈惠清、老会计陈子英很热情地接待了我们。在永康的几天中，坚兄的亲友和同学也热情好客地陪同我们品尝小吃和游览西津古桥，特别是佳成大食堂的当地风味小吃确实不错。今天回宁波时还给我们带回了很多当地的土特产。

12 月 4 日 今晚在四明中路天港禧悦酒店，应坚邀请我和小华、小青一起吃自助餐，说是给我们补过生日餐。其间，坚兄谈到今年在他面对两位老人数度入院治疗，遭遇到最难熬和困苦的时候，得到我们如此的帮扶和亲人般的照顾……情绪一时感慨失控，竟在自助餐厅众目睽睽之下，双眼噙满泪水站起身子，一手移开椅子突然双腿下跪，在地上向我们连叩了三个响头。这让我们甚是惊诧，我赶紧过去把他扶起。

作者陪兵爸兵妈外出散步　　　应坚 摄

12 月 5 日 早餐后的兵爸气色不错，我给他带去了新出版的《宁波老年报》和《浙江老年报》，他已能清楚地念出宁波老年四个字，他前几天出现的右脚踝红肿已经消失，真是好极了。我临走前，兵爸把新的报纸放在右边床头，然后自信地向我打出一个 V 型胜利手势。哇噻！厉害了我的兵爸，坚兄说我这报纸真是雪中送炭，然后我们到坚兄办公室一起商量兵爸九日出院回家的一些衔接事项。后我去看望兵妈，关照她待兵爸回家要多在亲情上去关心，还要善待请来的保姆，万不可处处颐指气使。兵妈却顾左右而言他说：病房里的一个护工说，她做护工十几年了，没有看到过像老爷子这样有福的人，儿女亲友走马灯一样地来，所以他恢复得这么快都是你们的功劳。媳妇从新西兰给你们寄来奶粉，秀才说有些冻米糖分点给你，面条昨天做了给老爸带去吃了一小碗。末了她还是没正面回答我的问题。

12月6日 今天上午坚兄告诉我：父亲的主治医生跟他探讨了病情。说是早上查房时发现父亲恢复情况非常良好，这么高龄的老人很难得有如此顽强的生命力。他说如果康复得法，父亲甚至有重新行走的可能。

坚兄说，想先转到宁波康复医院继续康复治疗一段时间再回家。问我康复医院是否有熟人能优先为兵爸安排床位。我告诉坚兄这事你别费心了，我会与康复医院协调好的。我马上给康复医院好友杨主任联系，打了三个电话他都未接，直到十一点他才回我，说上午一直在手术室忙着。他答应我会尽量帮我落实好兵爸来康复的床位，中餐后他说已和神经内科康复主任约好了兵爸的床位，坚兄的心终于放下了，他说永康那边的医保中心也在上午重新更改好，同意把宁波康复医院列入兵爸的定点医院。下午我和坚兄又赶到杨主任办公室详细了解和确认了兵爸入住的时间和注意事项。事后又去医院看望兵爸并扶他在走廊里站立和行走活动约二十分钟，效果很好。小青下午也冒雨从杭州赶回来继续陪护兵爸。我上午和下午两次去看望兵妈，她知道我们落实好了兵爸入住康复医

兵爸吸烟的样子挺酷　　　　杰宁 摄

院后，也非常开心，还特地做了鸡汤让我们带给兵爸喝。她上午还微信我：谢谢我的兵儿子，秀才昨天同老妈说：我们是否是前世修来的福，今世让我遇到了这么好的兄弟姐妹，去李惠利医院有人帮助，到康复医院有你兵儿子协调，办老爸的医保关系，又有老家辛薇姐帮忙，还有小青，天上掉馅饼都砸到我头上了。我太幸福了。老妈想想也是，如果不是你们，秀才一个人真不知如何是好了。

12 月 10 日　今天冒雨和坚兄、小青忙了一上午，将兵爸从李惠利医院转送到康复医院神经内科十四楼十五床，过程比较忙碌紧张。小青负责兵爸的后勤保障，办理兵爸的出入院手续与经费结算，备好全套病历和所需药品的保管，督促随同护工做好兵爸转送途中的观察与护理。我全力以赴做好与康复医院方面的沟通，及时为兵爸开通特别绿色通道，确保兵爸出入医院时无缝对接。上午宁波气温寒冷，风雨交加；地湿路滑，雾气弥漫，能见度差，路况又不佳；又恰逢周一出行，早高峰持续时间较长。号称黑脸包公的杨主任七点钟就来电告知我，他上午要做好几台手术，不能陪我们一起接待兵爸入院了，但刚刚已和神经内科的唐主任确认好，特地安排给兵爸一个靠窗的床位，叮嘱我们须在九点半前到康复医院十四楼和唐主任会面。坚兄闻讯连说：太好了，太好了。杨主任这"黑脸包公"运筹帷幄，上尉雷厉风行，正是天助我也！

8 点整，我离家下楼发动车子准备出发，不承想因天气寒冷加电瓶超时使用，导致瞬间点火系统动力不足，车子无法启动，这是典型的电瓶亏电现象。糟糕，关键时刻掉链子，遂一路快跑赶到小区门口，很快逮住一辆蓝色本田跑车；一番说明后，开车的小伙子很是仗义，立马按我的引导将车开到我的车边，我取出平时以备不测时急用搭电连接器，一搭就启动了。耶！这小伙够哥们！驾车左冲右突到达康复医院正好 9 点 15 分，但见排队进院的车子已在外面停了一长溜，保安队长见是我的 007 车子，立马开闸放我进入。我下车后告知保安队长，等会儿护送兵爸的救护车将到，请关照优先进入。保安队长说："行，没问题！"然后我向正忙于接诊的杨主任打过招呼后，马上到十四楼和早已等候我的唐主任接洽，他说："呵呵！你可真准时呢，我已通知医生护士准备铺垫病床了，等会儿病人一到先入住再挂号吧。"我听后连表谢意。

先入住再办理，兵爸的待遇上佳啊。约 10 点整，转送兵爸的救护车经一路艰难行驶，避开几次路堵后按预定时间准时驶入康复医院，门卫和几名保安早已按我的要求快速开闸放入，并为车队引领车位。神经内科的医生护士也已等候迎接兵爸，唐主任和周医生马上对兵爸接诊评估。一切显得有条不紊、热情周到，护士们对兵爸均心怀敬意，为他测试血压检查相关体征……在全程的病史询问和评估中，这里始终没有一个医护人员在我们耳边游说和嗡嗡嗡，这与前一家医院相比，真是天壤之别。待小青上下奔跑几趟把兵爸的入院手续办妥后，至此历时两小时的兵爸出入院转送总算画上一个圆满的句号，所有紧张又疲惫的心情为之放松。一切落实妥帖后已近午饭时间，众人皆感肚子微饿，我从车里取出几个早上没来得及吃的奉化芋艿给小青吃，她很孝顺地和坚兄一起先拿给兵爸了。坚兄问兵爸：酸奶？摇摇头！鸡蛋？摇摇头！奉化毛芋？兵爸马上两眼放光："好好！"看着老爷子边嗅着芋香，边细品慢咽地咀嚼着温热的芋艿，一副惬意放松的样子，大家感觉一上午的辛苦付出非常值得。出入院转送是一场亲人和兄弟姐妹众志成城的孝心接力赛，我调侃坚兄："你这孝心反哺感动众爱卿啊！"当然，我的 007 爱车早上意外故障实属事出有因，它一直来也任劳任怨、恪守职责，也屡屡为兵妈兵爸南征北战，立下了汗马功劳。我却忽视了它已超负荷又超期服役二年的心脏电瓶，只知召之即来挥之即去，细细想来哪有只要马儿跑得快又要马儿不吃草的道理。下午，我把爱车开到 4S 店进行专业保养。

兵爸已开始进入活动形体康复训练，效果很好，肢体协调有很大进步。晚餐兵妈包了饺子犒劳大家，她还赠我一条围巾和她自织的防冻手套。

坚兄今天的日记也作了下述记录：早上 6 点半就开车出门，先去取款机取了 5000 元现金，然后迅速赶去李惠利医院。此时人少，如愿以偿占了最便捷的停车位。我的如意算盘是：救护车一出发我就紧跟上去，绝不能落下。

　　进了病房父亲已醒，嗓音略哑，他已穿戴整齐随时等待出发转院。不巧宋医生今天休息，瞅空将两箱新西兰樱桃偷偷塞进医生休息室床底下，微信发给他告知其中一箱是给他的，并表示感谢。接下来和小青配合默契，两人分头马不停蹄去办理出院单、出院配药、结账、护士签字、退饭卡、跟任医生告别（顺便悄悄告诉她有一箱樱桃藏在哪里）。给120打电话告知派救护车，诸事办妥才8点半刚过，比昨天预期的还要快。

　　救护车到后上六楼用担架将父亲抬下楼塞进车，小青和阿姨坐上车，我迅速发动车跟着救护车出了医院。一路上真有点生死时速的感觉，我紧紧跟随，中间几次被旁车插队，我索性打开双闪警示灯又重新跟上救护车。

　　康复医院那边上尉已经联系好了床位，是康复医院14楼15床。这真叫运筹帷幄之中决胜数公里之外，刚才救护车工作人员还在紧急要求马上报告楼层床位呢。

　　九点半左右，跟着救护车屁股后头进了康复医院，上尉已等在门口，心细如发的他连我的停车位都事先安排妥了。

　　其实事后得知他出现了紧急情况，早上出门时他的汽车电瓶突然故障发动不了。好样的上尉，居然出小区大门拦了一辆素不相识的过路车，好心的车主随他进了小区来到车前，很快让三田普拉多车重新启动，他这才按时赶到康复医院，并迅速提前办妥了父亲入院床位。上尉带我和小青去见了神经内科唐主任，这是杨主任事先托好的。我按照唐主任的要求介绍了父亲的一切情况，唐主任又来到病房，亲自检查了父亲的病情之后，他叫来助手周广主治医生接手，又是一番详细询问，并迅速确定了下午的诸多检查项目。原来康复医院的病人绝大多数都坐轮椅，电梯不大容量有限，每次电梯门打开，里面外面都是轮椅病人。最奇葩的是，总共三部电梯，竟然有两部是在里面操控，电梯常常还没到我们楼层转眼又去了别处。好不容易到了一部，门前已经轮椅为患，个个都要抢先进入。然而开门一看，里面轮椅早就塞满，根本进不去。

　　就这样谦让了几次，好不容易等到一部电梯，也顾不得斯文体面，抢先将父亲轮椅塞进了电梯。里面空气污浊驴喊马嘶，人人都在呼爹骂娘！这奇葩电梯让人不知该朝谁发火抱怨……有张照片是电梯大战之前在病房拍的，造型还不坏。被穿戴整齐的父亲闭目养神，等待送他去康复评估，此时并不知道那边厢电梯口已经人满为患。

在大战一触即发的时刻，只有老爷子纵览全局稳如泰山。到了三楼先参观了康复大厅，里面设施的确齐全多样。

来到康复评估室，里面设备众多都是头回所见，父亲也在医师指导下不断从轮椅中上下，躺下爬起 N 次，接连做了诸如呼吸评估、吞咽评估、说话评估、写字评估、算术评估、腿脚力量评估、走路评估等，然后又马不停蹄通过数次电梯大战先后来到 14 楼、1 楼、2 楼、3 楼，做了 B 超、心电图、CT、腿脚血流检查等等。总之，我们在两个半小时内完成了十几次评估及检查，父亲像一个拉线木偶一般，被我们从床上、轮椅上、检查台上以及很多叫不出名字的检查设备上扶上扶下，仅仅是身上衣服就脱了穿、穿了脱不知多少次，我和小青累得差点翻白眼儿。

父亲也真争气，二十多天基本躺在病床上，腿脚无力身体虚浮，今天愣是在医生指导下完成了所有检查。其中走路评估，按照医生的指令，扶着护栏前后来回走了整整六分钟。我不断竖大拇指鼓励他坚持，父亲没有含糊，坚持走完了全程。前些天在医院一直坚持每天让他起来活动一下，关键时刻起了作用。

下午五点开车回家，谢天谢地，这一天终于结束了。

12 月 15 日 昨晚坚兄告诉我，老妈刚才心脏病又犯了，晚上吃完饭还好好的。唉！现在是冬天，老年人难挨啊！不过我就在身边，不用害怕！她吃了药现在睡下了。我回复坚兄：昨晚十点上床就睡着了，醒来看到你发的信息大吃一惊，还好兵妈又挺住了。但我和你都说了，别让老妈有失落感，让她感到两个儿子都没忽视她，仍在以她为中心就是她最好的心情，心脏病的风险会减少。昨晚我还和老妈说好的，我和小华今天一早就去看她，让老妈和你、小青，享受一下小华做的早餐。我们会早点过来的。坚兄说谢谢！我刚醒，老妈昨晚很晚才睡着。你们也太辛苦了，不要太早过来，我说我已发老妈了，说让她晚点吃早餐，我们大概八点送过去。

今天一早，小华就准备了营养早餐，送到兵妈家后，大家一起吃完，然后我开车和小华、小青一起到医院陪兵爸做康复训练。他今天心情不错，还和我一起唱了几句莫斯科郊外的晚上。做水疗肢体训练时，状态也蛮好，中间我给他嗅了几下香烟味。这几天我也从心理上启发小青要如何与人相处，遇事别太较真，更不能咄咄逼人，那样反而好心办坏事，事与愿违。我告诫她：你也要好好善待自己，不要过于执着节约，别太和周围人针刺似的为一些小事较劲。医院是个社会众生相的缩影，原谅和包容一些他们的不足吧。你以诚待人很好，但只会直性子放炮发泄还是要收敛一点好不好？她说我的建议没错，全世界七十亿人口，能让我们这么有缘成为一家亲人似的，就是上苍的恩赐与安排。难得到世上来一趟，爱与衣食住行都要学会好好享受。她感悟很深，说看了许多遍我发她的这些话：我才猛然意识到自己身上的重要不足，那就是要以礼待人。这点很重要，直性子、放炮都还好说，没有礼貌真是太不应该了。放心吧兵哥，我以后一定改！！！你说得太有道理了，我听进去了，谢谢兵哥。真的幸运遇见你们。

12月18日 上午先去理发店，后和坚兄去医院，一起陪兵爸做康复训练，我顺便给兵爸带去了他最爱吃的米糕，他看到后马上吃了一块。然后我和坚兄鼓励他站起来继续缓慢地走路，这次不要人帮助，只需护着，他尽量迈开脚步走，中间遇到两个护栏之间隔了一道门，间距挺大。老爷子竟然凭一己之力抓住门的把手调整好重心，硬是跨了过去。他的右腿右臂还是软弱无力，这要调动生命力和意志力来克服。兵爸走完，我们又燃起了新的憧憬。

中午我让坚兄顺便到我家吃午餐，餐后一起看了我儿子在国外自编自导的两个微电影：《心灵的花园》和《我们的球场》。坚兄是电影媒体资深人士，他觉得威利已经完全具备了影视制作能力，从专业角度给了高度评价。儿子在国外十年磨一剑，真的也是不容易。

下午我俩又一起去康复医院，兵爸在练习抓小木棍。这个项目他练了很多次早就没新鲜感了，我们到的时候他正满脸厌憎开始消极怠工，怎么劝也不练。这时候我想给他来点刺激，就在他耳边唱起一支志愿军战歌：……我撂倒一个俘虏一个，撂倒一个俘虏一个，缴获它几支美国枪。

　　哈哈！真是一物降一物！兵爸听完战歌如有神助，真的是抓住一个木棍又接一个木棍，接连塞入木槽。每塞进一个，我和坚兄马上竖大拇指大声报靶："十环！"兵爸竟像孩童一样羞涩地笑了，犹如小孩子考了好成绩获得奖赏一样。"我真服了！你这一招太厉害了！"坚兄如是笑称。

　　12月22日　今天是冬至，这两天我有点感冒，坚兄和小青来家里看我，还给我买来好几种感冒药和水果。感冒于我简直就是大象怕老鼠入耳那样，是我最大的软肋。今天流鼻涕打喷嚏稍有减少，但鼻塞依旧，凌晨三点左右干咳加剧，咽喉红肿胀痛加重，非常难受，我这辈子天不怕地不怕，就是太怕感冒了。今天是第五天了。想想这几十年来出生入死和战斗受伤及经历过很多很多伤痛，从不在乎，可就独惧感冒，每次感冒一场都有一种劫后余生的感觉，前几天我还在暗自庆幸已有近两年没得感冒了，没想到说啥就来啥。

　　12月23日　凌晨五点钟我独自去医院急诊科输液，先挂2天青霉素，今天是感冒第七天，仍未有明显好转。小青知道后发微信：上尉同志，你怎么能这么大胆？凌晨急诊时间打青霉素还自己开车不让家人陪伴！！！首先凌晨医院医生少，二是青霉素易过敏，三是去医院急诊千万不要拒绝家人陪同。

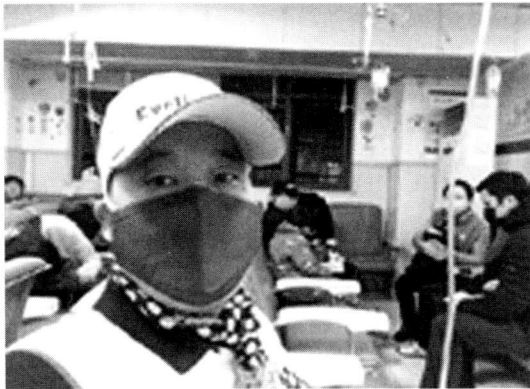

建议你明天打针一定要白天去，知道了吗？能干的兵哥。我回复：哈哈，报告木兰妹妹，我会坚决服从你的意见，保证屡教不改，坚决做到。兵妈后来打电话给我："我可怜的兵儿子一个人在医院挂点滴呀？现在感觉如何？上呼吸道感染了要一个星期，一定要休息好。这

杰宁摄

两天气温不正常忽冷忽热的，要穿暖点，围巾围好保护气管，多喝水，吃清淡一点，千万注意身体！"我回复道："老妈放心好了，这小事一桩，没事的，我以前也这样的。"兵妈又说："孤独的一个人，半夜三更输液室人也没有，多危险。真应该叫人同去，否则孩子知道了会怨你的。你疼儿子，儿子一定也疼老爸。"我说："老妈您开心愉悦，我们才舒坦心安呢。"后来兵妈又说："儿子挂好了没有？回家了吗？下次半夜上医院千万别一个人独去。"我回复道："老妈，我已经到家睡觉了，谢谢老妈的惦记！"

12月24日　今天坚兄来电和我商量，将兵爸接回家康复。静下心来想了一想也有道理。的确，康复医院也不是什么都好。1. 服药量太大。老爷子每次都要吃一大把，他在部队是专业搞药理的，健康的时候非常忌讳吃药。现在年纪大本身肌体内脏机能都退化严重，扛不住对药物的吸收反而有副作用。而且医院过度治疗早就被社会诟病。2. 饮食不周，在医院不比在家，可以随时调整，冷热适宜。尽管众多亲友不断供应各种食物，诸如鸡汤、酸奶、蛋糕、毛芋、包子馄饨。3. 耗费有效时间，每日奔波于路途。4. 康复训练项目虽多，基本都已学会。

而回家康复好处很多：1. 环境舒适父亲喜欢。2. 生活方便饮食周到。3. 陪伴时间会进一步增加。4. 在家训练更方便。5. 父母同在一家里，不再顾此失彼。对此，我也表示赞同。

12月25日　上午挂完点滴后马上赶回区府购好三人晚餐，赶到兵妈家一起用餐，老人家一周多不见我，看到我和她共进晚餐很开心，晚餐后我和坚兄、小青商议了下周兵爸出院回家注意事项。然后我去医院挂点滴至晚九点半回家。

12月27日　上午坚兄和我商量后决定周日为兵爸办理出院手续回家，根据老爷子近期的康复进步状态，回家康复训练效果会更好。我下午去医院挂最后一次点滴。晚上我又和坚兄商议过两天兵爸出院回家的具体事项。

12月30日　下午我去康复医院和坚兄一起接兵爸出院回家。坚兄今天非常仔细地记下了兵爸出院回家的过程：天气预报说今天下雪，父亲出院遇上

护送兵爸出院回家　　　　　　　应坚 摄

这样的天气，真让人捏把汗。不过，早上天空并没有聚集乌云，一直到父亲回家，也没有下过一丝雪。

上午去医院，父亲在三楼走廊无保护地走了 40 米，这是 42 天来最长的步伐。用最快的速度办好了出院手续，涉及四个环节：出院病历，医药费发票，出院小结，药费清单。这些一律要盖上公章才可以报销。办完手续，到外面买了 200 块钱的水果赠予医护人员，以示谢意。小青比较细心，从康复医院一楼收费处到三楼的康复大厅和 14 楼的医生、护士办公室都一一送到了，表个心意吧。

下午一点半，上尉把救护车叫好了。他问过金峨寺的慧明法师，12 月 30 日宁波话谐音是"要你散"！就是要把病散掉的意思。慧明法师建议给急救站打电话的准确时间是 2 点 23 分，谐音也是"年年散"的意思。父亲出院门的一刹那我拍了这张照片，上尉打出再见的手势，显示屏上正好显示"康复医院祝您早日康复"字幕，真是好兆头。

父亲回到熟悉的环境——自己的卧室里，坐在新为他购置的具有左右翻身、靠背摇起、腿部降下及吃饭、洗头和方便功能的护理床上，他显得十分满意，居然蜷起一条腿，挺直了腰板像正常人那样坐起来，神态安详地看起对面墙上重新安装好的电视。要知道这样的姿势在过去 42 天里，在先后两家医院里都从未出现过，因为他根本做不到。看来除了这些天大家不懈的努力之外，家的感召力非常巨大！

　　回到熟悉的家，回到了 61 年相濡以沫的老伴身边，父亲身穿上尉给他买的新格子红羊绒衬衫，围着居委会慰问社区内 80 岁以上老人赠送的羊毛围巾，顿时显得格外精神。往日的回忆，曾经拥有的温情，在这一刻，重回人间……

　　2019 年 1 月 1 日　接到坚兄微信求助，他说近期小青和兵妈在如何护理兵爸的问题上常常意见不一，但又各自坚持己见，二人都挺倔！由此产生了很大的隔阂，小青甚至时不时地撂挑子提出要回永康去。主要是家里围绕兵爸的康复产生意见分歧。一种观点是，老爷子年纪大了，每天给他训练太折腾，反正是享受晚年，怎么舒服怎么来，就吃吃喝喝得了。我坚决反对，怎么着也要练，恢复机能一定也是老人的心愿。上午坚兄和我商量如何化解老妈的主观臆断和不待见小青的情况。他说为了父亲的康复治疗，这些天也委屈老妈了。傍晚，我把兵妈带去三江口兜风，看看灯火璀璨的夜景，兵妈倒是挺开心的，我便趁机劝慰她善待老家来的亲戚，何况小青又是那么能吃苦耐劳，虽然脾气倔一些，但服侍护理兵爸可比亲闺女都体贴用心呢……您可要大人大量呢！听到后来兵妈倒也开始频频点头了。回来母后春风满面，坚兄看到回家后的老妈心情蛮好，脸上早已由阴转晴，与临出门前判若两人。他悄悄地与小青说：不知那厮是施了什么魔法，实在太厉害了！

　　1 月 6 日　坚兄下午说，小青又说明天中午要回永康了，原因还是为兵爸的家庭护理琐事又和兵妈杠上了。不过他感觉该是时候要和老妈好好说一说了。他让我这几天最好先到他办公室聊，先别去家里安慰老妈。后来他又发我微信：很郁闷，不知为了哪一件事情和老妈一言不合，老妈又叫我滚，这可不是母后第一次叫我滚了，也许是因为有你们惯着老妈才让她有恃无恐的。

　　1 月 10 日　上午和坚兄一起去豪门浴场泡澡，主要是如何更好地帮助坚兄解除他心中的郁闷，化解他常为小亭与兵妈之间的不睦问题。

　　1 月 14 日　下午去看望了兵爸，聊到兴头上还陪老爷子下棋对弈，连战三局才鸣金收兵。其实我的中国象棋水平与兵爸相差甚远，只是略懂皮毛而已，基本上全凭小时候观棋时学到的"炮打翻山、马走斜日、象飞田角、车走直路、卒兵过河……"这些印象偶作陪练。而兵爸的象棋水平则是非常精

运筹帷幄的兵爸　　　　　杰宁 摄

湛，早已玩得炉火纯青，以前与他较量时也早有领教。一开局我就上演一幕大兵压境的态势，趁他还在排兵布阵之时，车马炮和兵卒倾巢出动一顿王炸，接着就卒兵冲向楚河汉界……直捣将帅老巢，在兵爸还未反应过来之前已取了上将首级，竟也先下一局。兵爸也是懵了，嘴巴不停地嘟噜着，意思就是下得慢一点吧！第二局我又故技重演，回过神来的兵爸此时已经恢复往日雄风，兵不厌诈，他稍施诱敌深入计，且不留一点破绽，我便中计。一下被吃掉车马两将，后方顿现空虚。兵爸眼神一亮，马上又来个四

两拨千斤，他先是飞象与边马侧跳，我又不假思索来个当头炮，结果中计，步步败退，想回撤已无可能，紧接着他又一记当头炮让老将无处藏身。就这样我被兵爸轻松扳回一局。此时兵爸的棋艺思维已经完全复苏，脑子已然快速运转。"呃，你执棋，嗯、哎……噢，执哦！"兵爸神闲气定，虽吐字不清但开心地催促我执棋开战。第三局我幻想趁他老眼昏花、反应迟钝再下一城，无奈施尽浑身解数和十八般武艺……最后还是难逃覆灭命运。已经恢复棋艺脑路的兵爸，瞅准时机使出他最拿手的车马合围、推卒过河、飞马侧跳、当头一炮等撒手锏，既调兵遣将又明修栈道、暗度陈仓。我却不知有诈仍一味冒进，不一会儿便顾此失彼，乱了方阵。结果又被三下五除二，落了个损兵折将，只得甘拜下风，乖乖缴械投降……我从兵爸微微含笑上扬的嘴角上读懂了他的意思："就你这点能耐，跟我玩还嫩着呢……"兵爸年轻时就是部队里的象棋高手，尽管现在已是快 90 岁高龄的老人了，与他对弈颇有一番棋逢高手的感觉。看他每次执棋后都显得不慌不忙，未想周全就不落子，还专心

致志地摆出一副深思熟虑、胸有成竹的气势。他视力不佳的右眼（兵爸的左眼早年在东北空军基地医院工作时因工伤导致失明）唯有此时此刻透射出鹰样如炬目光。那一丝不苟、运筹帷幄、决胜于千里之外的架势和老谋深算样，哪像是一位刚刚出院的九旬老人。连战三局后，二比一！我被兵爸打得丢盔卸甲，败下阵来。兵爸的脸上顿时绽放出孩童般的笑容。"……嗯、呃……让、让你！"兵爸还想再与我大战三个回合，意思可以让我个车马，还冲我咧嘴狡黠地笑着。其实他对付我这臭棋实在是游刃有余，只需小试牛刀，我便破绽百出。第一局他只是被我不按常理出牌的三板斧下懵了而已。怕他太累，趁兵妈不注意时我掏出一根中华烟放到兵爸的鼻子前，老爷子反应很快，马上用手指指外间，然后就心领神会随我到阳台，惬意地过上了几口烟瘾。事后我告诉坚兄，瞧老爷子这状态，居然能在兵妈的眼皮子底下与我配合得像地下党似的，还如此默契，说明老年痴呆症今后肯定与他无缘了。

　　1 月 17 日　今日甬城一改连续笼罩二十多天的阴霾天气，终于阳光普照，我和小青推着轮椅陪兵爸到户外晒太阳，我灵感一现遂写了一搞笑段子：

　　己亥号外：——盖今日之江南天空，一扫往日阴寒雾霾，处处阳光明媚，黎民百姓皆欣喜若狂，笑逐颜开。更有众人亦对此前之天象迷惑不解，恰巧辰时一刻上尉驾神舟二号巡视天际，巧遇夸父八百里加急来报：阳哥为体恤凡界阴寒，故提前结束休假，已前往人间播洒光明。玉帝大喜，即赐夸父为太子太保兼御前行走。巳时三刻忽闻侍卫禀报：后羿已到天宫门前跪悔受罚，接受"双规"；亦具结悔过书，且发誓今后未受钦命，不再射日胡闹。玉帝闻之，念其初始尚无阴毒之图谋，初衷乃因凡间烈焰遍地，良田久炙，众生请愿所为之。故下旨责其收藏良弓，放归飞鸟；备好葡萄美酒夜光杯，偕同哪吒赴光明宫致歉。现天宫文武百官焦虑遂即去除。玉帝即差遣月宫吴刚偕嫦娥带桂花美酒又玉兔一对下凡；着众爱卿和七仙女与民同乐，共饮美酒佳酿，莺歌燕舞舒广袖，欢迎阳哥雪中送炭，还阳于民。又赐赠送子观音仙草九株，神丹八颗，着凡间来年春暖花开，籽种旺盛。再赐九州大地普天同庆，众生共度己亥新春佳节，赏阅人间赤橙黄绿青蓝紫，以呈祥瑞之兆。

2019 年 1 月 17 日于宁波

1月23日 今晚我和小华设家宴请兵妈和坚兄及下午刚刚从新西兰抵达宁波的坚兄夫人刘老师来我家吃家常菜。小华很有效率地弄了满满的一大桌菜肴，大家都对小华的厨艺赞不绝口。刘老师还特地从新西兰远隔重洋给小华带来了一株新西兰水晶树和两盒绵羊油，还有护肤膏和黑巧克力等，刘老师真是好有心。

1月24日 兵妈上午发我微信：忙碌了一早上，昨晚在儿子家玩得特别开心，小华的厨艺真是一流，吃得可舒心啦。王子，王子妃，格格，都猛吃了一气，我告诉他们菜好吃，命是自己的，她们说老妈再多吃点，我坚决说不！昨天辛苦小华了。烧了这么多的好菜，乐得大家胃口大开，回来的路上秀才问媳妇，下次看你的了，媳妇说小华姐烧得这么好吃，我都不知该烧什么了。总之昨晚上吃得好、玩得好，大家很开心，嘻嘻，老妈更开心。

下午2点到坚兄办公室时，他还在长沙发上一脸疲倦地躺着，他把自己刚写好的题为《半个父亲在疼》的打印版美篇赠送给我，说里面有抄摘了很多我的记录和图片，另外他给丈母娘也赠送一本。坚兄说他今天和新西兰的小姨子聊了很长时间，小姨子对老人和家庭的很多看法都与他感同身受，看问题比她姐强多了。

1月25日 上午收到《鄞州文学》2019年第一期，上面刊登了我陪兵妈抗癌记的纪实文章。坚兄说：哇！出炉啦！太棒了！恭喜上尉又添佳作！老妈老嘴笑歪嘻嘻哈哈。也调侃说：太好了，明星写手，造就明星老妈。我说新年有喜讯，老妈的抗癌事迹在《鄞州文学》第一期发表了，老妈又成大众交口称赞的最美老兵妈妈和大众名人了。老人家还说借我兵儿子的福，老妈又一次成了网红，哈哈哈哈。中午我把两本《鄞州文学》亲自送给兵妈后，老人家还让我题上落款说要给她亲家也转赠一本。

今天我还在战友群里发了一则感慨：今年亲人的两场大病痊愈后，心中颇有感慨，折磨的不仅是患者的身体，更是亲人的全身心。就像一个母亲说的那样，恨不得替至亲至爱的人去死。人生一场，爱自己，珍惜生命；爱别人，珍惜生活；爱喜欢的人、事、物，不辜负此生，才是对生命最大的敬畏，对人生有限时光最好的珍惜。在我们自己也已年过半百的今天，还能与已是耄耋之年、如同老小孩一样的老兵父母斗智斗勇和调侃陪伴，其实也实属幸运。想想与那些还不到七八十岁就已离开人世，抑或患上老年痴呆症，或者连屎尿都不能自理的患者家属相比，家有良好生活质量的老人，那确是我们的福分。此文发出后引起很多朋友的共鸣，也收到很多亲朋好友和战友、微友的点赞认同。

2月3日　来丽水妻弟家过除夕有好几天了。刚才坚兄发微信，说我让单位的人把过年发的有机蔬菜和很多东西都已送到他电视台的办公室了。但有只活鸡不好处理（似乎他对活鸡束手无策）。我就调侃他：大秀才先生，你拿到活鸡就手无缚鸡之力了吗？对上尉口诛笔伐倒是很在行啊！后来坚兄又告诉我：刚刚在医院配药，你打来电话没听到。早上老妈心脏病又发作，现在刚开好药回到家了！叫母后床上安心静养，明晚年夜饭也只好取消了，我会细心照料的，放心吧！母后刚才已吃了药出了很多汗，心脏感觉好些了但人有点虚。还好老爸这段时间还算一切正常，看上去精神状态也很好。

2月4日　兵妈发微信告诉我：儿子我已经好多了，秀才还要我继续在床上躺着休息。今天一天，感觉已不难过了，可能再休息一天，我想就可以复原的吧。昨天医院去检查过了，药也拿回来了，儿子你放心吧，老妈很好！希望你们在丽水玩得开心，老妈很好的，你不要记挂着啊，另外你派人送来的鸡和青菜，我们今天就开吃了。

今天我受身居北京某部队干休所、参加过抗美援朝战斗的姨妈姨父的嘱托，专门从缙云赶到丽水市中心医院老干部病房，拜访了姨妈姨夫的一对老战友夫妇俩，两位前辈老兵见到我非常开心，夸我每年总会在一个有纪念意义的日子里前来看望他们，在与老人的聊天过程中，我尽可能多地想挖掘一些这些共和国前辈当年在战场上出生入死的非虚构故事。他们历经生死考验，初心不改，作为一对战地伉俪，战争让他们历经沧桑，伤痕累累，却一生正气凛然，坦荡清白。叔叔阿姨，虽然我每年都会过来拜访你们，但你们在战火纷飞的朝鲜战场上所经历的战地浪漫与很多战场轶事和故事，至今仍令我赞叹不已，我虽然也是一名上尉老兵，但与你们相比，仍然觉得你们这些革命老前辈的精神风范永远是我们汲取不完的精神财富……我发自肺腑如是说！

今日，在这星光璀璨的除夕夜晚，在这绿水青山环绕的秀山丽水，在这万家灯火、家家辞旧迎新的喜悦日子里。两位前辈老兵请我通过媒体向丽水市父老乡亲和至亲好友及老战友送上节日问候，并邀请我合照留影。敬礼！共和国前辈，请接受一名上尉侄儿致以你们的由衷祝愿，请接受你们的老战友外甥饱含泪水的新春祝福和尊崇与敬佩！老兵不死，只会凋谢！

2月18日　下午先去土特产特供店弄了一些面结、仔排、年糕片、条纹面疙瘩等，马上赶去探望兵妈兵爸。兵爸一见我又给他带去了他爱吃的米糕和桃胶，真的是笑逐颜开，还给我表现他的功能恢复动作，说话的口齿也清楚了很多，还说等天气晴朗了要我再和他下象棋（他已瞅准我不是他的对手）。我注意到，他今天又穿着我给他买的那件红蓝相间的纯棉长袖衬衫，看上去还蛮精神的，兵妈说你送他的这衬衫啊他可特别喜欢穿，一天也不肯脱下来，连晚上睡觉也要穿着。那天给换下洗好，当天就又要换上穿……这些天有点凉了，就把你送他的那件格子羊绒马甲套在这衬衫外，他就喜欢穿你送的这两件……我又仔细询问了兵妈肩膀与膝盖骨的伤痛病情，打算过些日子请杨主任辛苦一下直接上门来诊疗一下。陪老人家一起聊了近一小时后我直接回家。坚兄说他在鄞州新华书店看书。

兵爸兵妈在学习　　　　　　　　　杰宁 摄

临离开前趁兵妈和月彩正聊得欢，我趁机让兵爸在阳台解了一下烟瘾，这是他最带劲的享受……兵妈前两天肩膀疼痛，坚兄说病情还暂无大碍。

5 月 12 日　今天是国际护士节，我在微信上和兵妈互动了一下：为老妈的光荣经历深感自豪！我指着照片点赞道。

7 月 8 日　兵妈上午微信我，说秀才最近为兵爸被永康市民政局和退役军人事务局不作为的事很烦恼，这些日子全让老爸的医保报销事情给烦死了，天天弄得我睡不着觉，老爸已有四个月没有领到养老金了，秀才问了永康人社局等好多单位，说是成立了退役军人事务局，原民政局管的一摊子档案要移交给退役军人事务局，讲移交过去的档案不全。缺少了两样东西，一是退休报告表，二是军队退休干部安置书。民政局和事务局互相扯皮，至今未解决。现在讲档案材料缺失，那民政局已给他发退休工资近 50 年了，现在说档案不全？昨天我又打电话告知老爸的退休证上写有职务级别等，还有老爸六级公伤残疾军人证书，秀才把所有的正件都发过去，昨天这两个局领导互通了话，讲还让民政部门再补充一些材料，看来还是秀才出面比老妈有用，真是气人！

我说老妈您真是太辛苦了，您就先让秀才去催办吧。现在有些年轻的官老爷们说的是一套，做的又是一套，办事就像老牛拉破车，拖沓得很。

后来我告诉坚兄，永康的官府衙门这是行政不作为，对当地一名残疾军人老人居然如此冷漠，还敢停发兵爸的四个月工资和药费报销。我建议你予以媒体曝光，让这两个局成众矢之的，资料不全这就更应该是政府机关部门去协调和落实，甚至派人去老部队调补的事情，是义不容辞的部门责任。与老爸何干？曝光题目就取"永康成永坑"。

坚兄说："永康成永坑"，哈哈！这个题目太好了！好的，我已经警告他们，现在他们怕真的因不作为被曝光，已经在搞了，不然的话，"永坑"立马扬名天下。坚兄还告诉我，之前他已把兵爸的应振凡身份证、退休证、残疾军人证完整地发送给永康职能部门查收了，同时也托当地亲友联系人社局、民政局诸位领导，望能尽快与退役军人事务局协调好，尽快早日发放兵爸被滞发的退休工资，以解全家倒悬之急。他还说，他刚才离家时父亲还拉住他，他已经急得不能完整说话，但焦急之色溢于脸上，实在是让人心疼……作为一名曾经的信访办主任，我对此感同身受。况且坚兄还是电视台的领导加资深媒体人，办点事情尚且如此恼心无奈，就更别提普通的平民百姓常常诟病某些政府机关的三句话：门难进，脸难看，事难办！

当晚，坚兄再次给永康市民政局的经办负责人发去了微信：永康市民政局办公室徐老师好！不好意思想起此事半夜睡不着，还是在此多说几句。我父亲应振凡无辜四个月被停发退休金，作为残疾退休军人雪上加霜，去年中风住院两个月，现在半瘫痪在床上失语大小便经常失禁无人问津，部分医药费至今未能报销。家里光是父亲外请 24 小时护工，工资就是每月 6000 元（从父亲患病那天开始已经整整 8 个月）。加上每日必服的昂贵自费药品，以及在家康复训练器械（光特护床按摩椅就上万元）等，目前早已入不敷出。母亲无数次打电话问父亲退休金为何停发总是被支吾推诿。昨天她说又打退役军人事务局电话，对方说不用找他们，要找就找民政局，声称民政局提供我父亲的档案材料不全（材料不全跟我父亲没有任何关系，我父亲 1970 年退休回永康时早已办妥一切手续，至今已正常领取 49 年，退休金从未被停发直至今年三月）。昨天母亲又打民政局及干休所电话（可怜母亲已 86 岁高龄癌症患者，房颤心脏病随时都可能发作，打电话时拿话筒手不停发抖），后来您打我电话，让我补充了我父亲的证照图片，证照齐全除此无它了！我现在郑重请求——希望贵局两家尽快协调此事（此事协调归协调，但是停发我父亲退休金已经违法），必须马上足额补发我父亲的法定退休金，解燃眉之急。将心比心，您会理解作为应振凡家属此时此刻我们焦急委屈和怨愤的心情！如果贵两局还是协调不下，我想我也不会来永康诉说冤屈求爷爷告奶奶，那根本不是我们的责任！我们是无辜被停发的。请把我下面的话告诉相关领导：我自会马上采取一切措施，此事输赢立判不会有任何争议，责任方自会承担相应法律、道义以及被省市媒体、信访等部门追究的责任。勿谓言之不预！上面的话只对事，无一句针对您！让徐老师费心费力，作为家属我只有感恩！添麻烦了。

对方收到后回复：应老师好，请叫我小徐即可。很高兴您对我还算认可。说实话在此之前我和您的父亲没有任何交集，和您就更加没有了，目前此事

携手走过一个甲子的兵爸兵妈   杰宁 摄

发生，虽然堵点不在我这，但我个人还是觉得很不可思议，也很不应该的。与您和您的母亲都有过交流，感觉你们都是很通情达理的。永康有句老话，不能把客气当福气，我深知这点，我会尽力与对方沟通协调。

秀才又回复道：谢谢徐老师！拜托了！我父母清白一生只知道老老实实做人，遇事都是将心比心先替对方着想，哪怕遇到委屈也是好言好语从不气势凌人。这件事我本来早想介入，被母亲一再拦阻，生怕我出言不逊让贵方办事者难堪。可是永康这边只顾着自己打档案官司，把嗷嗷待哺本该优抚慰问的老人扔在一边不顾死活，居然一连四个月不发退休金，这超出了政府部门做人做事的底线，是可忍孰不可忍！我父亲的身份难道还需证明吗？就算真有档案材料缺失的情况发生，可应振凡是无辜的，不能连累他不发他退休金啊！最正确的做法应该是：应振凡退休金正常发放，这边再厘清责任或想办法补做材料即可。这么简单的事情最后却以不顾老实人死活停发退休金作为暂时的解决办法。这还是共产党的干部想出来做出来的事情吗？真是徐老师您说的，太把客气当福气了！

我看后点赞道：不愧为华东师大出来的高才生，文字斟酌得恰到好处，不卑不亢，有理有据有节。好，很好，非常好，特别好！

8月1日　今天早上先和小华一起去兵妈家祝两位老兵八一节快乐！然后赶往25公里外的横溪镇金峨敬老院，看望牺牲战友王明敏烈士90岁高龄的老母亲。烈士的四位哥哥姐姐也都赶来与我们一起陪烈士母亲聚聊……我与几位哥姐也有20多年不见了，中餐大家请我两一起到海边小镇的一家小海鲜餐厅用餐。

10月11日　坚兄告诉我，兵妈上午又因急性肺炎已经在李惠利医院住院治疗了。估计是季节转换抵抗力下降引起的，但情况还算乐观无大碍。小青下午已从杭州赶来照顾兵妈。

11月15日　上午先去火车站军人窗口，核验我的残疾军人半价购票程序输入备查。我表弟在票务中心工作，他特意请懂行的同事代我完成了铁路12306网站上注册的中华人民共和国残疾军人登记信息，十分钟就搞定了。然后就上网购买了明天杭州来回的半价火车票，很方便。

兵妈一早就发微信询问我：儿子早上好，听秀才说你这几天肩关节疼痛，去理疗后好些了没有？我回复：谢谢老妈，我核磁共振成像是右肩膀长期处于半脱臼状态，这是以前在部队时一次围歼战斗留下的后遗症。加上后来又长期搞擒拿格斗训练，这么多年来我自己都没啥感觉。平时只是觉得右肩胛骨似乎有点高，现在才知道原来是半脱臼所致。九月份开始感觉疼痛加重，医生说要疼三到九个月才会缓解。不过这没什么大不了的，都三十年了，骨头和肌肉韧带早融合在一起了，不可能复位的。我还告诉兵妈23日我参加完亲侄女的婚礼后会马上去看您和兵爸。我的伤痛都是硬伤，请老妈放心没事的。这段时间坚兄把二老照顾得非常妥帖，该给他点个赞。

2020 年 3 月 19 日　今天给兵妈云电话，问候她和兵爸近来身体状况如何，兵妈说前段时间因心脏病住院一周，出院回家后每天要吃一大把的药，主要是缺钾，吃得胃口也不开了，孙子小铁从新西兰寄来好多食品也没吃过。身体感觉没有力气，动一动就喘气；腰也疼，耳朵也越来越听不到了，在房间里面也走不动。她说儿子啊，老妈现在的身体还不如老爸好呢。今天有太阳，我在家里阳台上晒太阳。小铁还说很想奶奶了，等疫情一解封他会马上回来看奶奶……我听得出来，小区禁足快两个月了，兵妈内心意志还是足够坚强，对目前的疫情显得非常淡定从容，我答应她过几天去探望她和兵爸。

也是奇怪，昨晚做了一个梦，在梦里我和坚兄一个劲儿在争执着什么……后来两人居然在永康的一条大街上继续争论着……突然他变戏法似的从身后掏出一把手枪来，立马把我惊得目瞪口呆，难不成秀才变武夫了？这梦有点意思。

3 月 20 日　坚兄前几天可能因疲劳过度加免疫力下降导致感冒，疫情期间刚巧伴有发热，体温测得38 摄氏度加，本来也没啥大碍，养几天就过去了。但问题是他去医院一检查，这就惊动了卫生部门及所在地街道和社区，抗疫期间但凡发现发热病人，哪怕是偶尔感冒发烧，疫情防控部门也显得如临大敌，这几天一番折腾下来也真是够坚兄喝一壶的了。他的绿码出行立即变成了黄码警示标记。他说，今天他又去李惠利医院检查，医院门口的保安一见他是黄码，马上紧张兮兮的，一直跟踪到他进了检查室才回到门口，还有街道办事处和社区也时不时给他打电话查询相关信息和出行轨迹。他说原来社区中心的某医生和他们都在监视他，问他现在在什么地方。他想可能自己说不定一出门他们就发现了。然后问他在哪里，现在什么感觉。接着他又描述道：要完全退烧，有医院证明七天以后到社区，最后还要报卫生、公安职能部门，这疫情期间一旦感冒发热，我好像成了宁波的毒王似的……上尉，你昨天晚上梦见和我争论时秒变出来的手枪，按解梦的说法，其实就是一把测温枪……哈哈，这解释对头！

我调侃坚兄：向偶感风寒而被严加管束的永康诗圣秀才致以亲切的慰问。

晚上坚兄将这两天的就诊遭遇写了一首长长的打油诗发给我，看后真是令人忍俊不禁，但又唏嘘不已。

发烧有感

风寒偶感发高烧，
惴惴心底似汤浇。
前脚刚到李惠利，
后脚立马被盯梢。

发热门诊查行迹，
医生护士临大敌。
居然报警幺幺零，
身份住址问仔细。

报警查毕报社区，
体温情况先登记。

绿码瞬间变黄码，
从此进出两失据。

医护全套隔离服，
护目眼镜额前突。
一番询问先抽血，
血样专人有客服。

查完病毒查西梯，
专人押送似押敌。
做完专人又押返，
候诊室内关禁闭。

常规血检出报告，
关键是看白细胞。
高数细菌低病毒，
居然不低也不高。

医生判断染病毒，
染上病毒成病夫。
病毒种类须检测，
程序又加一道箍。

新冠检测验核酸，
甲流乙流一锅端。
其名唤作咽拭子，
长签棉棒捅喉咽。

咽部敏感小舌头，
最怕异物来回钩。
棒钩多次干作呕，
呕完顿作涕泪流。

测完开具两种药，
先抗病毒后退烧。
医嘱后日来再测，
真相测完才揭晓。

滴滴出租不敢打，
步行五里回到家。
社区电话追踪至，
告知隔离勿偏差。

次日体温只轻烧，
不与病毒试比高。
上午社区又来电，
嘱咐隔离莫轻飘。

即使体温复正常，
七日之内勿出舱。
直至病毒消灭尽，
平安幸福日久长。

华夏万里胜毒枭，

有此一遇始未料。

奇葩经历言难尽,

打油诗里叫喵!喵!

二

2020 年 9 月 14 日　兵妈:儿子早上好,老爸昨天早上又轻度脑梗,意识不清不能进食,秀才来了我告诉他先不去住院。因为每次到了医院七检查八检查地穷折腾,家里有化瘀的药,给老爸灌了下去,氧气机也有,老爸睡了一天。我在旁边随时观察他的脉搏和心跳,不时与他讲话。到了晚上,把他叫醒了。洗好脸后,喂了他一袋牛奶,后又喂了一小碗糖稀饭,吃得很好。8点他想要看报纸,自己伸手把尿裤拿掉,还自己起来小便,今天早上一切恢复正常,自己起床,能下地走路了,又挺过去了。我回复兵妈:您的应急措施和观察思考能力真是太棒了,而且后续与保姆的应变能力和护理都很及时到位,行之有效。老妈您不愧为临危不恐、沉着冷静、经验丰富的老护士长。特别是坚赶到后决策非常对头,秀才用兵,胸有成竹,厉害!兵儿子给您点大赞。而且您分析得很对,我对上次送兵爸到医院急诊抢救时的情景还历历在目,看当班医师那种慢条斯理、千人一面的模样,还有不因人而异的程序化和延误时间的奔波令人非常无奈。倘若昨晚叫保姆随意挪动老爸身体,再叫救护车急诊抢救,重复去年那套繁复的检查,还有那种千篇一律既死板机械又缺一不可的流程,这样一番折腾下来估计以兵爸这样的身体,可能十有八九会更加糟糕……我今天会过来的,您辛苦了。兵妈:老爸已经完全好了,你们都很忙,千万别过来,该干嘛干嘛,老妈领情了!

坚:是的,是的,他那天早上很短的时间就不会走路了,发生时很快的,后来赶紧把抗血栓药给他服下去,当时可能是那个脑血管那个地方痉挛引起的。还好,他很快就恢复意识了。3 个多小时呢,这种事情啊,以后都不能去医院哦,不然又被折腾得没完没了,而且用药过度以后老年人已经吸收不了,他身体已经很虚弱了，而且去了以后啊，可能又被折腾了半条命都没有。上次我妈妈就是被弄得路都不会走，饭也不会吃，整天恶心，还好后来及时停药了。所以说老年人啊，最好就是在家里面疗休，不能一有病痛就轻易地动不动就送医院。送医院了，有些治疗一点也没花头的。现在医院像这么大年纪的老年人，也是整天给你抽血，本来血就很少，我爸都瘦成什么样了？老爸他在住院时几乎整天抽这个血那个血的，血都给他们抽光了。老妈上次住院也是的，哎哟那个血一抽就是满满的五管，一抽就是五管，今天这个科抽血，明天那个科抽血，看得我都心痛呢。而且老妈的血管很细，老爸的也是根本扎不进去，这都能把人折腾死啊，哎呀真是的。

　　我：现在过度检查、过度医疗确是当下各医院的通病，你说得也在理。不过有关老爸老妈的身体问题，你必须在第一时间通知我，切不可单打独斗。在此之前你已瞒报漏报 N 次，属前科累累之人，以后切不可再犯哟。他马上回答：遵命！大佬威武。

　　下午我去看望兵爸兵妈，并带去了兵爸最爱吃的宁海米糕和桃胶，他已恢复如初。见到我非常高兴，每次都是这样，一碗热稠的桃胶他吃得津津有味，其间还和我咿咿呀呀地聊了好一会儿。

　　9 月 15 日　上午我和小华去四明山森林公园游览，刚到半途就接到小青从永康打来的电话，说是兵爸又出事昏迷不醒了，让我们赶紧去看看。她明天也会赶到宁波来的。我马上联系坚兄，他说老爸从昨晚到现在一直处于深睡状态，体温、血压和脉搏都还好，目前暂无大碍，有情况他会随时联系我。这样我们就在中午前返回了宁波，下午我赶到兵爸家后，发现老人家仍在昏睡。晚上我和坚兄吃完饭后去轻轻呼唤他时，老爷子仍没有应答，但给他闻嗅香烟的香味时，他的手脚都能动，还把香烟拿过去放在自己的枕头边，呼吸看上去还是比较均匀，就是一整天未睁开眼睛和说话。坚兄说：老爸要是真的不行了，你上次拍下的他跳舞的视频也许是他在世时最后一段能走路的视频了，而昨天你拍他吃桃胶和他聊天的情景，也成了他昏睡前最后一段完全清醒的视频了。但我相信兵爸是不倒翁，应该会醒过来的……

9月16日　早上五点多醒来后，打开手机看到坚兄在5点多发我的一条消息：老爸凌晨三点半去世了！走时非常安详没有任何痛苦。现在已经给他净身完毕，穿上了他生前保留的一套新的65式空军服装，等待天明后再办理后事。唉！这真是太突然了，我虽然早有预感兵爸近期可能会出现不测，但走得如此突然还是出乎意料。好在老人家是在睡梦中无病无痛、无声无息、无呻吟中静静地离去，走得安静自然、面容祥和。这样没有任何痛苦地离开世界，也算是福寿双全！亦是兵爸用一生的善良与正直、宽容与包容及历经磨难，依然用一颗淡定仁爱之心修来的福分！我们做晚辈的也应感到宽慰。

早上我和小华赶到兵妈家，并和坚兄一起料理兵爸的后事。兵妈显得很坚强，二老相濡以沫走过了63年的风风雨雨，真是不简单呢。坚兄说按长辈的要求，已请来四位基督徒为老爸举办一个基督教徒升天的祷告仪式。缘由是兵爸自己的父亲和爷爷去世时也是以此种方式发丧的。兵爸去世前半年留下了遗嘱，其中包括不开追悼会，不搞遗体告别仪式，不买墓地，不保留骨灰……真是坦坦荡荡、干干净净到人世间走了一回，临走时在尚存些许意识之时，向身边陪伴的亲人挥挥手，不带走一片云彩溘然长逝，驾鹤西去……坚兄还告诉大家，父亲生前最后一天下午，荣华兄拍摄的珍贵视频，是父亲正在喝桃胶，吃得津津有味。他在生命的最后一年里，每天白天晚上睡觉时间较长，而除了睡觉几乎都在吃东西，三餐饭雷打不动之外，吃完上床一般又要吃点心，沙琪玛、饼干、米糕、酸奶、山楂条等，给他买啥吃啥……父亲吃得多，却总不见胖，后来荣华分析是父亲的小肠营养吸收不良，功能不佳，这分析非常在理。

9月17日　下午三点半赶到兵妈家，和坚兄一起随殡仪馆的车子将兵爸送到鄞江殡仪馆，办好手续后确定明天早上六点后第一炉火化。

9月18日　早上5点半我和小华赶往殡仪馆，和坚兄的几个好友一起送兵爸最后一程。六点半遗体进炉火化，小华就以兵爸女儿的身份送兵爸最后一程。

9月19日　今天一大早坚兄发我微信：大仁大义大慈大悲大德者！唯上尉兄小华姐等也！急难相助两肋插刀！援手以信，待友以诚，想人之所想，不惜奔波劳累，不计晨昏，不避忌讳，两番三次亲临鄙舍，又相送出殡，扶灵抬棺，虽嫡亲兄弟亦不能及！老父后事诸般顺遂，急难呈祥，同事达知，知会慰问，全仗兄等尽义操持，弟于此叩首百拜，难表谢恩之心于万一！惟望上天降福好人好报，大吉大利！下周五晚上略备薄宴，望拨冗莅临！地点容再告。

　　9 月 21 日　上午坚兄发我微信：尊敬的上尉您好，在下应坚已预订泉堂私房餐厅，本周五（9 月 25 日）一楼 A 包厢，时间 18：00，感谢并恭候您与小华姐大驾光临。地址：鄞州区兴宋路 152 号（前河北路往北一路到底左拐后百米即到，停车方便），导航位置附后。收到敬请回复！谢谢！

　　9 月 25 日　今晚，坚兄在他家附近的宋诏桥兴宋路 152 号泉堂有限公司内部餐厅，设家宴请我们夫妻俩和他的十来个好友一起用餐聚聊。其中有三位是他的学生，师生情意绵浓，特意从丽水赶来赴宴。另外还有好几位退役老兵到场，这些老兵曾分别在东海舰队、东北空军、武警边防、新疆核武基地、南海舰队海军陆战队、武警边检等陆海空军武警等多军种部队服役，其间大家一起用军歌追思老兵父亲！这也是自兵爸故去后我们难得的一次放松。席间兵妈话匣子一打开，就滔滔不绝地讲了很多兵爸的故事，还有她自己的从军经历以及在东北空军医院时的轶事趣闻。坚兄怕她太兴奋了晚上又会失眠，好几次帮她按下"暂停键"，兵妈才收住话题。今晚的聚餐氛围大家都很愉快，中间广播音乐频道的主持人李响还即兴演唱了他的拿手军旅歌曲《小白杨》，声情并茂不亚于专业歌手。接下来更是高潮迭起，新闻主持人出身的坚兄在大家的要求下先是朗诵了一篇王勃的《滕王阁序》，众人甚觉不过瘾，遂在我的"怂恿"和建议下，坚兄就模拟新闻主播的场景，游刃有余且精神抖擞地为大家播报了一段语录。其字正腔圆，抑扬顿挫的韵味，铿锵有力、中气十足及极富磁性的嗓音让众人连连称赞，大呼过瘾。连兵妈也不露声色，笑容可掬地悄悄用正眼瞧着她的秀才儿子……

　　10 月 4 日　晚上兵妈告诉我：今天秀才晚饭时发牢骚说，第一你与电视亲，第二与你孙子亲，第三与兵儿子亲，我在你眼中连个小拇指都不如，明天开始不来了，如果真的想我，要痛哭流涕，让保姆拍视频给我，我再考虑，刚才又说要撒泼打滚才行！我打你个满地找牙让妈撒泼打滚，兵妈回道：门都没有，不来更好，老妈在家吃香的喝辣的馋死你！

10 月 5 日　兵妈发微信给我：儿子早上好，秀才感冒了，今天给他吃清淡点的食物，已吃药了。休息几天会好转，他说你们出去游览了，何时回来？这个假期你们过得很充实！

10 月 7 日　下午我去看望兵妈。一进门看到坚兄也在家，他说前些日子连续操弄老爸的后事和诸多未了事项，造成身体经不起连轴转，继而抵抗力下降引发多日不愈的感冒，身体感觉极度虚弱疲倦，直到昨天起才有所好转。

他说，兵爸的骨灰他已在十一期间独自一人开车带去了永康老家，只通知了大表哥一人，然后二人一起去到距永康市区约 5 公里外的一个小山包，那里埋着他的爷爷和奶奶，他就将兵爸的骨灰安埋在了爷爷奶奶的坟墓里，遂了兵爸生前叶落归根的夙愿。这一切开始是瞒着兵妈的，事后从永康回到宁波后才向兵妈如实说明。兵妈还算理解和默认坚兄的孝顺之举，未表示其他异议。

10 月 29 日　坚兄昨天去云南旅游，他说自兵爸去世前后的很长一段时间里，身心一直很疲惫，考虑到近期老妈身体状况尚可，又有保姆细心照顾，正好趁这深秋季节去云南走走，放松一下心情。我告诉兵妈：老妈，秀才自己在滇池洱海游山玩水，大快朵颐。我明天给您带些美食让您尝尝。兵妈说他不带我去玩，我就在家吃了两天的蟹，今天又吃了两只。哈哈，不吃白不吃。她还说这两天秀才和儿子与老妈祖孙三代在斗诗呢！

兵妈：秀才今天回家转，一晃七天已过完。鱼虾蟹肉全没有，白菜萝卜保平安！

11 月 6 日　兵妈发微信给我：秋高气爽，最近天气很好，到外面欣赏大自然的美，对身体大有益处。秀才今天没吃核桃粉，说是兵儿子打电话给他了，说这核桃粉是专给老妈享用的。我告诉他，兵儿子告诉我让秀才也可以解解馋，没有关系。秀才就说老妈小气不吃了，他只能忍一忍，哈哈哈哈哈。

2021 年 3 月于海南

阅读手记

应坚、袁吉发、高建国、陈惠、卓国荣、珊卡、武京平、杨小青、冯炜达、吕颖、葛安民、成风

应坚——放下枪杆子的武警上尉杰宁，在部队服役时就是优秀通讯员。退役之后仍笔耕不辍，笔锋越来越犀利，境界越拓越深邃，叙述越来越生动，表达越来越流畅！他像一只勤奋的蜜蜂，只要嗅到一点点花粉的气息，立即毫不犹豫地扑上去，采得百花成蜜，自己陶醉其中。在这个急功近利人心浮躁的社会，他全神贯注潜心创作，仍将文学视为至高无上的维纳斯女神，与之耳鬓厮磨朝夕相处，卿卿我我难舍难分！这个一两年前还只是宁波文学界刚刚升起的文学新星，现在已大步流星，朝着资深精锐一流作家群深度挺进，我们有理由相信，假以时日不需很久，中国作家协会名录里，将赫然出现他的名字——军旅作家杰宁。

袁吉发——《惊魂90秒》写得非常棒，感觉不仅题材新颖，内容丰富，而且文笔流畅，足显作者深厚的文学功底。我个人认为，这应该是一篇带有抒情色彩、游记式的散文，用贾平凹的话说，这是一篇美文。特别是作者在文中还引用了大作家雨果的语录，这使文章锦上添花而且富有诗意。我多年的体会是，写散文和写诗歌最大的相同之处是有一个引人入胜的开头，有丰

富多彩的内容，有潇洒利索的结尾。《这一刻泪水模糊了我的双眼》我深夜拜读，被感动得哭了。当年我看过李存葆写的这个题材的小说和以此改编的电影《高山下的花环》，当时也被感动得激情难平。都是父母生养的血肉之躯，有的为国慷慨捐躯，有的养尊处优，用公家的钱去买什么什么奖，有的用权力去出一本一本白云大妈的《月子》，只讲数量不讲质量，反正没人看，就图个轰轰烈烈，就图个自我感觉良好！而作者杰宁的文章写得有血有肉有感情，并伴随着流畅的文笔，我甚是佩服，特别是作者对烈士母亲无微不至的关怀，更使我感动不已。赤子情怀，军人风采，正义的旗帜永远飘扬！这在物欲横流的今天，委实难得！

作者曲折的人生之路造就了他的铁骨铮铮！言谈举止彰显出他文学功底的深厚，刻骨铭心的爱使他的文章篇篇打动人心。他文思敏锐，文笔流畅，寓意深刻，他情真意切地把写作和做人贴切相融！我曾数次读过他的美文，老化的神经和迷茫的双眼也挡不住我的泪奔！美文《我被丹阳"撞"了一下腰》，感觉这篇文章继承了作者的一贯风格，不仅文笔流畅，而且描写细腻，最突出的还是抒发的感情真挚。已经过去那么多年了，作者还一直牢记对战友的真挚又浓郁的情意，而且做到知恩图报，这在弥漫着忘恩负义、唯利是图现象的当今社会中，是非常可贵的！俗话说，狗嘴吐不出象牙，一个作家只有高超的写作水平，但没有良好的思想境界，三观一塌糊涂，他是写不出真正有价值的好作品的。作者是一个有自由思想和独立人格的人，不可多得，在当今社会中简直就是凤毛麟角。后生可畏，我与作者实属忘年莫逆之交也，作者杰宁再一次使我认识到文学界代代有真正的人才，搞了一辈子群众文化的我也甘拜下风！以上算是老朽我给作者的点赞吧！

高建国——一方水土养一方人，浙江人做事还是靠谱的，对生命对天地有敬畏之心，好内容永远是稀缺资源，唯一能做的就是不断修炼自己。非常欣赏作者杰宁的为人处事和德才兼备的优秀品质，他对文学创作的严谨，对作品吹毛求疵的求实态度，也是我们电影人值得借鉴的。

之前杰宁曾经在我导演的电影《海湾之遇》担任剧情顾问和制片人。《我的卡丽娅妈妈》写得很棒、很生动！故事叙说了在限额环境里的温馨故事和人性中的善良。文中除了江南风俗、美食、戏曲、人文温情和趣味外，还有犹太人的自嘲、幽默、仗义及中西文化差异与融合。故事细节非常丰满，时代感特浓，人物立体感超强，人情冷暖，趣味横生。一口气读完《我的卡丽娅妈妈》，感觉太精彩了，似乎比电影《罗马》的细节趣事还丰富（墨西哥影片《罗马》太拖沓、冗长和沉重）。这是当今国内极为丰富又难得的影视好题材。我已与以色列影视方面联系，争取请杰宁一起参与，改编成电影大片拍出来，做一个中以合作的、以色列方面一起参与的合作拍摄，不仅宣传中以关系，还能给宁波城市带来温馨温暖美好的生活状态宣传。我是宁海人，也想以此为契机，把同以色列影视合作、办学引进来。作者对卡丽娅妈妈的回忆部分捕捉得很完整，很有宁波地方风味。对这位以色列女性的文化与中国文化的冲突区别，以及她的逐渐适应都作了很好的展示。言之有物，言之有情，言之有理，让人身临其境，具有独特的画面感，读之可信。

陈惠——《惊魂90秒》融入了历史记载、人文景观，及作者当时的心境，读后不由对泰顺充满好奇和遐想，尤其是惊悚的龙井隧道……好想身临其境，为了司机行车安全，把隧道设计成探险的鬼屋，不禁为这个设计拍案叫绝。似乎跟着作者的笔触，也一起坐着普拉多同时进了龙井隧道，紧张，刺激，惊险，同时也感受到了泰顺这位美丽"新娘"风姿绰约的美丽！《陪兵妈抗癌的日子》要向兵妈致敬！两位儿子文武双全，母慈子孝令人感动。兵妈乐观积极的人生态度真值得我们学习！"一切迹象显示，这个威胁兵妈健康长达半年之久的外来入侵之敌，已被兵妈由内向外，沉着冷静，调动体内良好的免疫系统彻底击溃了。兵妈运筹帷幄、处变不惊的抗击打能力实在令人神往赞叹！"作者这段写得太传神啦，把对抗癌症的态度、兵妈的特质都写出来了。《南疆的山茶花》写得情真意切，点评酣畅淋漓又细腻，长句情感表达都注意到了，战场厮杀浴血归来仍是少年，钢铁一般的战士心中开出最善良的花，读完作者的几篇文章，感觉对比冲击有点大，刚强爱国如作者及战友，意境柔美用心感受生活的点点滴滴，犹如诗歌般的丰盛美丽。有幸看过《我的卡丽娅妈妈》这篇文章，通过作者的文字不由得发自内心地喜欢上了这个异国妈妈。随着作者笔尖流淌出最柔美的文字，看后都觉得自己的写作水平也提高了。有自由思想和独立人格的人很多，但是能准确表达的人却很少，作者就是其中的一位。

卓国荣——《惊魂90秒》已仔细拜读了两遍。浙江最美天路，令人憧憬向往！云海、迷雾、惊险、欣喜，描绘得栩栩如生，让我身临其境。尤其是文章中外地男生与泰顺女孩的爱情故事，更加吸引人，一定会起到"引凤筑巢"作用！文章逻辑清晰，布局完美，文字表达细腻，朴实接地气，文章中的寓意也很深刻。《南疆的山茶花》写得非常感人，让我深受教育！再见吧妈妈……作为一名退役军人，这首歌一直在我耳边回荡，文章中描写的看望烈士母亲，战友上前线，英勇牺牲等场景，让我仿佛回到那个年代，令我久久不能平静。我们的战友如同南疆的山茶花，为了保卫祖国，英勇顽强，奋不顾身，视死如归。山茶花重重万千朵，一世韶华，只有刹那芳华，如烟火一瞬，灿烂而逝去。再次感谢作者的美文相伴，让我享受美好的旅程！

珊卡——《惊魂90秒》大作中午看后，让我这个以前去过泰顺的人还想再去一次，通过作者文章中的故事再去感受一次。我想未到过泰顺的人看了之后，一定会萌发赶快去泰顺走一趟的念头！作者在我心中依然是一个威武雄壮、歌声嘹亮，手持钢枪、锐不可当的晚辈帅哥，看过他的大作肃然起敬，作者已是笔走龙蛇、成绩卓著的文坛老将了。拜读他的多篇美篇大作，让我很感动……在爱心大舞台上，作者伸出温暖手，打开爱心门。让身患癌症的老兵妈妈，勇敢地与病魔抗争。他驱车探望老连长，无数次探望烈士母亲，慰问敬老院……一件件，一桩桩，展现的是一位爱心作者的光辉形象……爱心大舞台，好人出佳作，有他更精彩。

　　武京平——建议把《惊魂90秒》登到《中国旅游》杂志上作介绍，到时候会因作者这篇文章让很多很多冒险者去泰顺旅游。我因为看了这篇文章就非常非常想去，但是好像还是真的提心吊胆，一定要跟着老司机才可以去，哎哟，太，太吓人了，作者的这个描写就是很吸引人，就像身临其境，真的心都提到嗓子眼了，这个太惊险了，一些女司机要是胆子小的话，到那边的话真的要哭，根本就不敢开了。

　　杨小青——《陪兵妈抗癌的日子》这文章写得实在好，也是我看到过的最感人肺腑的纪实散文。每看一次都会让人泪流满面，很温馨很感动。这种纪实文章的真实事件特别感人，且这种文章还能让阅读者有经验可借鉴，还有孝还有教，还有真挚的各种爱，在文章里面都体现得淋漓尽致，真是一篇可流芳百世的好文章。这类文章我非常喜欢。我看后就推荐往今日头条上发，头条上的情感类医学类栏目都喜欢这种文章。看完《想起你们格外亲》这篇散文，泪点很低的我已经泪眼婆娑了……作者细腻的情感和人格魅力已经深深打动了我们。作者是军人的骄傲，满满的正能量。

　　冯炜达——大作《我的卡丽娅妈妈》写得生动、感人，尤其是那充满感情的笔触在字里行间洋溢而出，叫人欲罢而不能。建议作者，应该设法去一次以色列，做一次寻亲之旅。老人家能健在，则更好；若不在了，也应该到她的墓前留下作者的一片深情的思念。这一跨越国界的母爱一定会成为中以两国人民友谊的佳话。残酷的战争是人类的魔鬼，而人民之间的友情总会闪出一道人性的天光。谢谢作者的倾情之作。读完作者的新作《那厂那楼》。第一，观察仔细，描写生动；第二，叙述准确，气韵连贯；第三，思路清晰，层次分明。真是让人读来如临其境。其实，对那边的情况并不熟悉，以前也少有光顾。现在看过作者的文章后就有一种想去"到此一游"的冲动。

吕颖——散文要获得读者的关注与青睐非常不容易，首先作者得去汲取和发现生活中值得放大的细微，在"述常"中"述异"。杰宁老师的笔下，描述了许多生活中的普通人，在这些人物身上，我们不仅感受到人性耀眼的光辉，还看到了时代的投射和思索，所以老师的文字尤为饱满，富有张力与艺术感染力。反复拜读《南疆的山茶花》一文，一次次为王明敏烈士的英雄事迹而感动，因为作者所刻画的不单是个英雄，更是一个普通人家的孩子，一个有血有肉、有情有思的年轻人，烈士生前用生命谱写和平的乐章让人潸然泪下。同时，也正如杰宁老师所言，散文要打开自己，要有勇气直面读者的目光。所以，作者谈笑间对自我的观察与调侃，也引发读者对生命的思考，是生活的幽默大师。《顽疾》（见《回眸觅玉》）一文，让我想起老舍飒爽的笔风，求医不如求己，自观自在；写沙老先生的那篇《沙耆与少年的对白》一文，印象也颇为深刻，像是王鼎钧先生叙写自己的人生，把那些似光似风的童年留驻于读者心间，有嚼劲，有回味。

葛安民——《这就是宁海人》一文还原了我外公的真实面貌。外公的形象本来在我的记忆中很模糊，平时又忌讳外人讨论我的外公（基本上都是负面的消息）。事实上，近年来，随着我了解的深入，外公的形象其实已经是很高大了，黄埔六期毕业生，在多个部门担任要职，坚决抗战到底。他任上积极支持国共合作，多次帮助遇险的中共宁海地下党员免遭敌伪的追杀；在任台湾高雄市警察局长期间，他坚决反对分裂祖国的言论，坚决打击台独势力。外公为人清正廉明，抚恤百姓，刚正不阿，民众口碑很好。在面对生死之时，不丢军人气质，难能可贵。经过作者的搜集、整理，给了我一个丰满的外公，很感动！现在我可以以我的外公为傲！我的外公童葆昭！

成风——杰宁的文字总是充满了激情，像一层一层急迫的紧追着的波浪冲突而来，让人无法旁顾，即使他是在平静地叙述、淡淡地回忆——这种总是不肯停歇的"在路上"的姿态，既是他个性的显现也是他文字的魅力所在。

当然，在他哗哗冲击的潮流裹挟中也会有些粗疏，但这些都可以被忽视了，因为同样无暇顾及，因为有时候又反倒显得可爱了，还因为杰宁的一条主脉总是那么清晰而又强烈，而且无处不在——那就是他对生活的爱。热爱、挚爱、深爱、无疆之爱……他的激情还是一股暖流，跟着他的引导，时时可以感觉到他不是已经沉浸在爱和温情之中，就是在奔向爱和温情的途中；他的激情很宽广，即使有一些不满和指责，那也是因为爱。尤其让我钦羡和敬佩的是，他对自己军旅生涯的绝对忠诚和无限崇敬，那些囊括了他的青春和后青春的兵戎经历早已融入他的体内，铸就了他强悍的坚定不移的信念，成了他人生的唯一宝贵财富。

2021 年冬月于宁波

跋：爱若有心爱亦柔

三年前，曾为好友杰宁的散文集《回眸觅玉》作序。那时的杰宁，由武夫蜕变为文人，百炼钢化为绕指柔，那份转身的从容与果断，文字的律动与成熟，让我惊讶和欣喜。

新著出版不久杰宁消停了一阵子。我想当然地以为，在文学上发烧了一阵子，也掏空了多年的素材积存，杰宁该从此安耽不再折腾了吧。

真没想到，短短的时间他又捧出了新著《爱亦有心》，时间之快令人咋舌，而且篇幅更多题材更广，字数洋洋洒洒竟是头一本书的两倍。说惊掉下巴有点夸张，我的确有些叹为观止了。

杰宁又让我为新书作跋，这回我摇头如拨浪鼓，一个劲地婉言辞谢。由头有三：一是人微言轻，为成名作者写跋属于僭越；二是放眼文坛，罕有同一个人两次作序、作跋的先例；三是第二本书更上一层楼，理应找一位更靠谱的名家作跋，以彰显本书的档次与身价。

杰宁目光如炬，不由分说仍坚持让我执笔，作为好友责无旁贷，无奈只有乖乖就范。看来跟武警功臣公安英模不能斗心眼儿，"李代桃僵"之计出上一本书时已经用过一次，招数已老岂可再用？再狡猾的泥鳅也斗不过老甲鱼啊！

对写作这件事，我向来持悲观态度。在信息爆炸的今天，文章不再是"经国之大业"，早属于"速朽之剩事"，当今社会，还有几个人会把文学创作当正经事呢？以往类似的出书，大多见光死，首发时亲朋好友扎堆捧场闹猛一下，过后要么糊墙，要么束之高阁无人问津。

不过，杰宁是个例外。他为人四海行侠仗义乐于助人，天南海北到处都有战友兄弟，《回眸觅玉》出版后不久就被朋友抢购一空，很快再次翻印而今又所剩无几。我有理由相信，《爱亦有心》的出版将再次掀起爱心的潮水。

万马齐喑时，方才彰显出爱心之难能！坚守之可贵！

相识结交 20 余年，作为好友我不得不感叹，杰宁对文学创作蚀骨之热爱，超过我身边几乎所有读书朋友。从炮筒子钻进笔杆子之后，他一去不回头，一发不可收。这些年经常搭伴一起出游，我亲眼见证，杰宁吃喝随意穿着普通，对生活享受视而不见，他唯一的关注点就是当天有没有值得书写的创作题材。每到一地，我等俗人早就开始张罗吃喝寻觅风景考察住行，杰宁却忙着找当地百姓聊天，先一圈"大中华"轰炸，然后东拉西扯开始了解当地风土人情，每获写作灵感，必寻一僻静地开始愣怔发呆，为此忘了吃喝少了睡眠是常事。他的大多文章都是在这样的状态下写就的，我最佩服的是，长年累月的写作，让他在方寸手机里落字如飞，五笔字型输入已到了意到笔到的神境。

《爱亦有心》是杰宁自出心裁的命名，也是他多年来始终践行的为人宗旨。相识以来不知见识过多少次，他不遗余力、不计成本、不辞辛苦、不惮付出，仿佛自己来自专业的慈善机构，像工蜂一样每天忙碌着为鳏寡孤独、缺吃少穿、家境贫困的人们送去爱心。就我亲身见证的，就有如隔三岔五去敬老院看望烈士母亲，奉化大堰扶贫帮困，去丽水等地看望结对的贫困学子。今年夏天曾随杰宁驱车景宁旅游访友，结识了一位当年受杰宁恩惠的学子小雷。如今小雷已经大学毕业考入公务员，他在乡下的母亲听说客人到来，一定要在自己家里招待。我们赶往乡下，那位朴实的母亲一早就在灶前忙碌，她朴实无语只是一盆又一盆地在早就满满的桌上不断堆叠乡村土菜……

杰宁的爱心也让我深受其惠。就因为我的父母都是老兵，同为军人的杰宁爱屋及乌，对家父家母视如父母，跟他自己的亲生父母同等待遇，隔三岔五必来探望而且从不空手。兵儿子绕膝承欢的次数与情意，甚至到了我这个亲儿子要与之争宠的地步。而母亲年近九旬，心机高强谋算老辣，竟然运用计谋，当着和尚夸秃子，当着秃子夸和尚，每每玩弄亲儿子与兵儿子于股掌之上。这些情景至今想来忍俊不禁，也是对《爱亦有心》书名最好的诠释。

　　回到本书，作跋之前照例拜读了全稿。在创作上，杰宁延续了既往扎实、明快、诙谐的风格。他深知天外有天，因此严谨求实，每写一文必数易其稿反复斟酌，甚至为了某文不惜驱车数百公里，再次回到原地采风，以求文字的准确贴切细节生动。他的散文《我的卡丽娅妈妈》甚至被以色列国文化部门关注，计划与中国导演合作拍摄相关影片。一篇小文竟然搅动两国文化交往，谁又敢说文章不再是"经国之大业"呢？

　　爱若有心爱亦柔。已经连续三级跳一跃成为省作协会员的杰宁，其文学创作仍在继续，第三本甚至第四本书也都在规划之中。与此同时，杰宁的慈善事业也还没有终点，时间和道路每天都在丈量着他爱心的足迹。爱若有心爱亦柔！我难以触碰这个高度，只有仰视、祝愿并且偷偷地祈祷，下一本书，千万别再让我作跋！

　　是为跋。

应　坚

2021 年 12 月 19 日于宁波寸长斋

后　记

　　以《爱亦有心》作为书名，是我本真感触的写照，也蕴含了对"爱"被简化为爱的不舍与可惜。爱之心被生生剥离，无疑是汉字简化中最大的败笔。现如今，放眼周遭，综观天下，无心之爱与无爱之心比比皆是。常闻有人振振有词道：良心爱心责任心加爱情能值多少钱？人活着不为五子登科（票子、位子、房子、车子、女子）为什么？在一些人看来，相比于金钱和欲望，爱就是空气！故爱与心是万万不可分离的。但凡阳光普照，总有阴影相随，唯如此才能彰显光明的伟大。所以，无论人类社会如何变幻莫测，又或芸芸众生变得多么世俗，多么不堪，甚至以追逐金钱至上为唯一目的，但用心做人做事，用心去爱，依旧是人性中那一束最美好的光亮。也唯有爱，才是人类文明进步中亘古不变的渴求，也是推动社会走向美好的原动力。唯其如此，散文集《爱亦有心》要向读者传递的正是爱之点滴，笔者出版本书的初衷也在于此。

　　一是书中所记叙的文字几乎都涵盖着爱的印痕；二是笔触所及皆是笔者的亲身经历与感受。去伪存真是爱的真谛，无心之爱焉能有心？爱心分离何来真心实爱？用纪实的方式，用真实的实录叙述，将有心有爱的种种事例呈现给读者，一直是我勤于采风和笔耕不辍的追求。求真务实的采风创作亦需作者对文学的热爱和执着，更需持之以恒的毅力去坚持。散文创作尤为如此。创作是辛苦的，过程虽无悬梁刺股、凿壁借光之举，却也常常夜深人静时因灵感乍现而挑灯夜战，有时偶因某种感悟而立即动身奔赴某地踩探，甚至不惜三顾茅庐求索叩访。《惊魂 90 秒》初稿拟定后，我又先后两次重返四百公里外的景泰公路，去补拍照片，以增强图文并茂的效果。此后又多次采访当地老司机，听他们讲述由龙井隧道派生出来的故事中的故事。笔端倾注了心血，才能让读者体验到身临其境的画面感，去感受文中所叙述的活灵活现的人和事。

在撰写《南疆的山茶花》期间，曾无数次采访烈士母亲及其家人和身边很多战友，为的是将真实而又残酷的战场状况展露给读者，唤起人们对和平来之不易的珍惜以及对烈士的缅怀。比文无疑也是全书最为痛楚悲伤的一个章节，笔者几乎是噙着泪水写完的。

莫言说过：写作者要有读者意识、读者为什么读你文章？你提供了他们可以体会而无法表达的东西，你带给他们耳目一新的心灵触碰。

读者对我文字的喜欢，无疑是对戈最大的鞭策。提供原汁原味的、客观而又实在的真实见闻，除了作些必要的加工提炼和修饰之外，我每篇文字尽可能以天然去雕饰为目标，用实录描述出鲜活的人和事。让读者随着作者的笔触，去感同身受一个个鲜活的场景以及灵动的人和事，这也是出版《爱亦有心》的最大愿望。

冯骥才先生曾经非常感慨地谈道："真正的写作实际上是在完成一种生命的转移。将自己的生命转化为作品的生命。"越写越感觉这位久负盛名的大作家、我的宁波同乡说得多么在理。真去伪，勤补拙。虽红不及网红大咖，名不及大作名家，但自信只要常观察多积累，始终像工蜂一般以勤补拙，终将点滴聚集起朴实的精华以飨读者。

在《爱亦有心》正式出版发行之际，由衷感谢为我不吝赐教、提供很多帮助的前辈恩师和作协老师，以及家人和至亲好友、战友同学等，我会始终记住你们：前辈恩师珊卡、童雄生、陈齐金；资深媒体人、著名古诗词讲师、作家应坚，中国文艺评论家协会成风先生，著名导演高建国；中国著名作家荣荣、雷默、徐海蛟、天涯、包丹红以及武京平、陈忠明、袁吉发、胡哓博、叶建芬、毛海清、陈先培、陈惠、叶敏、林啸、冯炜达等众多好友。感谢你们的鼎力支持，让我这个"拙者"得以在文学的沃土中汲取营养，频生灵感，觅得无数粒粒似珍珠般的文字……每每铺卷落笔，掩卷思索，尤在拙作成书之时，总会想起你们，总会心生感悟，爱亦有心！

杰　宁

2021 年 12 月于宁波老外滩